날천
순악

날천 순악

정재용 지음

날라리 천사와 순진한 악마

작가의 말

동전에는 앞면과 뒷면만 있는 게 아니라 옆면도 있듯이 선과 악도 딱 나뉘지 않고 애매모호한 지점이 있지 않을까?《날천순악》은 '선과 악의 경계가 딱 정해진 게 아니라면?'이란 단순한 의문에서 출발했다.
　가령, '좋은 일을 하고자 했는데 결과가 나쁘거나, 나쁜 짓을 하려고 했는데 결과가 좋다면?' 이런 일들이 의도하지 않게 계속 반복되면 어떻게 될까? 하는 생각이었다.
　만일, 절대 선과 절대 악이 딱 정해진 게 아니라면…? 또한 선과 악의 경계가 없다면 절대 선과 절대 악을 어떻게 판단하고 정의할 수 있을까?
　이런저런 생각 끝에 악마와 같은 천사, 천사와 같은 악마도 있겠다는 생각이 들었다. 우리가 미처 알지 못하는 외부의 영향으로 우리의 삶이 영향을 받는다면…?
　《날천순악(날라리 천사와 순진한 악마)》이 삶의 중심을 잡고 고착된 고정관념을 깨는 데 도움이 되었으면 하는 바람이다.

차례

작가의 말

천계와 마계 ··· *8*

계략 ··· *30*

지상계 ··· *58*

음모 ··· *80*

토끼쥐 ··· *102*

제사장 아랑 ··· *126*

이상한 아이 ··· *151*

지하도시 ··· *181*

복수 ··· *201*

유토피아 왕국 ··· *221*

컨트롤 타워 ··· *242*

카린 박사 ··· *268*

반란 ··· *287*

왕국의 최후 ··· *311*

천계와 마계

서기 2045년, 인류는 빛을 이용한 광자 에너지의 발명으로 새로운 시대를 열었다. 이는 인류 최고의 과학적 성취를 이루는 토대가 되었다. 의료산업은 나날이 발전하여 바이오 장기나 메탈 장기도 널리 보급되었다. 그 결과 멀쩡한 장기를 인공 장기로 이식하는 사이보그족마저 생겼다. 영생이나 과시를 위한 것인데 뇌사자에게 인공두뇌를 이식하기도 했다. 이 사태로 인해 가치관은 물론 기존의 패러다임은 완전히 뒤집혔다. 이처럼 혼란한 시대에 천사라 칭하는 자가 나타나 커다랗고 하얀 날개를 펼쳤다. 하지만 하얀 날개만 제외하면 영락없는 인간이었다. 이미 수많은 변종들이 생겨났기에 날개만으론 주목받지 못했다. 대다수의 사람들은 유전자 조작으로 인한 돌연변이라 의심했지만 몇몇 사람들은 심판의 날을 부르짖었다. 미확인 비행물체의 증가로 인해 외계인이라는 주장도 있지만 천사에겐 우주선이나 광선 검이 없었다. 대신 인류가 이룩한 문명으로는 알 수 없는 유전적 구조를 가졌다.

천사에 뒤이은 악마의 출현은 인류를 공포로 몰아넣었다. 그저 흉측한 외모만으로도 온몸에 소름이 돋을 정도였다. 칠흑 날개에 군데군데 부풀어 오른 기괴한 얼굴은 하얀 날개의 핸섬한 천사와 완전히 대조되었다. 둘은 만나자마자 싸웠고 서로서로 동료를 소환하는 통에 충돌은 더욱 커졌다. 둘의 싸움은 패거리 싸움으로 번졌고 종족 간 전쟁으로 확산되었다. 걷잡을 수 없이 불어난 천사와 악마는 하늘과 땅을 뒤덮은 채 최후의 결전을 치렀다. 그로 인해 하늘과 대지가 불타오르고 수많은 인간이 희생되었다. 하지만 인간의 힘으로는 그들의 전쟁을 막을 수 없었다. 벼랑 끝에 몰린 인간들은 멸망 직전에야 전쟁에 뛰어들었다. 수많은 희생 끝에 인류는 멸망을 면했지만 지상은 완전히 파괴되었다. 완전히 오염된 세상을 피해 천사와 악마는 각자의 영역을 찾아 떠났다. 그 이후 천사들의 영역인 천계, 악마들의 영역인 마계, 살아남은 인간들의 영역인 지상계로 나눠졌다. 하지만 그 뒤로도 천계와 마계는 서로 상반된 강력한 힘으로 크고 작은 전쟁을 치렀다. 끝없는 전쟁에 지친 천사와 악마는 1천 년의 휴전협정을 체결

했다. 이때부터 천계와 마계는 완전히 단절되었고 이들과 교감하던 소수의 인간도 분리되었다. 더군다나 인간의 영역 밖이라 이제는 극소수의 인간만 이들의 존재를 잊지 않았다.

천사들이 정착한 천계는 공동생활을 하며 각자 맡은 일에 충실했기에 이름을 알릴 필요가 없었다. 대신 출생지와 혈통, 직위와 직책, 서열 등을 기록한 코드를 썼다. 전체코드는 길고 복잡해 주로 뒷자리 숫자만 사용했다.

환경부 소속 천사들은 먼지가 날리는 건들바람만 불어도 비질을 하다 말고 부산을 떨었다. 작은 나무가 흔들리는 흔들바람이라도 불면 머리 위의 링마저 흔들려 일손을 놓은 채 실내로 대피했다. 그도 그럴 것이, 천사들은 모두 흰옷을 입은 데다 거대한 날개마저 흰색이라 쉽게 때가 탔다. 게다가 머리 위, 정중앙에 둥근 링을 띄워야 했다. 상위 천사일수록 반짝반짝 빛나는 링을 머리꼭지에서 정확히 10㎝ 위에 반듯하게 고정했다. 링에 대한 과도한 애착은 어느덧 목숨보다 더 귀하게 여겼다. "목숨은 잃어도 링은 지킨다."는 선대 천사의 가르침마저 여전히 회자되었다. 그래서 링이 흔들리는 모습조차 보이려 하지 않았다. 하지만 날씬하고 조각 같은 천사들과 달리 온몸이 울퉁불퉁한 근육질의 666호는 남달랐다. 사각에 각진 턱은 평범하다 못해 마당쇠 같은 얼굴이었다. 실제로, 걸을 수 없을 정도로 센 바람이 불어도 보자기로 링을 덮어 턱 밑에 질끈 묶고 임무를 완수했다. 한때는 천사들을 몽땅 날려버린 싹쓸바람 속에서도 묵묵히 일했다는 소문이 자자했다. 그는 "온갖 부유물과 함께 휩쓸려 날아갈 때도 쉬지 않고 비질을 했다."고 한다. 허리케인으로 알려진 싹쓸바람 속에서 비질을 한 천사는 오직 666호밖에 없었다.

얼굴에 주름이 자글자글하고 거대한 회색 날개가 달린 원로천사 6호는 그런 666호를 항상 눈여겨보았다. 원로천사들은 다들 엇비슷하게 생겼지만 각 소속의 대표였다. 오래전, 자신이 추천한 632호가 지옥문에서 길을 잃어 임무를 완수하지 못한 것이 내내 가슴에 맺혔다. 그래서 그때의 실패를 만회하고자 항상 노력했다. 마침 마계 측 사신을 맞이하기로 했던 741호가 심한 배탈로 탈진했다는 소식을 접했다. 이 때문에 원로회의에서 6호는 666호를, 4호는 444호를 추천했다. 치열한 경합 끝에 6호 원로는 "666호는 지옥문에서도 청소할 수 있다."고 외쳤다. 그 바람에 화장실 청소를 하고 있던 666호는 "사신을 영접하라."는 특명을 받았다.

천계와 마계는 휴전협정이 끝날 무렵이라 일촉즉발의 상태였다. 마계는 휴전이 끝나는 순간, 일시에 공격할 태세였고 천계는 사신을 보내 협정을 연장하려 했다. 이에 마계도 사신을 파견해 천계의 동향을 살피기로 했다. 앞에서는 화해의 제스처를 보이며

뒤에서는 승기를 잡으려 한 것이다.

　천사 666호가 사신악마를 맞이할 곳은 천계의 가장 끝자락으로 뭉게구름이 끝없이 펼쳐져 그 웅장한 모습이 장관을 이뤘다. 이곳에 지상계를 거쳐 마계로 갈 수 있는 좁은 통로가 있었다. 이 통로는 항상 구름에 가려 있어 입구를 찾는 것조차 쉽지 않았다. 게다가 통로를 지나면 먼지마저 꼼짝없이 갇힐 정도로 희한한 장소였다. 오죽하면 뭉게구름마저 누리끼리하다 못해 시커멓게 변했다. 이렇듯 지저분하고 똑같은 풍경 때문에 아무리 길눈 밝은 천사라 해도 한 발짝만 잘못 떼면 영락없이 길을 잃었다. 더군다나 깔때기마냥 큰 입구에 비해 좁은 출구라는 지리적 특성 때문에 되돌아올 때는 더 힘들었다. 오롯이 천계의 영역이지만 이곳을 아는 천사들은 '지옥문'이라 부를 만큼 극도로 꺼리는 곳이었다.

　몇 년 전에도 지옥문에서 길을 잃었던 천사가 구조된 적이 있다. 우연히 발견된 천사는 그 자리에서 쉬지 않고 날개를 펄럭이고 있었다. 그의 말에 따르면 "검댕이 붙지 않도록 보름 동안 쉬지 않고 묵묵히 날갯짓을 했다."는 것이다. 극적으로 구조된 천사는 극심한 노이로제에 시달려 아직도 복직을 못 했다. 들리는 풍문에 의하면 "발바닥에 난 심각한 두드러기로 침상에 앉아 하루 종일 링과 발을 번갈아 닦고 있다."고 한다. 많은 천사들이 지옥문을 폐쇄하려 했지만 수많은 진통 끝에 보존되었다.

666호는 마계의 사신을 맞이하러 지옥문 입구까지 마중 나갔다. 한때는 떠들썩했던 사신의 행렬도 이제는 전설로 남았다. 보안을 이유로 수행원조차 금지시켜 사신의 행렬은커녕 멀쩡한 길마저 은폐했다. 그러니 가뜩이나 헷갈린 지옥문에서 실수라도 하면 영영 길을 잃었다. 더군다나 길을 잃어도 누구 하나 찾아 나설 엄두조차 못 냈다. 이런 내막을 모르는 666호는 약속된 시간이 지나도 사신이 나타나지 않자 지옥문 안으로 들어갔다. 하지만 그곳에도 사신은 보이지 않았다. 기다리다 지친 666호는 링을 높이 들어 좌우로 흔들었다. '반짝이는 링에서 반사된 빛은 멀리서도 잘 보일 것이다.'는 생각이었다. 링을 흔드는 동안, 사신악마가 금세 찾아올 것만 같았다. 이런 노력 끝에 큰 키에 육중한 사신악마는 링을 흔드는 666호를 먼저 발견했다. 사신악마는 거뭇한 피부와 달리 하얗고 두꺼운 뿔이 이마에 우뚝 솟아 있었다. 따라오기 싫다는 딸내미를 여기까지 끌고 오느라 시간을 많이 지체했다. 그런데 링을 흔들고 있는 천사의 모습에 놀라 시커멓고 야리야리한 딸을 등 뒤로 급히 숨겼다. '천계 앞까지 몰래 데려온 게 발각됐나!' 싶어 가슴을 졸였다. 더군다나 방정맞게 링을 흔드는 모습에 몹시 혼란스러웠다. '자신과 접선하려는 악마가 아닌지?' 헷갈릴 정도였다. 하지만 자신이 아는 한, 적진에서 요란하게 행동할 만큼 멍청한 악마는 없었다.

666호는 서둘러 딸을 숨기던 사신악마의 뒷모습을 우연찮게

보았다. 하지만 구름기둥에 가려 사신악마의 큼직한 엉덩이와 긴 꼬리만 봤다. 666호는 사신악마가 엉뚱한 길로 가는 줄 알고 급히 쫓아가다 넘어졌다. 그 바람에 머리에서 떨어진 링이 때굴때굴 굴러갔다. '사신을 쫓아갈지? 링을 쫓아갈지?' 번갈아 쳐다보던 666호는 결국 링을 택했다. 하지만 링을 찾기는커녕 순식간에 길마저 잃었다. 그 틈에 사신악마는 666호가 기다렸던 통로로 잽싸게 들어가 "아무도 마중 나오지 않았다."며 천사들을 비난했다.

길을 잃은 666호는 먼지가 쌓일 때마다 머리를 쥐어뜯어 떡진 머리카락이 양쪽으로 치솟았다. 꽉 끼는 흰옷은 여기저기 얼룩진 데다 거무죽죽해진 날개 끝이 바닥에 질질 끌렸다. 깃털도 군데군데 삐져나온 채 침을 찍찍 뱉으며 힘겹게 걸었다. 그 와중에 웃통을 벗어젖혀 이마의 검댕을 닦는 모습은 영락없는 악마였다. 천사들은 옷을 함부로 벗지도 않거니와 옷으로 검댕을 닦는 건 생각조차 못 했다. 게다가 머리 위에 링도 없고 침을 뱉는 행위는 악마들이나 할 짓으로 여겼다.

천계에선 666호를 제외하곤 울퉁불퉁하거나 우락부락한 천사가 없었다. 천사들은 가녀리게 보일수록 동료들의 관심을 끌었다. 그러다 보니 무리한 다이어트로 인한 영양실조로 하늘을 날지 못하고 바닥을 기어다니는 경우도 종종 있었다. 날개를 축 늘어뜨린 채 바닥을 기어다니는 천사는 보기만 해도 끔찍했다. 결국, 정해진 몸무게에 미달되면 강제로 음식을 투여받았다. 그래

도 몇몇 천사들은 몸무게를 속이기 위해 날개 안에 추를 묶었다. 그 바람에 힘에 겨워 추락하거나 날갯짓에 추가 튕겨 머리가 깨지기도 했다. 자신은 물론 옆에 있던 두 동료의 머리를 깨트린 '일추삼타' 사건은 공공연한 비밀이었다.

하루 종일 헤매던 666호는 꾀죄죄한 몰골로 비틀대다 구름기둥에 손을 짚었다. 하지만 구름기둥에 손이 짚이기는커녕 안으로 쑥 빨려 들어갔다.
"어이쿠."
뭉클뭉클한 감촉에 놀란 666호는 절로 외치며 잽싸게 손을 빼냈다. 그러나 손끝에선 녹색의 끈적끈적한 액체가 쭈르륵 묻어나와 구리구리한 냄새를 풍겼다.
"헉, 이게 뭐야. 더럽게…."
666호는 끈끈하고 냄새나는 액체를 닦기 위해 구름기둥에 문대려다 멈췄다. '더러운 것이 더 달라붙겠지!' 하는 생각에 피식 웃으며 머리를 긁적였다.
"아차!"
외마디 비명을 지껄일 겨를도 없이 눈앞에서 걸쭉한 액체가 쭈르륵 흘러내리다 도로 솟구쳤다.
"이런 제기랄!"
666호는 얼굴을 잔뜩 찡그린 채 녹색 액체가 묻은 머리를 마구 흔들었지만 좀처럼 떨어지지 않았다. 오히려 머리를 흔들면 흔들수록 천 년은 안 빤 신발마냥 고린내가 진동했다.

"으아, 냄새…."

고린내가 어찌나 독한지 순식간에 콧속을 지나 후각중추를 꿰뚫고 대뇌를 꼬집었다. 현기증이 쓰나미 덮치듯 밀려들자 대뇌에서 비상사태를 선포했다. 666호는 급한 마음에 코를 막다가 외마디 비명을 질렀다.

"꾸엑."

혼미한 정신에 미처 닦지 않은 손가락을 그대로 콧구멍에 쑤셔 넣은 것이다. 666호는 더 이상 견딜 수 없어 폴짝폴짝 뛰다 비명을 질렀다.

"도저히, 도저히 못 참겠다."

온몸을 비비 꼬던 666호는 폴짝 뛰어 바닥에 머리를 처박았다. 궁둥이를 흔들며 바닥에 머리를 마구 문대는 모습은 '영락없는 녹색악마'였다. 때론 바닥을 기어다니다 벌떡 일어나 팔과 머리를 마구 흔들었다. 퀭한 눈으로 비명을 지르며 머리를 흔드는 모습은 정말 가관이었다. 머리만 풀어 헤치면 "미친년 널뛴다."는 말이 딱 들어맞을 정도였다. 그 바람에 녹색 액체는 사방으로 튀어 날개 뒤에도 군데군데 묻었다. 게다가 흩날려 떨어질 때마다 사방에 악취를 폴폴 풍겼다.

한참을 날뛰던 666호는 양팔을 교차하여 겨드랑이 밑에서 깃털을 뽑아 들었다. 그리곤 반으로 꺾어 코에 쑤셔 박았다. 찰나의 망설임도 있었지만 굳은 의지와 결단의 순간이었다.

"빨리 돌아버릴레…!"

'빨리 돌아갈 거야.' 하는 말조차 꼬여 엉뚱한 말이 튀어나왔다. 녹색악마, 아니 천사 666호는 날개를 펼쳐 하늘 높이 날아올랐다. 사방으로 먼지가 흩날렸지만 전혀 괘념치 않았다. 더 이상 검댕이 묻을 자리가 남아 있지 않아 신경 쓸 이유가 없었다. 더군다나 코에 박아둔 깃털이 먼지를 걸러주어 고르게 숨을 쉴 수 있었다.

지옥문 안에서 날갯짓을 하면 먼지가 심하게 날려 지금껏 하늘로 날아오른 천사가 없었다. 그러니 구름기둥 끝에 무엇이 있는지 전혀 알려지지 않았다. 하늘로 오르고 또 올라도 높게 솟아 있는 구름기둥의 끝은 보이지 않았다. 하늘 높이 오를수록 날개를 펄럭이는 횟수도 점차 줄었다. 강한 날개를 가진 666호였지만 숨이 턱까지 차올랐다. 다른 천사였다면 이미 곤두박질쳤을 것이다. 666호가 숨을 크게 헐떡일 무렵에야 구름기둥 위로 빙 둘러쳐진 거대한 구름천장이 보였다. 수많은 구름천장과 구름천장의 틈새로 날아오르려 할 때 이상한 소리가 들렸다.

"탁탁, 쉬이익."

"툭툭, 톡톡톡."

666호는 귀를 쫑긋 세운 채 소리 나는 곳으로 날아갔다. 조심스럽게 구름천장의 처마 끝을 부여잡고 살며시 고개를 드는 순간, 새카만 먼지 덩어리가 얼굴을 덮쳤다.

"우, 우~ 엣치."

666호는 숨이 탁 막혀 크게 재채기했다. 재채기를 어찌나 세게 했던지 코에 박아놓은 깃털이 날아가 구름기둥에 콱 박혔다. 온몸에 묻은 끈끈한 녹색 액체에 검은 먼지까지 달라붙어 머리부터 발끝까지 새카맣게 변했다.

"으갸갸~."

666호는 괴성을 지르며 천장의 틈새로 쏜살같이 날아올랐다. 하늘 높이 날아오르자 구름기둥의 꼭대기가 한눈에 들어왔다. 마치, 거대한 버섯 같은 돔 모양이었다. 이 지붕 위에 날개도 제대로 자라지 않은 야리야리한 어린 천사가 앉아 있다 벌떡 일어났다. 어린 천사는 갑자기 튀어나온 깜장 악마에 놀라 동그란 눈이 더욱 커졌다.

검은 먼지를 뒤집어쓴 666호는 눈알을 부라리며 어린 천사에게 쌩하니 날아가 냅다 외쳤다.

"야, 넌 뭐냐?"

"어머, 깜딱(깜짝)이야. 뉘신데 언제 봤다고 다짜고짜 소릴 질러요?"

어린 천사가 미간을 찌푸리며 대꾸했다.

"네가 방금, 이 더러운 것을 내 얼굴에 던졌지!"

666호는 두 눈을 부릅뜬 채 머리에 묻은 먼지를 손바닥으로 탁탁 털어냈다.

"텅, 텅…."

먼지를 털 때마다 요란한 소리가 울렸다. 한동안 먼지를 털고 나선 어린 천사를 비틀어 짜듯 양손을 크게 펼친 후 꽉 쥐어짜는 시늉을 했다. 그 모습을 지켜본 어린 천사는 어이가 없어 코맹맹이 소리를 냈다.

"어머, 누가 거기 있으래요. 그리고 난 더러운 걸 던진 적이 없네요."

"그럼 내 얼굴이 가만히 있는 먼지를 맞혔냐?"

666호는 눈을 최대한 크게 부라리며 말했다.

"흥, 알 게 뭐야. 재수가 없으면 뒤로 넘어져도 코가 깨진다더니…."

어린 천사가 눈을 치켜떴다. 차마, 몇 년간 묵혔던 때라고 곧이곧대로 말할 순 없었다. 아무도 없는 곳이라 겹겹이 쌓인 때를 박박 벗겼다. 그리곤 주변의 먼지까지 몽땅 쓸어 모아 버렸는데 하필 그 밑에서 튀어나온 것이다.

"어휴, 이 쬐깐한 녀석이."

666호는 오른손 엄지와 검지로 어린 천사를 재어보며 말했다.

"어머머, 정말 기분 나쁘네…. 레벨도 낮으면서?"

어린 천사가 입을 삐죽 내밀었다.

"어쭈, 니가 레벨을 운운해. 날개도 다 자라지 않은 녀석이!"

666호는 어이가 없어 버럭 외쳤다.

"어머, 정말 예의가 없네요."

어린 천사가 쏘아붙였다.

"알았다, 알았어. 내 말투가 원래 그래. 그렇게 레벨이 알고 싶냐? 이 엉아 레벨이다."

666호는 오른손 엄지와 왼손을 다 펼쳐 보이며 말했다.

"어머머, 죄송해요. 저보다 레벨이 높네요."

손가락을 뚫어져라 살펴본 어린 천사가 고개를 푹 숙인 채 양손의 검지를 비비 꼬았다. 이들이 말하는 레벨이란 일반적으로 힘의 세기를 뜻하기도 했지만 지위나 서열을 의미했다.

"흠흠, 당연하지. 일부러 그런 것은 아닐 테니 봐주지 뭐, 까짓 것! 하지만 다음부턴 까불면 죽는다."

666호는 어린 천사를 혼내주려다 자신처럼 링도 잃어버린 채 먼지를 뒤집어쓴 모습이 안쓰러워 너그럽게 용서해 주었다.

마계에서는 잦은 다툼으로 위계질서를 바로 세우기 위해 레벨을 많이 따졌다. 레벨이 높을수록 마력이나 지위가 높아서 자신보다 높은 숫자의 레벨만 조심하면 되었다. '악마들이 계산을 못해 그렇다.'는 속설도 있지만 확인되진 않았다. 가끔 레벨이 낮아도 상위 악마보다 마력이 강한 경우도 있었다. 레벨은 계속 세습되었고 이름은 다른 무리와 구분하기 위해 세분화되었다. 그래서 형상이나 특성에 따라 이름을 부여했다. 개인주의적 성향이 강한 악마들은 레벨이 높을수록 자신의 일을 떠넘기기 바빴다. 결국, 궁여지책으로 책임감을 높이기 위해 이름을 더 중시하게 되었다.

"근데 너는 여기서 뭐 하냐?"

666호는 뜻밖의 장소에서 만난 어린 천사의 정체가 궁금했다.

"그게⋯. 길을 잃었어요. 밑에서 이상한 소리가 나서 내려다보려는데 갑자기 나타나신 거예요."

어린 천사의 눈망울에 그렁그렁 맺힌 눈물이 쏟아져 내릴 것 같았다.

"너, 길을 잃었구나. 나하고 같이 가자."

666호는 어린 천사의 손목을 잡아끌려다 찌릿한 감촉에 놀라 손을 놓았다.

"먼저 가세요. 저는 아빠를 기다려야 해요."

어린 천사는 급히 손을 뒤로 뺐다.

"아빠가 여기로 온다고?"

666호는 의아했다.

"아하, 너희 아빠도 특명을 받았구나!"

666호는 지옥문 안에 어린 천사가 있어 이상했지만 자신처럼 아빠와 함께 특명을 받은 것이라 믿었다.

"네, 맞아요. 먼저 가세요."

어린 천사는 어색하게 웃으며 666호의 등을 떠밀었다. 666호도 자신의 생각이 틀리지 않다는 말에 씩 웃었다.

"알았다. 내가 정말 바빠서 말이야!"

666호는 힘차게 날아오르며 손을 흔들었다. 신기하게도 날아오른 주변에는 먼지 한 톨 없어 상쾌한 기분마저 들었다.

666호는 간신히 출구를 찾아 돌아왔고 사신악마는 마왕의 서신을 전하고 마계로 돌아가는 길에 딸을 한참 찾았다. 제일 지저분한 구름기둥 뒤에 숨겨둔 루시피아가 사라졌기 때문이다. 아주 지독한 냄새를 풍기는 곳이라 쉽게 잃어버릴 곳이 아니었다. 하지만 아무리 둘러봐도 루시피아의 모습은 보이지 않았다. 그도 그럴 것이 천사 666호가 녹색 액체를 흩뿌려 악취가 제일 심한 장소가 바뀐 것을 몰랐다. 사신악마는 잔뜩 화가 나 거무튀튀한 얼굴이 시뻘겋게 변했다. 얼굴이 붉어질수록 이마에 돋아난 새하얀 뿔이 더 돋보였다. 더군다나 왕 큰 얼굴에 거대한 원형 뿔은 무엇이든 단번에 꿰뚫을 것 같았다. 이때 육중한 몸에서 뿜어져 나오는 성난 마력을 감지한 딸이 쭈뼛쭈뼛 나타났다. 바로 666호가 만났던 야리야리한 어린 천사였다. 아니, 어린 천사가 아니라 까무잡잡한 악마였다. 더군다나 말쑥한 모습으로 나타났으니 사신악마는 화가 치밀대로 치밀었다. 지금껏 금이야 옥이야 한 번도 씻기지 않고 더럽게 키웠는데 깨끗한 것을 좋아하니 어느 부모라도 화낼 만했다.

"루시피아, 이 깨끗한 년!!!"

사신악마는 크게 혼내며 말쑥해진 루시피아의 얼굴에 검댕을 마구 발랐다. 루시피아는 집으로 돌아가는 내내 깜장 악마 생각에 고개를 저었다. 지독한 냄새를 풍기는 저급 악마 따위에게 속았다는 생각을 지울 수 없었다.

사신악마가 집으로 들어서자 기차 화통을 삶아 먹은 듯 큰 소리가 울렸다.

"왜 이리 늦었어!"

"아 글쎄…. 루시피아가 엉뚱한 곳에 있어 한참 찾았지 뭐야!"

사신악마는 새빨갛게 달아오른 얼굴로 투덜댔다.

"아 그러게 왜 데려가서 개고생을 해. 내가 혼자 가라고 했잖아!"

남편 못지않게 몸집이 큰 마누라는 늘어진 뱃살을 부여잡은 채 사신악마에게 달려가 사정없이 양쪽 뺨을 때렸다. 그러자 사신악마는 마누라가 내리치는 손목을 잡고 다른 손으로 능숙하게 머리채를 확 움켜잡았다. 그러고는 귓구멍에 냅다 소리쳤다.

"아니, 내가 큰맘 먹고 제대로 교육시키려고 한 건데 이년이…."

사신악마는 소리를 질러도 분이 안 풀린 듯 주먹으로 마누라의 머리통을 사정없이 내리쳤다.

마계도 자식교육을 으뜸으로 치는데 지상계의 인간보다 더 하면 더 했지 덜 하지 않았다. 입시지옥으로 유명했던 헬조선의 교육도 견줄 대상이 아니었다. 인간의 교육열이 아무리 높다 한들 이곳에 비하면 새 발의 피였다. 마계는 자원과 물자가 부족해 레벨이 높아야 먹고살기 수월했다. 그래서 의식 있는 악마들은 자녀교육을 등한시할 수 없었다. 사신악마도 온갖 폭력과 고문으로 자식들을 가르쳤다. 더욱이 자식에게 본인의 일을 물려주어야 쉴 수 있기 때문에 뼈 빠지게 가르쳤다. 혹여, 자식의 능력이 기준에 미달하면 일을 넘길 수 없었다. 실제로 미련한 자식을 가르치다 속 터져 죽거나 죽을 때까지 일만 했던 악마도 있다. 반대로 자식이 너무 영악해 부모를 속이는 경우도 종종 있었다. 그래서 궁여지책으로 부모의 지위를 물려준 후 능력을 인정받으면 상위 레벨로 올려주는 '차상위 레벨법'까지 생겼다. 사신악마는 루시피아가 자신의 지위를 물려받아 더 높은 자리로 오르길 은근히 기대했다. 그래서 싫다는 딸내미의 머리끄덩이를 잡아끌어서라도 천계로 가는 길을 미리 알려주려 했다.

마계의 우두머리인 마왕은 온몸이 검은 털로 수북하고 이마에 돋은 두 개의 뿔은 뒤로 길게 구부러져 있었다. 납작하고 노란 눈동자를 번뜩일 때면 사나운 염소 같았다. 마왕은 사신악마가 돌아오자 원로들을 급히 소집했다.

마계의 회의장은 땅속 가장 깊은 곳에 있어 몹시 어두웠다. 더군다나 온갖 기암괴석으로 덮여 있는 뾰족뾰족한 천장에선 쉬지 않고 물이 뚝뚝 떨어져 질척했다. 군데군데 박혀 있는 형형색색의 자수정과 이름 모를 광석 주변만 어슴푸레하게 보였다. 그나마 불빛이 없으면 무용지물이었다. 그래서 회의 때마다 '플레버'를 일정한 간격으로 세웠다.

플레버는 굼벵이처럼 생겼지만 통통한 몸통이 아주 길어 뱀처럼 돠리를 틀어도 천장까지 닿았다. 뾰족한 갈고리 모양의 부리에 선 끊임없이 썩은 달걀 냄새를 풍겼다. 이 악취 나는 부리에 불을 붙이면 파란 불꽃이 일었다. 아주 약한 불꽃이긴 해도 자수정과 광석에 반사되어 회의장 주변을 은은히 밝혔다. 혹여 불꽃이 사그라질 때면 온몸을 비틀어 트림을 해서라도 꺼져가는 불길을 살렸다. 그때마다 육중한 몸에 붙은 수많은 작은 발들이 위아래로 일시에 움직였다. 무시무시한 부리 밑으로 앙증맞은 발들이 가지런히 움직이는 모습은 언밸런스하다 못해 기이했다. 트림을 하다 불을 꺼트린 플레버는 지독한 냄새를 풍겨 곧바로 교체되었다.

수많은 원로악마들이 회의장에 속속 모여 마왕의 주재로 회의를 시작했다. 원로악마들은 생김새나 몸집이 제각각인 데다 개성이 아주 강했다. 뿔이 많은 악마부터 날개 달린 악마까지 닮은 구석이 하나도 없었다.

"분명, 확실하겠지? 만약 잘못된 정보라면 목을 내놔야 할 거야!"

바닥까지 침을 질질 흘리는 우웩침질질 원로악마가 작은 눈을 부라리며 물었다.

"틀림없습니다. 만나는 놈마다 약해 빠져서 한 손으로도 간단하게 제압할 수 있을 정도였습니다. 간혹 병에 걸려 하늘을 날지 못하는 놈들도 있습니다."

사신악마는 강하고 묵직한 어조로 보고했다.

원로악마들은 서로 쑥덕거리며 의견을 나눴다. 잠시 후 귀가 큰, 큰귓바퀴 원로악마가 말했다.

"그놈들이 속임수를 쓴 것일 수도 있습니다. 좀 더 신중해야 합니다."

그러자 입이 툭 튀어나온 딱부리 원로악마가 침을 쭈루룩 흘리며 말했다.

"제 정보에 의하면 날개 안에 무거운 추를 감춘 놈들도 있다고 합니다. 분명 추를 이용해 공격하려는 수작입니다."

사신악마는 기다렸다는 듯 바로 응수했다.

"아닙니다. 비리비리한 자들이 많아 넘어지는 척하며 발을 밟았는데 발목이 똑 부러졌습니다. 이렇게 삐쩍 말라 힘도 없는 놈들이 어떻게 무거운 추를 감추겠습니까! 지금 당장 천계를 공격해야 합니다. 지금이 최고의 기회입니다."

사신악마는 실제로 자신의 곁에서 시중들던 천사의 발을 밟았다. 하지만 일부러 밟으려 했던 것은 아니다. 짐을 받아주려다 그만 발을 밟고 말았다. 천사는 겁질린 상태에서 무거운 짐과 함께 사신악마의 체중이 실리자 발목이 뚝 부러졌다. 뜻밖의 사고였지만 자신의 실수를 치적으로 삼았다.

원로악마들이 서로 속닥이던 와중에 한 원로악마가 옆에 앉은 원로악마를 주먹으로 사정없이 후려쳤다. 그러자 너나 할 것 없이 순식간에 패싸움으로 번져 회의장은 아수라장이 되었다. 우웩 침질질 원로악마는 따발총 쏘듯 침을 마구 튀겨 눈을 못 뜨게 만들었다. 그리곤 주먹질이나 발길질을 해댔다. 눈알이 길게 튀어나온 원로악마는 침을 피하기 위해 눈알을 뒤로 숨기고 머리로 마구 들이받았다. 큰귓바퀴 원로악마는 눈치를 보다 플레버의 뒤로 잽싸게 피했다. 플레버의 불이 꺼지면 난감한 상황이 발생했기에 제법 안전한 곳이었다. 쭈글입큰 원로악마는 커다란 입으로 주변에 있는 악마의 머리를 마구 물어뜯었다. 그 바람에 침을 흠뻑 뒤집어쓴 악마들이 여럿 있었다. 사신악마는 싸움이 벌어지자 한 발짝 뒤로 물러서 누가 잘 싸우는지 세밀히 관찰했다. 한참을 싸우다 지쳐 쓰러진 원로악마 중 하나가 웃으며 외쳤다.

"으하하, 우리가 지금껏 개고생한 보람이 있네. 이렇게 기쁠 수가."

이 말이 끝나자 모두 약속이나 한 듯 서로 주먹을 치켜세우며 환호성을 질렀다. 한참을 시끄럽게 웃다가 어느새 정적이 흘렀다. 이번에는 짝귀 원로악마가 큰 소리로 외쳤다.

"잘됐습니다. 이제 일주일을 굶고도 싸울 수 있는 체력을 길렀으니 전처럼 배고파 되돌아오는 일은 없을 겁니다."

그러자 눈알이 떨어질 듯 툭 튀어나온 왕큰눈알 원로악마가 큰 눈을 껌뻑이며 말했다.

"잊었습니까? 그놈들이 천계로 들어가는 좁은 길목에서 어마무시한 칼을 휘두를 겁니다."

"맞아 맞아, 그 사실을 알려준 덕에 우리가 살았지."

모두들 왕큰눈알 원로악마를 가리키며 이구동성으로 외쳤다.

"아닙니다. 그들 중에 그 집채만 한 칼을 휘두를 놈이 있을까요? 힘이라면 우리도 절대 지지 않습니다. 설령 그 칼을 휘두른다고 해도 막을 방책이 있습니다."

사신악마가 두 눈을 부릅뜨며 주먹을 쥐어 보였다.

"맞아 맞아."

원로악마들은 바닥에 있는 돌멩이를 집어 던지며 외쳤다. 다시 소란스러워지자 마왕이 침을 질경질경 씹으며 조용히 하라고 토닥토닥 두드리듯 손짓했다.

원로악마들이 조용해지자 마왕이 말했다.

"이제 곧, 천 년의 숙면을 마친 대마왕님이 깨어나실 것이다. 그동안 천계를 점령해 대마왕님께 바치겠다."

마왕이 두 주먹을 불끈 쥐자 원로악마들도 일제히 두 손을 뻗으며 외쳤다.

"마왕님 만세! 만세! 만세!"

"대마왕님 만세! 만세! 만만세!"

마왕은 원로악마들의 만세삼창에 흐뭇한 표정을 지으며 사방을 둘러보았다. 회의장 구석을 훑어보던 마왕의 얼굴이 한순간 구겨졌다. 눈먼홀쭉이 원로악마가 구석에 짱박혀 만세삼창은커녕 입도 뻥끗하지 않고 있었다.

마왕은 언짢은 마음에 조용히 검지를 입에 갖다 댔다. 모두들 의아한 얼굴로 마왕의 눈치를 보느라 쥐 죽은 듯 조용해졌다. 이때 앞이 보이지 않지만 심상치 않은 기운을 느낀 눈먼홀쭉이 원로악마가 재빨리 외쳤다.

"마왕님 만세! 만세! 만세!"

"대마왕님 만세! 만세! 만만세!"

마왕은 크게 호통을 치려다 화를 누그러트렸다.

"피죽도 못 얻어먹었나? 반응이 늦어도 한참 늦군!"

마왕이 혀를 끌끌 찼다. 그러자 뼈쩍 마른 눈먼홀쭉이 원로악마가 다 죽어가는 소리로 말했다.

"마왕님, 오늘로 딱 일주일을 굶어서 뱃가죽이 등에 붙었습니다. 이제 밥 좀 먹고 하면 안 될까요?"

눈먼홀쭉이 원로악마의 말에 모두 침을 흘리며 이구동성으로 외쳤다.

"밥 먹고 하자! 밥 먹고 하자…."

모든 원로악마들의 눈이 마왕을 향했다. 마왕은 원로들의 따가운 시선에 마지못해 대충 손짓했다. 그러자 우웩침질질 원로, 큰귓바퀴 원로, 딱부리 원로, 왕큰눈알 원로, 짝귀 원로, 눈먼홀쭉이 원로 등 모든 원로악마들은 순식간에 식당까지 내달렸다. 눈멀쭉이 악마는 밥을 다 먹는 동안 등까지 밀어 넣은 뱃가죽을 떼지 않았다.

계략

천계에서는 구름정원에 모인 원로천사 넷이 회색 날개를 접고 머리를 맞댄 채 쑥덕대고 있었다. 다들 날개만 보일 정도로 붙어 있어 머리 위에 떠 있는 번쩍번쩍한 링들이 맞닿을 정도였다. 소곤대며 틈틈이 주위를 살피던 원로천사들은 666호가 보이자 하나둘 고개를 들었다. 모두 깊은 경륜과 지혜를 보여주듯 주름 가득한 얼굴 뒤로 거대한 날개가 은은한 회색빛을 띠었다. 단정한 옷매무새는 수수한 듯 품위 있고 평범한 듯 고고했다. 온갖 미사여구를 사용해도 부족하지만 한마디로 늙다리 천사들 사이로 젊은 천사가 나타났다. 666호는 단단한 근육질의 몸매와 커다란 날개를 가졌어도 원로천사들에 비하면 키가 작아 땅딸막했다.

"다녀왔습니다."

666호는 머리 위에 반짝이는 링을 띄운 채 말쑥한 모습으로 인사했다. 말끔한 겉모습과 달리 움직일 때마다 구리구리한 냄새가 펄펄 날렸다.

"아니, 도대체 어떻게 된 건가?"

4호가 은근슬쩍 코를 막으며 물었다.

"기다리던 사신이 제시간에 오지 않아 찾아 나섰다 길을 잃었습니다."

666호가 난처한 얼굴로 날개를 으쓱이며 말했다.

"아니아니, 자네 몸에서 왜 이리 구린내가 진동한단 말인가?"

참다못해 얼굴을 찡그린 4호가 다시 물었다.

"어디서 말인가요?"

666호는 자신의 손등부터 겨드랑이까지 쭉 훑어가며 냄새를 맡았다. 하지만 아무런 냄새도 나지 않자 의아한 표정을 지었다. 그럼에도 불구하고 왠지 모를 따가운 시선에 다시 한번 숨을 크게 들이마셨다.

"킁킁, 크응 킁."

하지만 진작 코가 마비되어 냄새를 맡을 수 없었다.

"알았네, 그만 가보게."

옆에서 지켜보던 7호가 위아래로 손짓하며 말했다.

"네, 알겠습니다. 그런데 그 사신은 어떻게 천계로 들어왔을까요?"

666호는 혼자서 천계로 들어온 사신악마가 마음에 걸렸다.
"자네가 신경 쓸 일이 아니니 어서 가보게."
짜글짜글한 주름이 너무 많아 세어볼 엄두조차 낼 수 없을 만한 천사가 빨리 가라고 손짓했다.
"네, 천사장님."
666호가 인사하고 돌아서자 늙다리 천사들은 일제히 코를 막은 채 몸을 꼬았다. 오만가지 인상을 쓰던 천사들은 서로 얼굴이 마주치자 괜스레 헛기침을 해댔다.
"제가 뭐랬습니까! 666호를 보내면 안 된다고 했잖습니까!"
7호의 말이 끝나기 무섭게 4호가 말을 이었다.
"저도 분명히 666이라는 숫자가 불길하니 444호를 보내자고 했습니다."
4호의 말에 이마의 주름이 가장 깊게 파이고 말이 없던 6호가 조용히 손가락으로 귓구멍을 후벼 팠다. 그러자 444호를 추천했던 4호가 그의 귀에 대고 속삭였다.
귓속말을 다 듣고 난 6호가 힘겹게 말했다.
"거봐, 내가 뭐랬어. 내가 666호를 보내자고 했잖아. 잘했죠, 천사장님!"
주름이 가장 깊게 파인 6호는 말을 마치자마자 숨을 헐떡였다.
"아이고, 왜 이리 숨이 차…."

천사장은 눈을 지그시 감고, 잠시 고민한 끝에 나지막하게 말했다.

"6호 원로님은 이제 집 밖으로 나오지 말고 집 안에서 푸우~욱 쉬세요."

천사장은 6호 원로가 못 알아듣자 4호와 7호를 번갈아 보며 말했다.

"오늘은 이만 해산하시고 6호 원로님을 댁까지 잘 모셔다드리세요."

천사장의 말이 떨어지기 무섭게 주름 많은 4호와 7호는 주름이 가장 깊게 파인 6호를 양옆에서 잡아끌고 사라졌다. 6호 원로는 영문도 모른 채 질질 끌려갔다. 그도 그럴 것이 4호가 속삭인 말은 "노환으로 귀가 잘 안 들리시죠!"였다. 하지만 6호 원로는 자신이 듣고 싶었던 "일이 잘되었습니다. 원로님 최고!"라 들렸다.

"휴…. 이제 전쟁을 피할 수 없나!"

홀로 남은 천사장은 나지막이 탄식했다.

천사장은 고민 끝에 원로회의를 개최했다. 천계의 회의장은 둥글고 높은 천장 사이로 창문이 많았다. 수많은 창문 사이로 밝은 빛이 들어와 음침한 마계와는 완전히 달랐다. 입구도 벽을 따라 빙 둘러 나 있어 천사들이 들어오는 문도 제각각이었다.

가운데가 비어 있는 거대한 원탁에 주름이 가장 많은 천사장을 비롯해 주름이 자글자글한 열두 천사들이 빙 둘러앉았다. 이들은 모두 각 소속을 대표하는 원로들이었다. 원로천사들은 생김새나 이마의 주름은 물론 회색 날개마저 크기나 형태가 비슷했다.

그래서 오랜 세월을 함께하지 않으면 그 미세한 차이를 구별하기 힘들었다.

사신으로 마계에 다녀온 482호가 원탁 안으로 들어와 천사장에게 목례했다.

"이미 보고드렸다시피 더럽고 한심한 놈들뿐이었습니다. 매일 싸움질만 해대서 낯가죽이 어찌나 두꺼워졌는지, 얼굴에 철판을 깔아놓은 것 같았습니다."

482호는 마계의 끔찍한 기억이 되살아나 말을 하며 부르르 떨었다.

"내가 듣기로는 그들이 전쟁준비를 다 마쳤다고 하던데…"

3호가 심각하게 되물었다.

"아닙니다. 분명 훈련받은 자들도 아니고 마구잡이 개싸움이었습니다. 허구한 날 싸움질만 해대고 있으니 전쟁을 준비할 여력이 없습니다. 더군다나 무식하고 예절이라고는 눈곱만큼도 없는 자들입니다."

482호의 말이 끝나자 12호가 기다렸다는 듯 바로 물었다.

"그들이 식량을 비축해 놓지는 않았나?"

"그럴 리가요! 식량이 부족해 전부 쫄쫄 굶고 있었습니다. 누가 악마들 아니랄까 봐 사재기를 해대서 탐욕스러운 자들의 창고에만 식량이 넘쳐났습니다."

482호는 게걸스러운 악마들이 떠오르자 온몸이 부르르 떨렸다.

"그만 가보게, 482호."

천사장이 손짓하자 482호가 꾸벅 인사를 하고 재빨리 회의장을 빠져나갔다. 482호가 나가자 천사장이 원로들을 둘러보았다.

"분명 482호가 놓친 것이 있습니다. 첩보에 의하면 곧 쳐들어 올 거라고 하니 악마들이 준비를 철저히 한 것 같습니다."

482호의 뒤쪽에 앉아 있던 2호가 대답했다.

"맞습니다. 482호 날개 뒤에 검댕이 묻어 있더군요. 사팔뜨기도 아니고, 어떻게 이런 지저분한 천사의 말을 믿을 수가 있겠습니까!"

2호 천사 옆에 있던 4호가 급히 거들었다.

"그렇습니다. 날개에 검댕이나 묻히고 다니는 천사가 일이나 제대로 할 수 있겠습니까. 다음에는 반드시 444호를 보내야 합니다."

4호는 444호를 알릴 기회를 놓치지 않았다.

"지금 검댕을 따질 때가 아닙니다, 검댕을…. 대처 방법을 찾아 보세요."

천사장이 주위를 둘러보며 꾸짖었다. 그러자 회의장은 쥐 죽은 듯 조용해졌다. 검댕으로도 하루가 모자랄 정도로 토론할 수 있지만 빨리 속행하려는 천사장의 굳은 의지가 보였다.

"인간들을 용병으로 쓰는 건 어떻습니까?"

주름이 두 번째로 많은 1호가 조용히 눈치를 살피며 말했다.

"그것은 안 되지요. 잊었습니까? 인간들이 변심하여 얼마나 많은 타격을 받았습니까! 악마보다 인간이 더 위험합니다."

고개를 끄덕이는 원로천사를 지켜보던 3호가 말했다.

"그럼 지금부터라도 특공대를 조직해야죠!"

그동안 조용히 듣고 있던 11호가 나지막이 끼어들었다.

"너무 늦었습니다. 전쟁이 나면 더러워진 날개를 닦느라 정신없을 겁니다. 더군다나 링이라도 잡히면 곧바로 항복하고 말 겁니다."

일침을 가하는 8호의 말에 또다시 쥐 죽은 듯 조용해졌다. 하지만 정적을 깨고 맞은편에 앉은 5호가 말했다.

"할 수 없지요. 그럼 위장술을 씁시다. 지난번처럼 땅을 가를 만한 큰 칼을 갖다 놓으면 됩니다. 분명 악마들이 기겁해서 도망칠 겁니다. 허허허."

이 말에 모든 원로천사들이 호응했다.

"좋습니다. 아주 훌륭한 생각입니다."

"그게 좋겠습니다. 잘될 것 같습니다."

여러 곳에서 웅성거리는 소리가 조용히 울려 퍼졌다. 그러자 천사장이 손을 아래로 흔들어 조용히 하라는 신호를 보냈다.

웅성거리는 소리가 가라앉자 천사장이 나지막이 말했다.

"안 됩니다. 아무리 우둔한 악마들이라도 한번 썼던 계책은 더 이상 쓸 수 없습니다. 분명, 대응책을 마련했을 겁니다. 저에게 좋은 묘수가 있습니다."

천사장의 말에 모든 원로천사들이 귀를 쫑긋 세웠다.

천사장은 마왕에게 장문의 서신을 보냈다. 인간을 포섭하여 많이 영입할수록 우위를 인정하자는 것이었지만 속내는 시간을 벌기 위한 것이었다. 따라서 그 내용 자체가 마왕의 칭찬 일색이었다.

"친애하는 마왕님,
마계에서만큼은 가장 훌륭하고 고귀하고 늠름하다 못해 진짜진짜 뛰어나고 힘세고 멋있는 마왕님. 어찌 그리도 훌륭하고 훌륭하다 못해 최고로 훌륭해서 마구 존경스러움을 느끼도록 만드는 마왕님,
….
전쟁이 나면 인간들도 난입할 것이니, 그동안 갈고닦은 실력으로 인간들로 하여금 우리의 역량을 대신 겨루어 보고자 합니다. 지상계의 일 또한 반드시 해결할 과제라 이런 제안을 올립니다. 그 조건은
….
마왕님의 지극히 훌륭하고 총명한 데다 엄청나게 훌륭한 판단을 기다리는 천사장 올림."

마왕은 산이 떠나갈 듯 큰 소리로 읽으며 몹시 흡족해했다. 발끝까지 길게 내려간 두루마리는 침이 튀어 군데군데 얼룩졌다.
"이것 봐. 내가 멋있고, 힘이 세고 훌륭해서 천사 놈이 나를 존경한다고 하잖아."
마왕은 부하들에게 긴 서신을 보여주며 말했다. 그러자 등이 굽은 악마가 머리를 조아렸다.

"분명 그놈의 농간입니다. 우리가 이긴다 한들 아무것도 얻을 것이 없습니다. 그냥 무시하고 당장 천계를 쳐부숴야 합니다."

마왕은 고개를 갸웃거리다 서신을 집어던졌다.

"그런가! 얘들아, 그럼 당장 쳐들어간다."

"마왕님, 잠시만 기다려 주십시오!"

눈알이 떨어질 듯 툭 튀어나온 왕큰눈알 원로악마가 두 손을 위아래로 흔들며 다급히 뛰어왔다.

"아, 아직 저희에게도 시간이 필요하니 우, 우선 그 제안을 받아들이는 척하고 기, 기회를 봐서 천계를 치심이 더 좋을 줄 사료되옵니다."

왕큰눈알 원로악마가 거친 숨을 몰아쉬며 간신히 말했다. 그때마다 큼직한 눈알이 쏟아질 듯 흔들렸다.

"게다가 아, 아직 휴전 기간이 남아 있습니다. 휴전 중에 공격하면 그, 그 간교한 놈들이 '역시 흉악한 악마들은 어쩔 수 없다.'며 시끄럽게 조잘댈 것이 분명합니다. 그러니 전쟁을 치르더라도 조금만 더 기다려 주시옵소서."

마왕은 고개를 갸우뚱거리다 흐르는 침을 손등으로 닦았다.

"그것도 그렇군. 그럼 당장 원로들을 소집하라!"

수많은 진통 끝에 마계는 천계의 제안을 수락했다. 양측 대표가 9명의 인간을 선발하여 그중 5명 이상 영입하는 측이 승리하는 것으로 합의했다. 이에 승복하지 못할 경우에는 영입한 인간

들로 하여금 결투로 승패를 가리기로 했다. 따라서 8:1로 싸우더라도 이기는 측이 최종 승자가 되는 것이다.

천계 측은 거짓말 잘하는 인간, 영악한 인간, 야비한 인간을 내세웠다. 악마에게 현혹되어 넘어가지 않을 만큼 닳고 닳은 인간을 추천했다. 천 년 전, 인간의 배신을 경험한 천사들의 고육지책이었다. 반면 마계 측은 성실한 인간, 우직한 인간, 정직한 인간을 내세웠다. 어떠한 경우라도 끝까지 약속을 지킬 인간을 원했다.

천사들과 악마들은 한 치의 양보 없이 자신들이 데려온 인간을 내세웠다. 대리인을 선별하기 위해 천계에서 열린 회의록을 보면 그 당시 긴박했던 순간이 잘 드러났다.

배불뚝 악마
"여기에 너희들이 좋아하는 순진하고 착한 인간을 데려왔다."

천사 27호
"제가 보기엔 양의 탈을 쓴 악당 같아 보입니다. 이런 인간이 한번 물들면 더 흉악해집니다. 그래서 마계에서 선호하는 야비한 데다 교활하고 천박한 인간을 추천합니다."

뿔 한 개 악마
"우리는 야비하고 이기적인 놈들을 많이 봐왔다. 이런 놈들을 어떻게 믿을 수 있냐!"

천사 28호

"말도 안 됩니다. 당신들이 제일 선호하는 인간을 왜 마다하는 겁니까?"

삐쩍 꼴은 악마

"우리는 야비한 인간을 원치 않는다. 그리 좋다면 너희가 선발하라."

천사 32호

"그럼, 마계 측에서 원하는 것이 무엇입니까? 솔직하게 말해주세요!"

삐쩍 꼴은 악마

"솔직하게…. 일단 밥 좀 먹고 하자."

천사 27호

"아니 협상할 생각은 안 하고 왜 자꾸 딴소리를 합니까!"

배불뚝 악마

"무슨 소리냐! 치사하게, 너희가 밥때 불러놓고…."

천사 28호

"무슨 소릴 하는 겁니까? 당신들이 회의 시간에 늦어서 그리된 게 아닙니까!"

뿔 한 개 악마

"그런 말도 안 되는 소리를 하려면 우리 마계로 와라."

천사 32호

"마계로 가면 말도 안 되는 소리를 해도 말이 됩니까?"

뿔 한 개 악마

"이런 말 같지 않은 놈들…."

천사 28호
"말씀 삼가 주세요, 당연히 말 같지 않죠. 우리 천사들에게 그런 말이 가당키나 합니까!"

악마들은 말도 안 되는 소리라고 비난했지만 천사들은 네발 달린 말에 빗댄 줄 알고 발끈했다. 회의 내내 천계 측 대표와 마계 측 대표는 사사건건 대립했다.

천계와 마계에서 교대로 진행된 협상은 끝내 파행으로 치달았다. 그동안 마계는 긴장이 풀어져 한가롭게 지냈고 천계는 특공 천사대를 조직해 피나는 훈련을 했다. 10여 차례에 걸친 협상이 지지부진해지자 마계에서 먼저 결렬하려는 움직임을 보였다. 그러자 천사장이 추가로 제안했다. 천계와 마계의 대표를 지상으로 보내 인간들을 직접 선발하자는 것이었다. 악마들은 거절하려 했지만 천사들이 "협상을 결렬시키려 꼼수를 부린다."는 말에 발끈하여 합의했다. 악마들은 그 대신 "상대측 대표는 서로 지목하자."고 주장했다.

천사장은 그런 마계의 주장에 난색을 표했다. 모든 일이 자신의 뜻대로 되었지만 전혀 내색할 수 없었다. 웃음보가 터질 때마다 입술을 꽉 깨물어 심각한 표정을 지었다. 일부 천사들은 천사장의 일그러진 입술에 피까지 배어 나오자 협상을 결렬시키려 했다. 이에 놀란 천사장은 협상을 지시하였고 천사들은 "마지못해 양보한다."며 마계의 주장을 받아들였다.

천사장과 마왕은 지상계로 보낼 천사와 악마를 선발하기 위해 각각 위원단을 파견했다. 천계에는 악마 측 위원이, 마계에는 천사 측 위원이 자리 잡았다.

천계 측은 믿을 만한 엘리트 천사 위주로 선발해 악마들의 눈에 잘 띄는 곳에 다니게 했다. '악마들은 단순해서 위원단의 눈에 자주 띌수록 선발될 확률이 높다.'고 믿었다. 하지만 악마들은 회의실 근처에 있던 천사 666호를 지목했다. 표면상 가장 불량스러워 보인다는 이유였지만 어쩔 수 없었다. 미리 선발된 엘리트 천사들은 하나 같이 잘생기고 키도 엇비슷했다. 악마들의 눈에는 천사들이 지나갈 때마다 혼자 부산을 떨며 왔다 갔다 하는 것으로 보였다. 여럿이 지나갈 때는 모두 똑같아 보여 누가 누구인지 구별조차 못 했다. 그중 666호만 혼자 울퉁불퉁하고 작아 확연히 구별할 수 있었다.

우여곡절 끝에 "666호가 대표로 선발되었다."는 소식이 천계를 발칵 뒤집었다. 깜짝 놀란 천사장은 666호의 신상정보가 담겨 있는 파일을 급히 찾았다. 신상파일에는 666호의 출생부터 지금까지 모든 기록이 담겨 있었다.

"구름마을 태생으로 과거기록은 대화재로 소실되었음."

"유별나게 책임감이 강함!"

"그 외 특이사항 없음."

천사장은 파일을 꼼꼼히 살펴봐도 별다른 내용이 없자 환경부 최고 책임자인 16호를 불렀다.

"선발된 자들 외에는 회의실 근처에도 얼씬거리지 말라는 지시를 못 들었나?"

천사장이 차가운 미소를 띠었다.

"부, 분명 모두 철수시켰습니다."

환경부 소속 16호가 싸늘한 한기에 바짝 얼어 간신히 대답했다.

"그런데…. 악마들이 어떻게 666호를 봤단 말인가?"

천사장이 근엄한 얼굴로 되물었다.

"그게…. 그러니까, 전부다 배불뚝…. 배불뚝 악마 때문입니다."

16호는 우물쭈물 대답했다.

"그래, 그럼 어서 자세히 말해보게."

천사장은 16호의 말에 회심의 미소를 띠었다. 악마들의 잘못이라면 666호 대신 다른 천사로 교체할 구실이 생길 것 같았다.

"네…. 자세히요?"

16호는 두 눈을 동그랗게 뜬 채 되물었다.

"그래, 자세히…. 하나도 빼먹지 말고."

천사장이 동그래진 16호의 두 눈을 찌르듯 손가락을 가까이 들이밀었다.

"아, 예. 하나도 빼먹지 않고, 자세히….''

16호는 금세 울어버릴 것 같은 얼굴로 땀을 뻘뻘 흘리며 말했다.

"그, 그러니까 배불뚝 악마는 키가 억수로 크고 엄청나게 폭식을 합니다. 그래서 배도 겁나게 나오고 허리도 이렇게 두껍습니다."

16호는 머리 위로 한 팔을 들었다, 양팔을 벌렸다, 몸동작까지 곁들이며 최대한 자세히 설명했다. 그리고 자신이 아는 대로 아주 세세히 묘사했다. 설명이 길어져 아주 오랫동안 보고했지만 간략히 줄이면 대략 다음과 같았다.

"배불뚝 악마는 두꺼비같이 생긴 데다 피부마저 울퉁불퉁합니다. 악마들 중에서도 제일 뚱뚱하고 엄청나게 먹어댔습니다. 그리곤 항상 같은 화장실의 같은 변기만 사용했습니다. 일반적으로 변기의 오수관은 직경 100㎜ 파이프를 사용하므로 지금까지 아무런 문제가 없었습니다. 천사들의 용변 굵기가 30㎜ 내외이므로 앞으로도 전혀 문제가 없습니다. 그런데 배불뚝 악마가 사용하면 변기가 막혔습니다. 그럴 때마다 666호가 작대기로 휘저어 뚫었습니다. 소문에 의하면 팔뚝만 한 딱딱한 변도 봤다고 합니다."

설명을 하던 16호는 자신의 팔뚝을 천사장의 눈앞에 들이밀기까지 했다. 천사장은 눈앞에 주먹쑥떡을 날리는 16호가 괘씸했지만 흐름을 끊지 않으려고 꾹 참았다.

천계의 변기는 서양식 좌변기처럼 생겼지만 내용물이 오수관을 통해 밑으로 떨어져 한데 모이는 구조였다. 따라서 수세식 변기의 자태와 푸세식 변소의 감성이 그대로 묻어나왔다.

"분명, 천사장님의 지시대로 엄중히 선발한 엘리트 천사 외에는 전부 다른 곳으로 보냈습니다. 그런데 오늘따라 배불뚝 악마가 심하게 힘을 써서 변기가 주저앉았습니다. 그 바람에 배설물이 그대로 눌려 오수관이 꽉 막혔답니다. 주변에 있던 엘리트 천사 여럿이 요란한 소리에 반사적으로 화장실로 뛰어 들어갔습니다. 역한 냄새도 냄새지만 끈적끈적한 녹색 계통의 배설물이 사방에 묻어 있어 보는 족족 토악질을 해댔습니다. 엘리트 천사들은 부서진 변기에 끼어 버둥거리는 배불뚝 악마를 일으켜 주기도 전에 모두 바닥에 널브러졌습니다."

16호는 자세히 설명하느라 왼쪽 손바닥에 가래침을 뱉어 검지로 휘저었다. 그리곤 끈끈한 정도를 보여주기 위해 누런 가래가 묻은 검지를 엄지손가락에 붙였다 떼었다 했다. 천사장은 16호의 설명을 듣는 동안, 사방 천지에서 고약한 냄새가 진동하는 것 같아 속이 메스껍고 울렁거렸다. 때론 16호가 배불뚝 악마보다 더 지저분한 XX라는 생각마저 들었다.

"어쩔 수 없이 666호를 급히 투입했습니다. 666호는 화장실 안에 쓰러진 천사들을 차곡차곡 포개어 끌고 나온 뒤 버둥거리는 배불뚝 악마도 일으켜 주었습니다. 그런데 배불뚝 악마가 씻지도 않고 그대로 회의실로 뛰어갔습니다. 그 바람에 지저분한 발자국이 회의실까지 이어져 666호가 쫓아가며 더럽고 냄새나는 발자국을 닦았답니다. 그 와중에 특명을 잊지 않고 급히 되돌아 나오는데 '악마들이 쫓아와 선발했다.' 합니다."

16호는 '666호가 배불뚝 악마의 발자국을 지우는 대신 자신의 발자국을 남겼다.'는 말은 하지 못했다. 환경부 소속 천사들의 보고에 의하면 "666호는 회의실 앞에 다다라서야 접근금지 명령을 떠올리고는 뒤꿈치를 든 채 살금살금 되돌아오고 있었다. 그런데 회의실에서 떼거리로 뛰쳐나온 악마들이 666호를 짓밟고 뒤따라간 천사들을 쫓았다."는 것이다. 악마들의 포악한 모습에 놀란 천사들은 뿔뿔이 흩어졌다. 그 뒤로 어찌 된 영문인지 "악마들이 하나같이 666호를 지목했다."고 한다.

"아니 어떻게 닦지도 않고 회의실에 갔단 말인가?"
천사장은 코를 찡그리며 물었다.
"예, 그게 회의 시간에 늦으면 간식이 없다고…."
16호가 우물쭈물 얼버무렸다.
"간식…. 그게 대체 무슨 소린가?"
"회의 시간에 맞춰 와야 간식을 내주기로 했답니다."

"아무리 그래도 그렇지. 뒤는 그렇다 쳐도 어떻게 손도 안 닦고 간식을 먹을 생각을 했단 말인가? 어찌 그런 빌어먹을 악마를 위원으로 보냈을까?"

천사장이 혼자 중얼거리듯 말했다.

"그러게 말입니다. 회의실에 있던 악마들조차 코를 막고 도망치는 바람에 간식을 모두 독식했다고 합니다."

16호가 머리를 긁적이며 대답하자 천사장은 머리가 지끈거려 뒷머리를 매만졌다.

마계로 파견된 천사들은 하루하루가 고난의 연속이었다. 마계 입구부터 좁고 어두운 데다 축축하고 미끄러웠다. 마계에 들어서자마자 흉측하게 생긴 괴물들이 천사들의 뒤를 졸졸 따라다녔다. 덩치 큰 괴물들이 침을 질질 흘리며 위아래로 훑어볼 때마다 천사들은 소름이 돋고 머리카락이 곤두섰다. 안내하던 악마의 손짓에 괴물들은 흩어졌지만 이러한 상황은 계속 반복되었다. 가까스로 도착한 숙소에는 물도 안 나와 헝클어진 머리와 날개조차 닦을 수 없었다. 침실 바닥은 질퍽질퍽한 진흙이 그대로 묻었고 벌레도 많았다. 악마들이 준비한 식탁에도 작은 벌레들이 꿈틀꿈틀 기어다녔다. 게다가 잔뜩 쌓아놓은 음식은 악취가 심해 어느 것 하나 입에 대지 못했다. 마실 물조차 누렇고 이상한 알들이 둥둥 떠다녔다. 천사들은 씻지도 쉬지도 못한 채 퀭한 얼굴로 하루하루를 보냈다. 그러던 차에 666호가 낙점되었다는 소식을 듣자 더

급해졌다.

천계에서는 666호를 반대할 명분을 찾지 못해 비밀리에 회의를 소집했다.

"인간들은 외모를 중시하잖습니까, 반드시 666호보다 험악해 보이는 악마로 뽑아야 합니다."

"맞습니다. 하지만 험악한 악마에게 놀라 군말 없이 따르는 인간도 많으니 못생긴 악마가 더 낫겠습니다."

"그렇군요. 인간들이 아예 쳐다보기도 싫을 정도로 못생긴 악마가 좋을 것 같습니다."

"좋은 생각입니다만, 간혹 특이한 취향을 가진 인간도 있으니 조심해야 합니다. 아예 멍청한 악마가 더 좋지 않을까요? 자신의 임무조차 잊어버릴 정도로 멍청한 악마 말입니다."

"몹시 게으른 악마는 어떻습니까? 꿈쩍하기 싫어서 인간을 포섭하기도 전에 날이 샐 겁니다."

"그럼 멍청하고 게으른 악마를 뽑도록 하지요."

"아주 못생기고 멍청한 데다 게을러터진 악마가 더 좋겠습니다."

다양한 의견이 쉴 새 없이 터져 나왔다. 하지만 마계에 있는 위원단에게 회의 결과를 알리기도 전에 먼저 연락이 왔다.

"악마 측 대표 낙점완료."

마계로 파견된 천사들은 회의실에 심부름 온 루시피아를 지목했다. '작고 여리게 보여 666호가 쉽게 상대할 수 있겠다.' 생각했다. 하지만 이것은 사신악마의 계략이었다. 사신악마는 회의실에 루시피아를 보내 천사들의 눈에 띄게 했다. 루시피아를 본 천사들은 너나 할 것 없이 만장일치로 지목하였고 악마들은 펄쩍 뛰었다.

"사신악마의 딸은 선정대상이 아니다."

그러나 천사들은 악마들을 의심했기에 루시피아를 끝까지 고수했다. 그리곤 뒤도 안 돌아보고 천계로 휑하니 가버렸다.

여러 쟁점 끝에 천사 666호와 루시피아는 그대로 낙점되었다. 루시피아는 자신이 선정되었다는 소식에 환호하는 사신악마와 달리 기분이 몹시 언짢았다. 회의실에 심부름 갔을 당시, 늙다리 천사들이 머리를 맞대고 속닥대던 모습이 생생히 떠올랐다. 그들은 자신이 들어온 줄도 모르고 나지막이 속삭였다. 너무나 진지한 모습에 조심스럽게 다가가 귀를 쫑긋 세웠다.

"생각보다 작네."

"아직 덜 자라서 그래."

"아무렴 어때, 탱탱하잖아."

"맞아 맞아, 영계야 영계."

루시피아는 깜짝 놀라 뒷걸음질 쳤다. 이때 고개를 쳐든 천사와 눈이 딱 마주쳤다.

"아, 안녕하세요."

루시피아가 이제 막 들어온 것마냥 큰 소리로 인사했다. 그러자 천사들은 후다닥 뛰어 제자리에 앉았다. 그리곤 딴청을 부렸다.

분위기가 너무 어색했지만 루시피아는 몇 가지 질문을 했다.

"괴물들이 접근하지 못하게 요청하셨던데 어떤 종(種)을 말씀하시는 건가요?"

"…."

"잠을 못 주무신다고 들었는데 황토 흙침대 대신 맥반석 돌침대는 어떤가요?"

"…."

"후식으로 지렁이 볶음 대신 바퀴벌레 무침은 어떤가요?"

"…."

"애로 사항이 많다고 들었는데 말씀 좀 해주세요?"

"…."

천사들은 꿀 먹은 벙어리마냥 입을 꾹 닫은 채 천장만 멀뚱멀뚱 쳐다봤다. 계속되는 질문에도 눈조차 마주치려 하지 않았다. 루시피아는 개무시당한 모멸감에 황급히 회의실을 뛰쳐나왔다.

치를 떠는 루시피아와 달리 천사들은 피치 못할 속사정이 있었다. 천사들은 처음부터 악마들을 믿지 못해 음식을 따로 준비했다. 마계에 첫발을 디딜 때부터 음식 냄새를 맡은 괴물들이 침을 질질 흘리며 뒤따랐다. 하지만 천사들은 영문도 모른 채 괴물들이 침을 흘리며 쫓아오자 소름이 돋았다. 길을 안내하던 악마들이 괴물들을 쫓아냈지만 소용없었다. 대부분의 괴물들은 덩치가 산만 했는데 그중 작고 지저분한 괴물도 하나 끼어 있었다. 삐쩍 마르고 아주 볼품없는 괴물은 자신보다 큰 괴물들 사이로 눈물을 글썽이며 끝까지 쫓아왔다. 천사들은 숙소 앞까지 따라온 작은 괴물에게 선심을 썼다. 숙소에 들어가기 전에 홀로 남은 괴물에게 마음껏 먹으라며 음식을 나눠주었다. 작은 괴물은 겉보기와 달리 귀밑까지 입을 쫙 찢어 음식을 마구 쑤셔 넣었다. 순식간에 음식의 절반을 삼키자 깜짝 놀란 천사들은 아쉬운 듯 입맛을 쩝쩝 다시는 괴물을 간신히 돌려보냈다. 그 뒤로 악마들은 식사 때마다 최고의 음식으로 정성껏 대접했지만 천사들에겐 오히려 곤욕이었다. 정력에 좋은 큰 불알괴물의 불알, 머리에 좋은 큰뇌괴물의 뇌수, 눈에 좋은 눈깔괴물의 눈알, 피부에 좋은 누런물컹괴물의 촉수 등등…. 악마들은 없어서 못 먹는 요리였지만 천사들은 생전 듣도 보도 못한 음식 때문에 거부감이 극에 달했다. 모두 흉측하고 냄새나는 음식들이라 쳐다만 봐도 구역질이 났다. 게다가 신중하게 악마를 선발하느라 일정이 많이 늦어진 천사들은 준비해 간 음식마저 다 떨어졌다. 결국, 며칠째 아무것도 먹지 못한 천사들은 몹시 허기졌다. 굶주림을 참지 못한 천사가 작은 닭고기를 가져왔다. 엄밀히 말하면 고기가 아니라 땅꿈틀괴물의 응응이었다. 영계라 생각한 천사들은 급히 나눠 입에 막 넣었는데 루시피아가 들어온 것이다. 그러니 씹지도 뱉지도 못하고 멀뚱멀뚱 딴청을 부렸다.

천계와 마계의 대표가 낙점되자 나머지 일들은 일사천리로 진행되었다. 666호와 루시피아는 각자 유리한 인간을 포섭하기 위해 인간의 본성과 역사를 공부했다. 인간은 무엇으로 사는가, 돈과 인간의 역사, 설득의 심리학, 연애학개론, 시테크, 이러면 돈 버는 주식투자, 땅 투자 비법, 바닥부터 시작하는 왕초보 부동산 경매 등등….

천 년이나 단절된 인간의 근황을 아는 천사나 악마는 거의 없었다. 하지만 나름 최고의 전문가들이 차출되었다. 천계의 4949호는 '인간은 무엇으로 사는가?'라는 주제로 인간이 사용했던 지폐를 준비했다. 하지만 자신도 써본 적이 없어 그 이상은 몰랐다. 그래도 맡은 바 임무를 완수하고자 자신의 가설을 열심히 가르쳤다.
"인간들은 이렇게 생긴 돈으로 무엇이든 살 수 있습니다."
666호는 '돈으로 인간도 살 수 있는지?' 궁금해 돈의 쓰임새에 대해 열심히 배웠다. 때론 인간들이 돈보다 땅을 더 좋아한다는 조언도 귀담아들었다. 인간들은 땅을 많이 차지할수록 대왕이라는 호칭도 갖고 세금이란 명목으로 더 많은 돈을 거둬들였다.

마계에서는 인간의 원초적 욕망에 대해 집중적으로 가르쳤다. 그러다 보니 인간과 비슷한 욕망을 가진 악마들을 소집했다. 하지만 막먹어 악마는 보이는 족족 먹어대느라 가르치기는커녕 책상마저 남아나지 않았다. 심지어 루시피아가 앉아 있는 의자까지 탐냈다. 개껄떡 악마는 인간의 색욕에 대해 집중적으로 가르쳤다. 루시피아는 아무 때나 찝쩍대는 개껄떡 악마가 싫었지만 마계의 승리를 위해 껄떡대는 기술을 열심히 배웠다. 인간의 짝짓는 행위는 마구해 괴물들이 대신했고 오욕칠정에 따른 유혹법은 그에 걸맞은 색기 쩌는 악마들이 가르쳤다. 한 달간의 교육이 끝나자 666호와 루시피아는 인간들이 사는 지상계로 가기 전에 천계와 마계의 감독관이 입회한 가운데 정확한 임무를 부여받았다.

지상계에서의 임무는 순서와 상관없이 각자 4명씩 8명의 인간을 선발하되 한 명은 반드시 둘이 합의해서 선택해야 했다. 이렇게 선발한 9명 중 더 많은 인간을 포섭한 측이 승리하는 거였다. 이에 불복할 때는 전투로 최후의 승자를 뽑을 수 있어 강한 인간을 영입할수록 유리했다. 인간을 선발할 때는 인간처럼 행동하고 육체의 힘만 사용해야 했다. 만일, 인간의 생각을 읽거나 정신을 지배하면 실격으로 간주했다. 옛 기억을 살피거나 정신을 조종하면 결과가 뻔해서 처음부터 제약을 둔 것이다. 단, 인간을 선택한 후에는 정체를 밝힐 수 있었다. 의심 많은 인간을 위한 최소한의 배려였다.

666호와 루시피아는 지상계에 도착하자마자 너무나 황량한 모습에 주위를 빙 둘러보았다. 아무리 봐도 인간들이 살 수 있는 곳이 아니었다. 이들의 눈에 비친 지상계는 황폐할 대로 황폐해져 모래바람만 휘날렸다. 전쟁 당시 "하늘은 새카맣게 타오르고 대지는 핏빛으로 물들었다."했다. 교육을 받을 때보다 눈으로 직접 보니 실상은 더 끔찍했다. 인간의 모든 문명이 파괴되었던 천 년 전 모습을 고스란히 느낄 수 있었다. '지상계로 가는 길을 막은 건 어쩔 수 없는 선택이었다.'는 생각마저 들었다. 그 당시 살아남은 인간들은 천계나 마계에 어떠한 영향도 끼치지 못할 것 같았다.

666호와 루시피아는 인간처럼 위장하기 위해 각자 준비한 옷을 꺼냈다. 인간들은 눈에 보이는 것을 잘 믿기에 옷을 이용한 변장은 매우 중요했다. 아무리 인간처럼 행동한다 해도 인간들의 옷이 아니면 의심받을 수 있다. 더군다나 날개도 숨겨야 했다. 루시피아는 삼베로 된 누런 저고리와 치마를 몸에 대보았다. 옷에서 이상야릇한 냄새가 나긴 했지만 그런대로 깨끗했다. 저고리는 품이 넉넉했고 날개도 작아 쉽게 입을 수 있었다. 문제는 기다란 옷고름이었다. 옷고름을 이리 매어보고 저리 매어봐도 어설프고 길었다. 삼베옷은 사신악마가 지상계를 지날 때 지반이 무너진 곳에서 발견했다. 낡고 부서진 긴 상자 안, 말라비틀어진 시신에서 벗겨 온 것이라 딸에겐 말하지 않았다. 매장은 인간들의 오래된 관습 중 하나였다. 하지만 사신악마는 먹지도 않는 송장을 상자에 담아 저장하는 풍습을 이해하지 못했다.

666호는 천계의 경계에 처박힌 낡은 전투기 안에서 챙겨 온 조종복을 살폈다. 이 옷은 위아래가 붙어 있는 데다 지퍼는 배꼽부터 가슴까지 죽 이어져 있었다. 하필 사이즈도 작아 억지로 잡아당기며 입었다. 다리부터 허리까지는 잘 들어갔지만 그 위로는 날개가 걸려 땀을 뻘뻘 흘리며 간신히 입었다. 그동안 몇 번이나 머리 위의 링이 떨어지는 것을 잡았다. 머리 위의 링을 잡아가며 옷을 입는 모습은 애처롭기까지 했다. 앞가슴을 채울 때는 털이 집혀 팔짝팔짝 뛰었다. 666호는 급히 지퍼를 내려 털이 집힌 부위를 마구 문질렀다. 한참 호들갑을 떨다 악마를 의식하곤 조용히 지퍼를 올렸다. 지퍼를 완전히 채우고 나자 등 부분이 불룩 튀어나왔다. 그 모습을 지켜본 루시피아는 옷고름을 묶다 말고 고개를 설레설레 저었다.

666호는 옷을 다 입은 후 머리 위의 링을 내려 루시피아의 눈앞에 흔들었다. 악마에게 링을 주면 자근자근 씹는다는 소문이 있어 실제로 그런지 궁금했다. 이미 악마가 링을 따라다니며 덥석덥석 무는 것 같아 코웃음마저 터졌다.
"흐응~."
그러나 루시피아는 싸늘한 얼굴로 물었다.
"지금 뭐 하자는 거지요?"
쌀쌀맞은 말투에 차가운 기운마저 맴돌았다.
"아니 뭐…. 링을 넣기 전에 한번 보는 거야."
666호는 싸한 반응에 놀라 가슴에 링을 넣는 시늉을 하며 급히 지퍼를 내렸다. 그리곤 벌어진 옷 사이로 링을 억지로 밀어 넣었다. 링이 품 안에 다 들어가자 씩 웃어 보이며 지퍼를 올렸다.
"앗, 따, 따거…."
엉겁결에 올린 지퍼에 또다시 가슴 털이 집혀 팔짝팔짝 뛸 뻔했다. 눈물이 쏙 빠질 정도로 아팠지만 태연한 척 지퍼를 내렸다 다시 올렸다. 그런데 지퍼를 올리면 올릴수록 링이 밖으로 삐져나오고 링을 밀어 넣으며 지퍼가 내려갔다. 몇 번을 반복해도 안 되자 링에 줄을 묶어 허리춤에 동여맸다. 지옥문에서 링을 잃어버린 뒤로 항상 긴 줄을 갖고 다녔다. 그동안 루시피아는 한심하다는 듯 쳐다봤다.

666호는 링을 다 묶고 나자 아무 일 없었다는 듯 싱긋 웃었다.
"악마 양은 꼬리를 잘 감추었네."
666호가 멋쩍은 듯 물었다.
"무슨 꼬리요?"
루시피아는 자신의 뒤를 흘끗 쳐다봤다.
"왜 그 꼬리말이야…. 악마들은 꼬리가 있다고 하던데. 인간들에게 들키면 안 되잖아."
666호가 악마의 치마를 슬쩍 들치자 루시피아는 깜짝 놀라 부리나케 666호의 손등을 쳤다.
"어머 깜딱이야, 내가 무슨 하급 악마인 줄 알아요."
루시피아는 입을 삐죽 내밀었다.
"아니…. 그게 정말 궁금해서…. 머리에 뿔도 없잖아."

666호는 진심으로 궁금했다. 아직 어리다 해도 전혀 악마처럼 보이지 않았다. 악마의 상징인 뿔조차 없으니 의심할 수밖에 없었다. 새카만 피부만 제외하면 영락없는 어린 천사였다.

"무슨 소리예요. 여기 뿔이 두 개나 있는걸요."

사신악마의 딸은 양손으로 머리카락을 가르며 정수리를 들이밀었다. 손가락 사이로 하얀 뿔이 뾰루지처럼 돋아 있었다. 666호의 눈에는 머리 위에 밥풀 두 개가 붙은 것 같아 연신 터져 나오는 웃음을 간신히 참았다.

"앗, 정말이네. 너무 커서 눈에 안 띄게 잘 숨겨야겠는걸!"

사신악마의 딸은 왠지 모르게 모멸감을 느꼈지만 인간의 눈에 띄지 않으려고 부리나케 뿔 주위를 머리카락으로 덮었다.

"악마 양, 우리 전에 만난 적이 있나?"

악마를 뚫어져라 쳐다보던 천사 666호는 고개를 갸웃거렸다.

"그런 일 없네요."

머리를 다듬던 사신악마의 딸이 쌀쌀맞게 대답했다. 666호는 '깜딱'이라는 말이 왠지 낯설지 않았지만 지옥문에서 만난 천사인 줄 몰랐다. 루시피아 또한 666호가 새카맣고 구리구리한 냄새를 풍겼던 악마인 줄 몰랐다.

지상계

666호는 루시피아가 머리를 다 다듬자 앞장서서 걸었다. 뒤따르던 루시피아는 혹처럼 불룩 튀어나온 천사의 등이 계속 거슬렸다.

"천사님, 잠깐만요. 등이 툭 튀어나와서 이상해요."

루시피아의 말에 걸음을 멈춘 666호가 뒤돌아섰다.

"아! 날개가 잘 안 들어가서…."

666호는 어깨를 들먹였다.

"인간들이 의심하면 어떡하죠."

루시피아는 천사의 등을 빤히 쳐다보았다.

"설마 인간들이 옷을 까보자고 하겠어. 물어보면 꼽추라 하지 뭐."

666호는 대수롭지 않게 생각했다.

"꼽추였던 사람을 봤는데 키도 작고 구부정하던데요. 그렇게 말하면 오히려 더 의심할걸요."

루시피아는 어이가 없어 미간을 찌푸렸다.

"뭐, 뭐라고. 인간을 봤다고."

666호의 두 눈이 휘둥그레졌다. 천 년 동안 인간의 접촉이 없던 때라 몹시 궁금했다.

"아니, 그게 아니라…. 마계에서 인간들을 선발할 때 봤어요."

루시피아가 급히 얼버무리자 666호는 시큰둥한 표정으로 말했다.

"알았어, 집어넣지 뭐."

666호는 가슴을 쫙 폈다 오므렸다 하고 어깨 너머 손바닥으로 뒷등을 탁탁 쳐댔다.

"어때, 이제 들어갔어?"

666호가 어깨를 건들건들 흔들며 물었다.

"아니요, 그대로인데요."

루시피아는 고개를 저으며 말했다. 실제로 불룩 튀어나온 등은 아무런 변화가 없었다.

"여기 좀 한번 쳐봐! 팔이 닿지를 않네."

666호는 손이 등까지 닿지 않아 자신의 어깨를 툭툭 치며 말했다. 루시피아는 잠시 망설이다 작은 손으로 천사의 등을 톡톡 쳤다.

"아니, 뭐 하는 거야. 힘껏 쳐야 들어가지. 이렇게…."

666호는 간지러운 생각마저 들어 주먹을 쥐어가며 힘껏 치는 시늉을 했다.

루시피아는 사뭇 진지한 표정으로 그 모습을 지켜보았다.

"알았어요. 힘껏 칠게요."

루시피아는 천사의 동작을 떠올리며 주먹을 힘껏 쥐었다.

"그래, 어서 쳐봐."

666호는 팔짱을 낀 채 어깨를 흔들며 시건방을 떨었다.

"젖 먹던 힘까지 짜내서 힘껏 쳐야 돼!"

666호가 흔들던 어깨를 멈춰 세우자 루시피아는 툭 튀어나온 곳을 향해 힘껏 주먹을 날렸다.

루시피아의 주먹이 작렬하는 순간, 입이 헤벌레 벌어진 666호는 십여 걸음 밖으로 날아올라 모래바닥에 처박혔다. 바닥에 납작 엎어진 666호의 오른쪽 등에는 작은 손자국이 선명하게 남았다. 한동안 꼼짝 않던 666호는 엎어진 상태에서 툭 튀어나온 눈알을 급히 집어넣었다. 그리곤 쏟아진 눈물을 소매로 쓱 닦았다.

"툭툭."

모래를 털며 일어난 666호의 몰골은 말이 아니었다. 머리카락은 다 헝클어지고 눈과 코 밑에는 모래가루가 붙어 반짝였다.

"힘을 다 뺐더니 어이없게 밀렸네!"

천사 666호는 투덜거리며 손끝으로 힘겹게 오른쪽 등을 만져보았다.

"흠흠, 잘 들어갔군. 그런데 왼쪽이 아직 덜 들어간 것 같아."

움푹 들어간 곳엔 손이 닿지도 않았지만 666호가 이번엔 왼쪽 등을 내밀며 말했다.

"이쪽은 좀 더 힘껏 쳐봐."

"알았어요. 이번엔 있는 힘을 다해 힘껏 칠게요."

얼굴이 새빨갛게 달아오른 루시피아는 주먹을 불끈 쥐었다.

"씨이잉~."

주먹에 찬 바람이 일자 666호가 화들짝 놀라 손사래를 쳤다.

"아냐아냐, 이 정도는 내가 넣을 수 있어…."

666호는 말이 끝나기 무섭게 하늘로 뛰어올라 등짝부터 바닥에 떨어졌다. 바닥에 부딪힐 때마다 눈물이 찔끔 났지만 몇 번을 반복하자 등이 평평해졌다.

"이제 됐지?"

666호는 왼쪽 어깨를 만져보며 물었다. 루시피아는 천사의 등을 유심히 살폈다.

"아니요. 왼쪽은 아직 덜 들어갔어요."

"ㅎ…. ㅋ…."

666호는 목이 메어 말도 안 나왔다.

"뭐, 그럭저럭 비슷한 것도 같네요."

루시피아는 천사가 기겁하자 대충 비슷하다 했다. 덕분에 666호는 숨이 멎을 뻔했다 가까스로 숨을 들이켰다. 그때 루시피아가 다시 물었다.

"다른 천사들도 날개를 그렇게 감추나요?"

루시피아는 유달리 호들갑을 떨며 날개를 감추는 천사의 모습이 너무나 이상했다.

"그럼 더 좋은 방법이 있어?"

눈이 동그래진 666호가 되물었다. 지금껏 날개를 돋보이려 했지 숨기려 한 적이 없었다. 그러니 날개를 감추는 방법은 몰랐다.

"저는 날개를 접어 투명하게 만들었어요."

루시피아의 말에 666호는 등 뒤를 슬쩍 훑어봤다. 날개가 작아 쉽게 숨긴 것이 아니라 아예 보이지 않게 만들었던 것이다.

666호는 '머리 위에 링을 올리고 날개만 조금 더 키우면 진짜 천사처럼 보이겠다! 어쩌면 천사의 후손이 아닐까?' 하는 생각마저 들었다. 오래전, 마계로 망명한 천사들이 있다는 소문은 공공연한 비밀이었다.

666호는 주위를 둘러보다 루시피아에게 먼저 가라고 손짓했다. 등짝은 쑤시고 다리 힘은 풀려 서 있을 기력조차 없었다. 루시피아가 앞장서서 걷자 그 뒤로 666호가 절룩거리며 따라갔다. 가끔 루시피아가 뒤돌아볼 때면 666호는 걸음을 멈추곤 주위를 둘러보았다. 그럴 때마다 루시피아는 뭐가 보이나 싶어 덩달아 주변을 살폈다.

한참을 걷는 동안 666호와 루시피아는 서로 눈치를 살폈다. 망설이던 666호가 울퉁불퉁한 근육에 힘을 꽉 주며 결단을 내린 듯 먼저 말문을 열었다.

"이봐 악마 양, 인간들 세계에는 위아래가 있다고 하잖아. 지상계에 왔으니 인간의 규칙을 따라야겠지…! 그러니 연장자인 내가 먼저 시작하지."

"어머, 연장자라면 내가 먼저네요!"

연약해 보이는 사신악마의 딸이 뾰족한 어금니가 드러날 정도로 씩 웃었다. 그러자 666호는 빙긋 웃으며 손가락으로 루시피아의 이마를 톡톡 쳤다.

"너 정말 잘 까부는구나. 어째서 네가 먼저야."

사신악마의 딸은 뜻밖의 말에 빈정 상하다 못해 두 눈을 부릅뜨며 손끝에서 파란 불꽃을 튀겼다.

"흥, 아빠에게 다 들었어요. 천사들은 우리보다 레벨이 두 단계나 낮다고…. 어쨌든 나보다 레벨이 낮은 것 같은데 나에게 함부로 하지 마요. 혼나기 전에…."

루시피아는 눈이 찢어질 듯 째려보았다. 루시피아가 내뿜는 싸늘한 기운에 주위의 공기마저 얼었다.

"그리고 내 이름은 '루시피아'니까, 앞으론 이름을 불러줘요. 나는 인간의 나이로 270살 65일인데 그쪽은 어떻게 되죠?"

루시피아는 자신을 마저 소개했다.

천사 666호는 루시피아가 내뿜는 한기에 몸이 얼어붙을 지경이었다. 마력이 자신의 천력보다 훨씬 강했지만 애써 태연한 척 말했다.

"야, 너 보기보다 나이가 많구나. 나도 인간의 나이로 200살이 훨씬 넘었어….”

666호는 얼버무리다 다시 말했다.

"하하하, 그런 걸 왜 따지니. 인간들은 나이가 엇비슷하면 다 친구라고 하더라. 나이도 엇비슷하니 네가 먼저 해, 루시피아."

666호는 이마에 흐르는 식은땀을 손끝으로 슬쩍 튕겨냈다. 날아가던 땀방울은 순식간에 얼어붙어 바닥에 떨어졌다.

"당연히 그래야죠. 그런데 진짜 이름이 뭐예요. 정말 666호는 아니죠?"

루시피아는 목에 힘을 빳빳이 주며 물었다. 마계에서 떠돌던 소문이 믿기지 않아 내내 궁금했다.

"맞는데, 666호. 정확히 말하자면 10M5C7B-666인데 다들 줄여서 666호라 부르지."

"무슨 이름이 그렇게 길어요."

루시피아는 이름을 외우지 못해 짜증이 났다. 마계에서는 상대의 이름을 정확히 불러줘야 하는데 제대로 듣지도 못했다.

"그야 출생지와 혈통, 직위와 직책, 나이 등등 여러 가지가 포함되니까 그렇지!"

666호는 대답을 하고 나서 루시피아의 귀에다 속삭이듯 말했다.

"이건 비밀인데 좀 더 정확히 말하면 N01KDM-10M5C7B-666이야."

"아우, 머리에 쥐 나겠네!!! 그냥 '바이섭스'라고 해요. 알았죠!"

루시피아는 미간을 잔뜩 찌푸리며 외쳤다. 천사의 근육이 울퉁불퉁하니 'Biceps'란 말이 자연스럽게 튀어나왔다.

"바이셉스! 그건 뭐야?"

666호는 자신에게 악마의 별칭을 붙인 것 같아 마냥 찝찝했다.

"딴 뜻은 없어요. 그냥, 알통이란 뜻이죠."

루시피아는 귀찮다는 듯이 이두박근을 가리키며 대꾸했다.

"알통!!! 알통이 뭐냐. 알통이…."

666호는 깜짝 놀라 외쳤다.

루시피아는 천사의 이름이 설령 '낭군'이라 해도 전혀 개의치 않으려 했지만 대마왕님의 별칭인 '666'이 들어간 이름은 결코 용납할 수 없었다. 더군다나 천사 따위에게 함부로 부를 이름이 아니었다.

지상계로 보낼 천사와 악마를 선발할 당시, 악마 측 위원단이 머물렀던 숙소는 666호를 발탁했던 회의실과 가까웠다. 천사들은 악마 측 위원단이 마계로 돌아가자마자 회의실과 숙소를 닦느라 정신이 없었다. 그중 배불뚝 악마가 사용했던 화장실은 아무리 닦아도 지독한 냄새가 가시질 않았다. 부서진 변기도 새로 교체했지만 푸세식 변소라 밑에서 올라오는 냄새를 차단할 수 없었다. 고민 끝에 환경부 소속 천사들은 배불뚝 악마가 사용했던 변기를 막았다. 그래도 오수관을 통해 옆 변기로 악취가 새어 나와 무기한 폐쇄했다. 그러한 소문을 들은 천사들은 화장실 근처에도 안 갔다.

 폐쇄된 화장실에 아무런 기척이 없자, 변기뚜껑 사이로 녹색 손가락이 힘겹게 삐져나왔다. 끝이 둥근 네 개의 손가락 사이에는 엷은 막이 처진 물갈퀴가 있었다. 얼마 지나지 않아 다른 한 손도 모습을 드러냈다. 힘겹게 비집고 나온 두 손이 변기를 이리저리 더듬다 굴곡진 곳에 닿자 용을 쓰기 시작했다.
 "끄응 끙."
 신기하게도 아주 작은 틈 사이로 몸의 일부가 조금씩 삐져나왔다. 오랜 시간 노력해 몸통을 빼내자 뒤로 접혔던 목이 앞으로 확 펴졌다. 풍선처럼 매끈하고 둥근 머리가 앞뒤로 흔들리는 동안 하나뿐인 커다란 눈알도 마구 흔들렸다. 생쥐만 한 녹색괴물이 마지막으로 발을 빼내자 네 개의 발가락 사이에도 엷은 막이 나왔다. 납작해진 몸을 완전히 펴고 나서는 두 다리로 어기적어기적 걷기 시작했다. 작은 두 팔을 휘저으며 기다란 꼬리로 중심을 잡고 걷는 폼이 흡사 두 발로 걷는 도마뱀 같았다. 게다가 걸을 때마다 좌우를 살피며 자유자재로 색을 바꿨다. 점차 주위의 색과 동화되자 자연스럽게 사라졌다. 이 괴물은 말랑말랑한 몸으로 조그마한 틈만 있으면 어디든 침투할 수 있는 마계의 염탐꾼인 '카멜론'이었다.

 카멜론은 천계를 염탐하기 위해 특별히 제작된 알 속에 숨어 있었다. 그 알을 배불뚝 악마가 삼켜 몰래 천계로 들여온 괴물이었다. 카멜론의 주된 임무는 먼저 잠입한 공작원을 도와 중요시설에 침투시키는 거였다. 다른 공작원들은 카멜론과 달리 고도의 첩보훈련을 받아 정보 수집은 물론 암살도 능한 전문 킬러였다. 대장 격인 '귀귀'는 모든 정보를 이용해 상대를 이간질시키는 프로였다. '전귀'는 다양한 방법으로 수집한 정보를 마계로 보낼 수 있었다. '칼귀'는 자신의 몸을 칼날처럼 변형시켜 쥐도 새도 모르게 상대를 암살했다. 이들은 어떠한 악조건에서도 자신의 임무를 완수하는 철두철미한 프로였다. 그래서 암암리에 유명해진 형제들이었다. 또한 자신의 존재를 드러내지 않고 임무를 완수했기에 얼굴 없는 첩보원으로 더 유명했다.

카멜론은 먼저 숨어든 공작원을 찾기 위해 주변을 서성였다. 하지만 아무도 보이지 않았다. 예정된 시간보다 늦었다고 접선을 못 할 그들이 아니었다. 하나하나 최고의 프로였기에 먼저 나타날 것이라 믿었다. 하지만 시간이 지날수록 점차 걱정이 앞섰다. 무슨 사달이 나지 않고서야 진작 접선했어야 했다.

카멜론은 동료들의 행방을 알 길이 없었다. 그도 그럴 것이 배불뚝 악마는 하루에 한 번씩 뱃속에 있는 알을 뱉어 오수관에 밀어 넣었다. 홀쭉해진 배를 숨기고 천사들의 감시를 피하려는 계획이었다. 하지만 알을 뱉을 때마다 천사 666호는 오수관이 막힌 줄 알고 작대기로 마구 내리쳐 뚫었다. 알 속에 숨어 있던 악마는 졸지에 머리를 두들겨 맞았다. 그 바람에 산산조각 난 알과 함께 정신을 잃은 채 오물 속으로 가라앉았다. 최정예 요원들이 은밀하게 숨어 있다 손 한번 쓰지 못하고 쥐도 새도 모르게 사라진 것이다. 마지막에 꺼낸 카멜론만 변기가 깨지는 사고로 666호가 휘젓지 못해 살아남았다. 카멜론은 알 속에서 며칠을 숨죽여 지내다 알을 깨고 올라왔다. 변기가 꽉 막혀 있어 예정된 시간보다 많이 늦어졌다. 그러니 먼저 나온 동료들이 자신을 맞이했어야 했다.

  동료들을 기다리다 지친 카멜론은 문틈을 비집고 나가려 했다. 하지만 폐쇄된 화장실은 조그마한 틈조차 막아놔 빠져나갈 구멍이 없었다. 밑으로도 옆으로도 손을 집어넣었지만 매한가지였다. 천장의 환기구를 발견한 카멜론은 매끄러운 벽을 타려 했지만 손과 발이 그대로 미끄러졌다. 겉모습은 도마뱀과 닮았지만 손과 발바닥에 미세한 강모가 없어 벽에 쉽게 붙지 못했다. 카멜론은 머리 위에 있는 손잡이를 잡기 위해 출입문 아래서 껑충껑충 뛰었다. 하지만 아무리 뛰어도 자신의 키보다 훨씬 높아 손잡이 근처에도 닿지 않았다. 이리저리 화장실을 헤매던 카멜론은 쫄쫄 굶은 탓에 매가리 없이 그대로 출입문 앞에 꼬꾸라졌다.

  그 무렵, 하늘정원에는 환경부 소속의 두 천사가 비질을 하고 있었다. 그중 667호는 앙상한 팔다리에 핏기가 전혀 없었다. 게다가 날개마저 윤기 없이 푸석푸석했다. 힘차게 비질을 하던 772호가 앙상한 팔로 힘겹게 깨지락거리는 667호에게 말했다.

"오늘따라 혈색이 좋아 보이네, 667호."

"고맙네, 772호."

667호는 고개를 끄떡이며 말했다. 772호는 비질을 멈추고 잠시 허리를 편 후 말했다.

"무리하지 말고 천천히 하게나, 667호."

"고맙네, 772호."

667호는 대답을 하면서도 계속 비질을 했다. 그 모습을 본 772호는 잠시 쉬려다 다시 비질을 했다. 한참을 비질하던 772호가 다시 운을 뗐다.

"이봐 667호, 소문 들었나?"

"무슨 소문?"

772호는 주위를 살핀 후 말했다.

"그 배불뚝 악마가 사용했던 화장실 말이야. 누가 밤마다 들락거린다는 거야!"

"에이 설마!"

비질을 하다 말고 667호가 고개를 끄떡였다.

"정말이라니까!"

772호가 조심스럽게 말했다.

"그 냄새 나는 곳을 누가 들어가겠어! 666호도 없는데…."

667호는 말도 안 된다며 손사래를 쳤다.

"그렇지. 666호 아니면 그 냄새 나는 곳을 누가 들어가겠어."

772호는 고개를 끄덕였다. 772호가 자리를 뜨자 667호는 겨드랑이에 숨겨둔 추를 남몰래 살폈다.

667호는 날이 어두워지자 폐쇄된 화장실 앞에서 조심스레 주위를 둘러보았다. 주변에 아무도 없자 재빨리 출입문을 열고 안으로 들어갔다. 바닥에 널브러져 있던 카멜론은 안으로 열리는 문을 따라 앞으로 쭉 밀렸다. 그 바람에 정신을 차려 벌떡 일어났다. 카멜론은 문이 열리자 필사적으로 뛰었지만 코앞에서 닫혔다. 667호가 화장실에 들어서자마자 급하게 문을 닫은 것이다. 667호는 출입문을 닫자마자 코를 막았다.
"어휴 냄새. 오늘따라 왜 이리 지독해?"
667호가 중얼거리자 화들짝 놀란 카멜론은 슬금슬금 멀찍이 피했다. 잠시 망설이던 667호는 닫혀 있던 화장실 문을 하나씩 열어 안을 확인했다. 이때 화장실 출입문이 다시 열렸다. 카멜론은 너무나 기쁜 나머지 황급히 나가려다 큼직한 발에 밟혔다.
"이크, 이게 뭐야."
화장실에 들어서던 천사가 뭉클뭉클한 감촉에 놀라 발을 들었다. 찌부러진 카멜론의 등에는 커다란 발자국만 흐릿하게 남았다. 천사는 카멜론의 위장 색에 속아 바닥을 확인하고도 눈치채지 못했다. 정신을 차린 카멜론은 찌부러진 몸을 일으켜 밖으로 나가려 했지만 문은 이미 닫혀 있었다.

"자네가 뀌었나?"

늦게 들어온 천사가 나지막하게 물었다.

"아휴, 그게 아닙니다. 냄새가 더 심해졌어요."

667호가 말했다.

"그런가? 정말 심하긴 심하군!"

늦게 들어온 천사가 코를 막으며 주위를 두리번거렸다. 카멜론은 천사들에게 들키지 않으려고 쥐 죽은 듯 가만히 있었다. 하지만 오수관에서 밴 냄새 때문에 움직일 때마다 악취가 폴폴 날렸다. 늦게 들어온 천사는 손을 좌우로 흔들어 코앞의 냄새를 날리더니 667호에게 화장실 문을 가리켰다.

"안에는 확인했나?"

"그럼요, 아무도 없어요."

667호도 천사의 귓가에 대고 조용히 말했다. 둘이 은밀히 속삭이던 중 667호가 조심스럽게 말했다.

"이제 이곳도 안전하지 않아요. '제 동료가 이곳에 들락거리는 천사가 있다.'는 소문을 들었답니다."

"할 수 없군. 다른 곳을 찾아봐야겠네. 어쨌든 오늘은 품이 더 올랐다네."

늦게 들어온 천사의 말에 667호가 대답했다.

"지난번에도 더 드렸잖아요!"

"그러게 말이야. 수급에 차질이 생겨서 값이 천정부지로 뛰고 있다니까."

"하지만 더 준비하질 못했어요."

"그럼 양을 줄여야겠군."

천사는 뒤돌아선 채 겨드랑이에 숨겨놓은 가죽주머니를 꺼냈다. 그리곤 네모난 작은 덩어리 세 개를 꺼내어 667호에게 건넸다. 667호는 건네받은 물건을 받아 자신의 가죽주머니에 넣었다.

"바닥을 기어다니지 않게 조심하게."

물건을 건네준 천사가 나지막이 말했다.

"그래야죠."

667호의 대답에 물건을 건넨 천사는 다시 한번 강조했다.

"걸려도 난 모르는 거야!"

"알고 있습니다."

"그럼 다음에 보세."

"네."

천사가 밖으로 나가려 하자, 카멜론은 문 옆에 바짝 붙어 문이 열리기만을 학수고대했다. 667호는 조심스럽게 화장실 출입문을 빼꼼 열어 밖을 살폈다. 카멜론은 문틈 사이로 소리 나지 않게 아기작아기작 발을 뗴었다. 이때 복도에서 발걸음 소리가 들려오자 667호는 재빨리 문을 닫았다. 그 바람에 밖으로 나가던 카멜론의 꼬리가 문에 꽉 끼었다. 카멜론은 재빨리 꼬리를 끊고 도망치려다 오히려 문에 등을 딱 붙였다. 움직이면 오히려 발각될 확률이 더 높을 것 같았다. 게다가 꼬리가 끊어지면 보호색이 사라져 눈에 띌 수 있었다. 발걸음 소리가 점점 가까워진 만큼 두 천사가 조곤조곤 속삭이는 소리가 들렸다.

"어우, 냄새. 자네 장이 안 좋군, 9292호."

동료 천사의 말에 9292호가 시큰둥하게 대답했다.

"난 자네가 뀐 줄 알았다네, 2332호."

"무슨 소릴, 내가 자네에게 뒤집어씌운다고 생각하나? 나는 결백하다네."

2332호가 펄쩍뛰었다. 9292호는 '방귀 뀐 놈이 성낸다.'고 자신에게 덤탱이(덤터기)를 씌우는 것이라 생각했다.

"오해하지 말게, 내가 자네를 의심했다는 말이 아닐세. 난 단지 내가 그런 생각을 했다고 고백하는 것이니 날 형편없는 천사라 생각하지 말아주게."

9292호는 웃으며 말했지만 결코 믿지 않는 눈치였다. 자신이 뀌지 않았으니 틀림없이 옆의 천사 놈이 뀌었다고 의심하는 것 같았다.

"미안허이, 확실치도 않은데 자네가 방귀를 뀌었다고 생각하고 입 밖으로 꺼낸 내가 정말 어리석었네. 어쨌든 자네는 넓고 넓은 도량을 가졌으니 내가 자네를 의심한다 해도 결코 나를 속 좁은 천사라 생각하지 않을 것이라 믿네. 자네는 엘리트 천사니까."

2332호는 폐쇄된 화장실이 보이자 교양 있게 말했다. 배불뚝 악마의 화장실 사건은 널리 알려져 모르는 천사가 없었다. 어쩌면 배불뚝 악마의 냄새가 새어나온 것이라 여겼다.

"내가 엘리트 천사이듯 자네 또한 엘리트 천사 아닌가! 그러니 이 일은 이제 그만 잊어버리세. 그것이 우리 엘리트 천사들의 기본 소양이 아닌가!"

의심하던 9292호도 화장실을 확인하곤 말했다. 둘은 '엘리트 천사'라는 말을 할 때마다 목을 빳빳이 세웠다.

"고맙네, 자네는 정말 훌륭한 엘리트 천사일세."

"나도 그렇지만 자네도 멋진 엘리트 천사일세."

천사들은 '무슨 말을 해야 교양 있게 보일까?' 생각하느라 카멜론의 존재를 눈치채지 못했다. 하지만 카멜론은 천사 둘이 자신을 번갈아 볼 때마다 바짝 긴장했다. 더욱이 의심하는 얼굴로 자신을 쳐다보는 모습에 간담이 서늘했다. 카멜론은 두 천사가 지나가자마자 보호색을 유지한 채 부리나케 도망쳤다. 카멜론이 가는 곳마다 천사들은 코를 막고 주위를 둘러보았다. 그때마다 카멜론은 깜짝깜짝 놀랐지만 발각되지 않았다. 이상야릇한 냄새를 맡은 천사들이 급히 자리를 피했기 때문이다. 덕분에 천사들 사이로 저절로 움직이는 발자국은 아무도 신경 쓰지 않았다.

천사장은 천근만근 짊어진 무거운 짐을 잠시 내려놓았다. 실로 오랜만에 모든 것을 잊고 싶었다. 하지만 어느새 막중한 책무가 또다시 어깨를 짓눌렀다. 천사장은 할 일이 너무 많아 몸이 열 개라도 부족했다. 막중한 일부터 소소한 일까지 자신의 손길이 미치지 않은 곳이 없었다. 곧 벌어질 악마와의 전쟁은 물론, 천사들을 보호해야 할 책임마저 있었다. 게다가 한 치의 실수 없이 관리하려면 일거수일투족을 감시해야 했다. 조금만 방심해도 악마의 꼬임에 넘어가 대책 없이 당할 판이었다. 눈 감으면 깃털 하나 안 남기고 탈탈 털릴 정도로 천사들은 순진했다. 이미 악마라면 겪을 만큼 겪었기에 자비를 베풀 생각은 눈곱만큼도 없었다. 앞에 선 온갖 달콤한 말로 유혹하지만 뒤돌아서면 손바닥 뒤집듯 뒤집는 존재가 악마였다.

'교활한 악마보다 더 교활하고 사악한 악마보다 더 사악해야 한다.'
천사장은 두 주먹을 불끈 쥐었다. 전쟁 이후 무모하리만큼 특별한 계획들을 차근차근 진행했다. 그 당시 탐욕스러운 악마와 인간을 피해 천계에 도착한 천사들은 심한 무기력증에 시달렸다. 아무런 일도 못 하고 우두커니 하루하루를 보냈다. 그만큼 인간의 배신을 겪은 천사들은 깊은 상처를 받았다. 천사들이 급격히 줄어들 때라 중대한 결단을 내려야 했다. 그중 하나가 악마와 대항하기 위해 천사의 개체를 늘리는 것이었다. 원활한 관리를 위해 숫자를 부여하고 배급량을 조절했다. 개인파일을 만들어 세밀히 기록하고 엘리트 그룹을 만들어 나머지 천사들을 관리했다. 불필요한 일들은 하나하나 정리해 지금까지 끌고 왔다.

천사장은 마왕에게 서신을 보낸 것도 자신이 아니면 그 누구도 생각할 수 없는 일이라 여겼다. 악마들의 관심을 돌리고 전쟁에 대비할 시간만 벌면 족했다. 천사들은 명분만 확실하면 착실히 잘 따라왔다. 지금껏 모든 일들은 계획에 따라 이루어졌다. 그리고 빈틈없이 완벽했다. '계획에 없던 666호가 뽑히기 전까지는….' 천사장은 한숨이 절로 나왔다.

굳이 엘리트 천사가 아니어도 문제는 없었다. 부족한 부분은 그만큼 채워주면 되었다. 다만, 자신의 의지대로 움직여 줄 천사가 필요했다. 그런데 자료가 없다는 것은 그만큼 관리가 안 되었다는 증거였다. 분명, 화재로 인해 소실되었다 해도 일정 부분 복구됐어야 했고 그 이후의 기록은 남아 있어야 했다.

"유별나게 책임감이 강함…. 그외 아무것도 없다."

천사장은 혹시나 싶어 신상파일의 속지를 한 장 한 장 불빛에 비추었다. 하지만 아무리 집요하게 살펴봐도 그 이상의 기록은 없었다.

천사장은 666호 대신 다른 천사로 바꿔치려 했지만 비주얼이 너무 강했다. 얼굴은 물론 조금이라도 비슷한 근육을 가진 천사가 없었다. 결국, 비밀리에 근육처럼 보이는 옷을 만들어 입혔지만 하나같이 부자연스러웠다. 천사들이 근육 옷을 입기만 하면 뒤뚱뒤뚱 걷는 데다 땀을 비 오듯 쏟았다. 제아무리 멍청한 악마라 해도 속일 방법이 없었다. 천사장은 궁리 끝에 계획을 바꿔 666호를 속성으로 가르쳤다. 좀 부족해도 '최고의 스승에게 배우면 어느 정도 습득할 것이라!' 믿었다. 최악의 경우, 지상계로 보낸 후에도 교체할 명분을 찾기로 했다.

천사장은 천계에서 가장 유능한 천사들을 불러 모았다. 하나하나가 천계를 책임질 만큼 그 분야 최고의 전문가였다. 이들이 모두 모여 집중적으로 666호를 교육했다.

'인간은 무엇으로 사는가!'

'인간의 역사'

'악마에게 먼저 선수 치기'

'마계의 괴물들'

등등….

유능한 천사들은 서로 경쟁하듯 모든 실력을 발휘해 지식을 전수했다. 666호는 학습 능력이 떨어졌지만 실망할 정도는 아니었다. 그런대로 소기의 성과도 있었다. 하지만 조금씩 처지는 과목이 생기자 유능한 천사들은 불안했다. 자신이 가르치는 과목을 이수하지 못하면 '실력이 없다.'는 말을 들을까 걱정했다. 그래서 더 유능한 천사일수록 666호가 잘 때도 천력으로 지식을 마구 집어넣었다. 억지로라도 머리에 넣어 자신의 의무를 충실히 수행하고자 했다. 강제로 머릿속에 각인시키는 방법은 효과가 아주 좋았지만 부작용도 컸다. 가끔, 넘쳐나는 정보를 주체하지 못해 미쳐버리는 경우도 있지만 666호는 아무리 가르치고 가르쳐도 항상 부족했다. 마치, 텅 빈 창고에 책 한 권 던져놓은 것마냥 별 소득이 없었다.

천사장은 666호에 대한 보고를 받을 때마다 우려가 절망으로 바뀌었다. 가장 좋은 방법은 믿을 만한 천사로 교체하는 것뿐이었다. 다행히 마계에서 사신악마의 딸을 극구 반대한 이유를 알아냈다. 루시피아는 분노조절장애로 이성을 잃고 여러 번 사고를 친 전력이 있었다. 보잘것없는 그 작은 체구에서 뿜어내는 마성이 너무나 강해 아무도 감당하지 못할 정도였다. "여럿이 죽거나 다쳤지만 위그리즈의 간청으로 마왕이 무마했다."는 첩보도 입수했다. 위그리즈는 마왕이 가장 아끼고 신망하는 13번째 아들이었다. 늦둥이 소마왕이지만 총명하기까지 해서 다른 소마왕들의 견제가 극에 달했다. 천사장은 고민 끝에 루시피아를 도발할 만한 방법을 생각해 냈다. 시간을 끌며 엉뚱한 짓을 하다 보면 악마가 빡쳐서 666호를 괴롭힐 것이 자명했다. 악마들은 참을성이 없어 조그마한 일에도 쉽게 성질을 부리는데 그중 최고라니…. 까불다 한두 대 얻어맞다 죽으면 금상첨화였다. 곧바로 순직처리 하고 다른 천사로 교체할 구실이 생길 것 같아 천사장의 어깨가 절로 으쓱였다. 하지만 666호의 맷집이 특이하게 좋은 것이 문제였다. 보고에 의하면 한 번도 아픈 적이 없을 만큼 튼튼했다. 특별한 능력은 없지만 천력도 강해 크게 다쳐도 금방 회복되었다. 천사장은 '생각 없이 살아서 모든 영양분이 몸으로 간 것'이라 여겼다.

천사장은 666호를 자세히 조사하기 위해 젊은 엘리트 천사 셋을 불렀다. 둘은 카멜론 앞을 지나갔던 2332호와 9292호였다. 마지막 하나는 2778호였다. 훗날 이 엘리트 천사 중에 일부만 원로원에 입단할 자격이 주어졌다. 이들은 서로 경쟁하듯 자신이 존경하는 원로천사를 닮는 것이 천상 최대의 목표였다. 천사장은 엘리트 천사들이 도착하자마자 반갑게 맞이했다.

"오직 자네들만이 악마로부터 천계를 지킬 수 있으리라 믿네."

"이미 특공천사대를 조직하여 훈련시키고 있지 않습니까?"

천사장의 말에 가슴이 봉긋 튀어나온 2778호가 물었다. 외모는 별 차이가 없지만 몸매로 보아 여성에 좀 더 가까웠다. 하지만 천사들은 자웅동체였기에 성별은 큰 의미가 없었다.

"그들은 자네들과 달리 주어진 명령만 수행할 줄 알지."

천사장은 엘리트 천사들을 하나하나 둘러보며 말했다.

"그들이 할 수 없는 일들을 해주었으면 하네."

천사장의 지령을 받은 2332호는 알통의 출생지인 구름마을로, 9292호는 알통이 근무하는 환경부로, 2778호는 알통을 감시하기 위해 '그 누구도 눈치채지 못하게' 비밀리에 움직였다.

음모

　카멜론은 주변과 똑같은 색으로 완벽히 위장했지만 도망치는 내내 불안했다. 천사들이 코를 감싸 쥐며 의심의 눈초리로 바라만 봐도 발각될 것 같아 마음을 졸였다. 등에 생긴 발자국은 생각도 못 한 채 몸에 밴 냄새를 당장 없애고 싶었다. 마침, 카멜론의 눈앞에 큼직한 현판이 보였다.
　"목욕탕."
　마계어와는 사뭇 달랐지만 교육을 받은 카멜론은 쉽게 읽었다. 카멜론은 주위를 살피며 슬그머니 문틈 사이로 머리를 집어넣었다. 목욕탕 안에는 커다란 욕조와 작은 욕조들이 여럿 있었다. 그 외에 잡다한 목욕 용품들이 보였다. 천사들이 보이지 않자, 카멜론은 양팔을 먼저 빼내고 바닥을 잡아당겨 문틈에 걸려 있는 엉덩이를 빼냈다. 틈이 좁아 힘껏 늘어났던 엉덩이가 빠지자 몸통에 콱 부딪혀 앞으로 떼굴떼굴 굴렀다. 그 와중에도 가장 큰 욕조에서 눈을 떼지 않았다. 카멜론은 마구 흔들리는 머리를 두 손으로 꽉 잡아 고정시킨 후 낮은 계단이 있는 욕조로 올라갔다. 물이 가득 담겨 있는 것을 확인하자 누가 볼까 싶어 얼른 뛰어들었다. 욕조의 물이 제법 깊었지만 카멜론은 벌컥벌컥 물까지 들이켜며 여유롭게 헤엄쳤다.

천사들이 쓰는 욕조는 카멜론이 수영하고도 남을 만큼 널찍했다. 한동안 물놀이를 즐기던 카멜론은 힘이 빠지자 욕조에서 나오려 했다. 하지만 마계의 투박한 욕조와 달리 천계의 매끈한 욕조는 미끄러워 도저히 오를 수 없었다. 더군다나 물 위로 높이 솟은 욕조 벽은 카멜론의 키보다 훨씬 높았다. 카멜론은 어디선가 동료들이 나타나 손을 덥석 잡아줄 것 같은 마음에 손을 뻗었다. 하지만 역시나 동료들은 끝내 나타나지 않았다. 그제야 카멜론은 욕조에 갇힌 사실을 깨달았다. 카멜론은 덜컥 겁도 나고 지친 상태라 힘이 쭉 빠졌다. 긴장하자마자 몸이 굳어져 허우적거리다, 물을 어찌나 먹었는지 불룩해진 배를 내민 채 한동안 욕조 위를 둥둥 떠다녔다.

"덜커덕."

얼마 지나지 않아 문을 열고 한 천사가 목욕탕에 들어왔다. 천사는 카멜론이 떠다니는 욕조 앞까지 성큼성큼 걸어왔다. 카멜론은 발걸음 소리에 재빨리 욕조 벽에 붙어 몸 색깔을 바꾸었다. 천사는 욕조 앞에서 킁킁거리다 욕조로 다가가 다시 냄새를 맡았다. 그리곤 얼굴을 찡그리더니 이내 밖으로 뛰쳐나갔다.

카멜론은 천사가 나가자 문 쪽을 주시했다. 얼마 지나지 않아 시끄러운 발소리와 함께 환경부 소속인 2282호와 9772호가 들어왔다. 천사들은 욕조를 살피더니 한마디씩 지껄였다.
"아우 냄새, 도대체 누가 여기다 똥을 싼 거야?"
깃털이 군데군데 삐져나온 2282호가 코를 막으며 외쳤다.
"설마하니 누가 똥을 쌌겠어. 뭔가 빠졌겠지?"
9772호가 고개를 끄덕이며 말했다.
"아니, 욕탕에 빠질 게 뭐가 있겠어."
"그러게 말이야. 뭐가 있을까?"
"일단 물이나 빼자고."
"그러자고."
덩치가 좀 더 큰 9772호는 욕조에 손을 넣으려다 급히 거두어 코를 틀어막았다. 물속에서 올라오는 냄새가 역겨워 숨을 쉴 수가 없었다.
"자네가 청소한 욕조였지?"
9772호가 나지막이 말했다.
"음 아마도, 그런 것 같아."

2282호가 대답하자마자 9772호가 2282호를 떠밀었다.

"그럼 자네가 마저 청소하게."

"무슨 소리를. 가위바위…."

2282호는 주먹 쥔 손을 내밀다 굳어진 9772호의 얼굴을 보곤 입을 다물었다. 무슨 수를 써도 통하지 않을 것 같아 바로 꼬리를 내렸다.

2282호는 코를 막은 채 욕조 밑의 큼직한 물마개를 뺐다. 배수구에 물이 빠지기 시작하자 작은 소용돌이가 일었다. 카멜론은 보호색을 유지한 채 욕조 벽에 붙어 배수구에서 최대한 멀리 도망쳤다. 물과 함께 빨려 들어가면 너무나 위험했다. 혹여 배수구에 몸이라도 끼면 천사들에게 발각될 위험이 컸다. 물이 급격히 빠지자 소용돌이가 점점 더 심해졌다. 그사이 욕조 너머로 두 천사의 말소리가 들렸다.

다급한 카멜론과 달리 천사들은 아주 느긋했다. 물이 어느 정도 빠져나가 냄새도 많이 줄었다.

"이상도 하지?"

9772호가 배수구로 빠져나가는 물을 보며 말했다.

"그러게 말이야. 물에서 어떻게 구린내가 날 수 있을까?"

솔을 집어 든 2282호가 말했다.

"혹시, 배수구로 악마가 숨어들어 온 것은 아닐까?"

9772호가 심각한 표정으로 2282호를 쳐다봤다. 카멜론은 9772호의 말에 깜짝 놀라 심장이 멎을 뻔했다.

"아니, 이 좁은 구멍으로 어떻게 들어온단 말인가? 악마가 아니라 악마 할애비라도 힘들 걸세."

2282호는 배수구를 보며 손사래를 쳤다.

"아니, 내 말은 그게 아니고, 배수구가 아니라 다른 곳에서 들어올 수 있다는 얘기지. 마계에서 온 자들은 모두 돌아간 게 틀림없지?"

악마 측 대표단이 모두 철수한 후 배불뚝 악마가 사용했던 화장실을 폐쇄한 경험이 있던 9772호는 의심을 늦출 수 없었다.

"그럼, 악마가 한 놈이라도 남아 있다면 천계에서 모를 수 있나!"

2282호는 손사래를 쳤다.

"이 냄새 말이야. 배불뚝 악마에게 났던 냄새와 비슷한데 누가 폐쇄된 화장실에 다녀온 건 아닐까?"

9772호는 별안간 배불뚝 악마 생각이 났다.

"말도 안 돼. 이 정도 냄새면 화장실에 며칠은 갇혀 있어야 할걸. 이 극악한 냄새를 참을 수 있는 천사는 아무도 없다구!"

2882호가 심드렁하게 대답하자 9772호는 고개를 끄떡였다.

"그렇겠지. 누가 더러운 걸 버린 게 아닐까?"

"아니 자네도 알다시피 내가 아까 청소하지 않았나! 내가 물을 받아놓았을 때만 해도 아주 깨끗했다네. 악마가 아니고서야 누가 이런 고약할 걸 탕 안에 넣겠나?"

2282호는 손사래를 치며 천장 주위를 살폈다. 카멜론은 막 숨을 돌렸다 2882호의 말에 또다시 심장이 멎을 뻔했다. 물이 거의

다 빠지자 2882호는 긴 손잡이가 달린 솔로 바닥에 남아 있는 물기를 수챗구멍으로 밀어 넣었다.

"맞아. 이런 일은 오직 666호만 할 수 있을 걸세."

9772호는 갑자기 666호가 떠올랐다.

"그렇긴 해. 혹시 666호가 돌아온 건 아닐까?"

솔질을 하던 2282호가 주위를 둘러보며 말했다.

"뭐 그럴 수도 있다는 얘기지. 어쨌든 666호가 돌아오진 않았을 거야."

9772호도 주위를 살피며 말했다.

"맞아. 돌아왔다면 천계, 아니 우리가 모를 리 없겠지!"

솔질을 멈춘 2282호가 말했다. 그러자 9772호가 주위를 살피며 조용히 말했다.

"혹시, 소문 들었어?"

"무슨 소문?"

"천사장님이 666호의 자료를 찾았는데, 아무도 그의 과거를 모른대…."

9772호가 소곤거리듯 작은 목소리로 말했다.

"정말로? 그런 일은 불가능해."

2282호가 주위를 둘러보며 나지막이 말했다.

"진짜라던데."

9772호의 말에 2282호가 솔을 마구 흔들며 외쳤다.

"말도 안 되지!"

"그렇지."

9772호가 눈을 동그랗게 뜬 2282호의 눈치를 살폈다. 모든 천사의 행적은 낱낱이 기록되었기에 자료가 없다는 말은 믿을 수 없었다.

천사들은 수다를 떠느라 정신이 팔려 카멜론의 존재를 눈치채지 못했다. 처음엔 발각된 줄 알고 납작 엎드려 있던 카멜론은 최대한 욕조 벽에 붙어 천사들의 말을 엿들었다.

"그런데 말이야. 이 링으로 우리를 감시하고 있다는 소문이 파다해."

2282호가 자신의 머리 위에 있는 링을 슬쩍 가리켰다.

"그런 소문은 예전에도 있었지."

9772호도 다른 동료로부터 들었던 적이 있었다.

"어쨌든 천사들이 사라진 사건 이후엔 잘 때마다 상자에 넣어둔다고."

2282호가 자신의 링을 올려보며 말했다.

"너무 예민한 거 아냐. 나는 잘 때도 머리맡에 놔두는…."

9772호가 말하다 말고 문이 열리는 소리에 입을 다물었다. 2282호는 언제 떠들었냐는 듯 조용히 욕조에 비누거품을 풀었다.

카멜론은 비누거품이 발아래로 밀려들자 최대한 뒤로 물러섰다. 하지만 발에 묻은 비눗물 때문에 몸을 제대로 가누지 못해 뒷걸음치다 넘어졌다.

"철퍼덕."

"이보게들."

청소를 하던 두 천사는 자신들을 부르는 소리에 고개를 돌렸다. 직속상관인 818호가 막 목욕탕에 들어오며 손짓했다. 욕조 안에 넘어진 카멜론은 입을 꽉 틀어막은 채 부릅뜬 눈으로 천사들을 살폈다. 다행히 자신이 넘어지는 소리를 못 들었는지 천사들은 문 쪽으로 갔다.

818호 뒤로 엘리트 천사인 9292호가 따라 들어왔다. 2282호와 9772호는 급히 달려가 818호에게 인사하고 무슨 일인가 싶어 9292호를 빤히 쳐다봤다.

"선배들에게 인사하게. 이쪽은 2282호, 이쪽은 9772호일세."

818호가 9292호에게 둘을 소개했다.

"신입으로 들어온 9292호입니다. 선배님들, 잘 부탁드립니다."

9292호는 깍듯이 인사했다. 천사장의 명을 받은 9292호는 666호를 조사하기 위해 함께 일했던 천사들의 명단을 미리 확보했다. 이들에게 최대한 많은 정보를 알아내야 했기에 환경부에 위장취업 했다. 두 천사 또한 면밀히 조사해야 할 대상이었다.

"오늘부터 자네들과 같이 일하게 되었으니 환경부 일원으로서 투철한 사명감을 갖고 우리 청소과 본연의 임무를 잘 가르쳐 주게. 나는 바빠서 이만 가봐야겠네."

818호가 서둘러 나가자 2282호는 옆으로 삐져나온 깃털을 집어넣은 후 9772호에게 속삭였다.

"우리 청소과에 정말 오랜만에 들어온 신입이니 아주 확실하게 가르쳐 줌세."

9772호는 말없이 고개를 끄덕였다.

"자네의 역량을 파악해야겠으니 지금 당장 바닥을 청소해 보게."

2282호는 자신이 들고 있던 솔을 9292호에게 넘겨주었다.

9292호는 솔을 받아 들자마자 2282호가 손가락으로 가리킨 바닥을 닦았다. 2282호와 9772호는 바닥을 청소하는 9292호의 모습을 지켜보았다. 9292호는 선배 천사들의 눈에 잘 보이려고 쉬지 않고 부지런히 솔질을 해댔다. 한참을 지켜보던 9772호가 2282호에게 조용히 속삭였다.

"일을 아주 잘하는군. 666호가 가고 나니 9292호가 그 자리를 메울 것 같네…."

"아직 멀었네."

2282호가 팔짱을 끼며 다시 말했다.

"아무래도 666호만큼 하려면 시간이 많이 걸릴 걸세."

둘은 나란히 팔짱을 낀 채 9292호를 지켜보았다.

"9292호라, 666호만큼 번호가 특이하군."

어느새 깃털이 다시 삐져나온 2282호가 조용히 속삭였다.

"그러게 말일세. 666호가 '구이구이'라는 말을 들었다면 통닭 먹고 싶다고 깃털을 몽땅 뽑았을 거야."

9772호가 2282호의 삐져나온 깃털을 훔쳐보며 말했다.

"이보게, 그런 말은 입 밖에 내지도 말게. 남들이 들으면 오해하네."

2282호가 화들짝 놀라 말했다. 조용히 솔질을 하던 9292호는 이때를 놓치지 않고 둘을 몰래 훔쳐봤다. 음모를 꾸미듯 조용히 쑥덕대는 모습이 예사롭지 않았다.

"알았네, 미안허이. 그런데 9292호는 꼭 엘리트 천사 같아 보이지 않나."

9772호가 9292호를 훑어보며 말했다.

"어디가 엘리트 천사처럼 보인단 말인가?"

2282호는 9292호를 위아래로 쳐다봤다.

"저 잘생긴 외모며 각 잡고 일하는 모습이 꼭 엘리트 천사처럼 보이지 않는가?"

9292의 모습을 지켜보던 9772호가 말했다.

"엘리트 천사가 뭐가 아쉬워 환경부에 오겠나! 게다가 청소과는 몇 년째 지원자도 없으니 우리처럼 어쩔 수 없이 왔겠지. 분명, 겉멋만 잔뜩 들어서 그런 것일세. 그러니 우리가 진짜 환경부 소속 청소과다운 천사로 만들어 줘야 하지 않겠나."

2282호가 자신의 깃털을 다듬으며 말했다.

9292호는 목욕탕 바닥을 닦은 후 선배 천사들의 지시에 따라 지독한 악취가 났던 욕조 안으로 들어갔다. 2282호가 풍성한 비누거품을 만들어 두었기에 솔로 닦기만 하면 되었다. 카멜론은 솔이 점점 가까이 다가오자 어기적어기적 도망 다녔다.

9292호는 이상한 낌새를 눈치채고 뒤로 한 발 물러섰다. 무슨 소리가 들리긴 했는데 앞에 아무것도 없으니 미심쩍었다.

9292호는 이상한 소리가 난 곳을 여기저기 솔로 들쑤셨다. 카멜론은 무지막지한 솔을 피해 9292호의 다리 사이로 다이빙했다. 하지만 앞으로 한 발 내민 9292호의 발에 그대로 밟혔다. 카멜론은 짜부라져 튕겨 나가고 9292호는 뒤로 넘어지며 욕조 모서리에 뒤통수를 찧었다.

"쾅."

2282호와 9772호는 팔짱을 끼고 노닥거리다 크게 부딪히는 소리에 놀라 고개를 돌렸다. 그곳에는 9292호가 쓰러져 있었다. 어찌나 심하게 부딪혔는지 온몸을 부르르 떨고 있었다. 카멜론은 이 기회를 놓치지 않고 9292호의 몸을 타고 넘어 욕조 밖으로 도망쳤다. 9292호는 무언가 몸 위로 기어다니자 혼미한 상태에서 마구 비명을 질렀다. 2282호와 9772호는 급히 뛰어가 9292호의 입을 꽉 틀어막았다. 시끄러운 비명소리가 멈추자 고요한 정적이 흘렀다.

"이봐이봐, 신입."

"…."

"신입, 정신 좀 차리게."

2282호가 9292호의 뺨을 가볍게 툭툭 때리며 말했다. 하지만 정신을 못 차리자 소리는 점점 거칠어졌다.

"철썩철썩."

정신을 차린 9292호는 주위를 두리번거렸다.

2282호와 9772호가 욕조 밖으로 끌어내리려고 9292호의 어깨를 잡자 9292호는 소리를 꽥 질렀다.

"탕 안에, 탕 안에…."

9292호가 바닥을 가리키며 난리를 피우자 2282호와 9772호가 고개를 끄덕였다.

"탕 안에 뭐가 있다는 거야?"

둘은 연신 고개를 끄덕이며 욕조 안을 구석구석 훑어보았다. 하지만 아무것도 보이지 않자 9292호를 흘겨보았다. 9292호는 말을 하려다 입가에 뭔가 불쾌하고 찜찜함을 느꼈다. 그도 그럴 것이 2282호가 거품 묻은 손으로 입을 틀어막아 시큼한 냄새가 풍겼다. 9292호는 입가에 묻은 것을 닦으려고 손등으로 쓱쓱 문질렀다. 하지만 비누거품이 더 묻어 속이 메슥거렸다.

"분명히 뭔가 있었습니다."

흥분한 9292호의 입가엔 비눗방울이 맺혔다. 하지만 2282호와 9772호의 눈에는 게거품을 문 것처럼 보였다. 9772호는 2282호를 슬그머니 구석으로 데려가 말했다.

"이보게, 저 신입 녀석, 게거품을 무는데 우리가 좀 심했나?"

"무슨 소릴…. 내가 처음 배정받았을 때는 혼자서 이곳을 다 닦았네. 이 정도는 정말 아무것도 아니야."

"그렇지, 우리 잘못이 아니지?"

"그럼, 우리가 얼마나 부려먹었다고 그래. 저놈이 이상한 거지."

"저 녀석, 일하기 싫어서 꾀를 내는 게 아닐까?"

"설마, 아무리 그래도 그렇지. 우리 천사들이 요령을 피우지 않는 건 자네도 잘 알지 않는가?"

둘은 점차 가깝게 다가서더니 결국 귓속말로 속닥거리기 시작했다.

"설마 666호…."

"이봐, 말조심하게."

2282호는 급히 9772호의 입을 틀어막았다.

9292호는 정신이 돌아오자 재빨리 주위를 둘러보았다. 아무리 살펴도 이상한 점이라고는 찾을 수 없었다. 다만 두 천사가 쏙닥거리는 모습을 보며 심상치 않은 기분을 떨칠 수 없었다. '666호의 조사를 방해하려고 둘이 모종의 음모를 꾸미는 것 같다. 만일, 666호의 흔적을 지우기 위해 자신을 속이는 것이라면 역으로 이들을 감시하면 된다.' 9292호는 9772호와 2282호를 의심의 눈초리로 살폈다. '분명 666호와 깊이 관련된 자들이 틀림없다.'고 믿었다.

카멜론은 소란을 틈타 목욕탕에서 간신히 탈출했다. 신입 천사의 환영식이 없었다면 불가능한 일이었다. 카멜론은 동료들을 찾아 분주히 움직였다. 하지만 마계에서 가장 우수한 첩보원들은 그들의 명성답게 흔적조차 남기지 않았다. 귀귀의 지시에 따르는 명령만 받았을 뿐 어디서부터 어떻게 임무를 수행해야 할지 막막했다. 신기술을 이용한 '알 작전'에 급히 투입되었기에 첩보 교육도 제대로 받지 못했다. 게다가 동료보다 이틀이나 먼저 알 속에 들어가 있었다.

카멜론은 아사 직전에야 식당을 찾아 음식을 훔쳐 먹었다. 천사들의 식당은 큰 테이블에 의자만 있는 단순한 구조였다. 식당에는 주방이 붙어 있는데 음식을 조리하는 시설과 여러 개의 싱크대가 놓여 있었다. 싱크대는 상판에 물이 빠지는 배수구와 네 개의 다리만 있어 아주 간결했다. 그래도 몇몇 싱크대 밑에는 수납장이 있어 몸을 숨길만한 공간이 있었다. 하지만 싱크대는 손이 닿을 수 없을 만큼 높아 창고에 들어가 음식을 훔쳐 먹었다.

어느 정도 주린 배를 채운 카멜론은 심리적 공황에서 벗어나 약간의 여유가 생겼다. 지금껏 발각되지 않았으니 섣불리 움직여 일을 그르칠 필요가 없었다. 이제부터는 신중하게 움직여 임무를 완수하겠다고 다짐했다. '우선 이곳을 비밀 아지트로 사용하자! 식량도 있으니 굶어 죽을 걱정은 없다.' 카멜론은 자신이 거쳐 온 길을 다시 한번 머릿속에 그려 넣었다. 비록 함께 침투한 동료들은 없지만 '귀귀나, 전귀, 칼귀라면 어떻게 할 것인가?' 스스로 반문했다.

'천사장이나 원로회에서 나오는 따끈따끈한 정보를 빼내는 것이 가장 좋긴 하지만 그리 녹록지 않을 것이다. 분명 보안이 철통같을 테니 아예 정보를 취합하는 곳으로 접근하는 것이 좋겠다. 그곳에서 흘러나오는 정보를 취하면 된다.'

카멜론은 전귀가 없어 너무나 애석했다. 전귀는 방 안에 들어가지 않고도 도청이 가능했고 상대방이 모르게 미행하는 능력도 있었다. 하지만 자신도 숨는 것만큼은 자신 있으니 천사장을 감시하면 방법이 생길 것이라 여겼다. 카멜론은 천사장이 나타날 때까지 식당에 숨어 기다리기로 했다. 빨리 쫓아갈 수 있게 테이블 안쪽 다리에 찰싹 붙어 주변을 감시할 때 몇몇 천사들이 들어왔다.

"이봐이봐, 얘기 들었어?"

한 천사가 주위를 둘러보며 조용히 얘기하자 다른 천사들이 둥그렇게 모여들었다. 그 모습을 본 카멜론은 호기심이 생겨 은밀히 접근했다.

"무슨 얘기."

카멜론은 최대한 잘 듣기 위해 귀를 쫑긋 세웠다.

"이번에 들어온 청소과 신입은 정말 특이하대."

"나도 그 얘기는 들었어! 그 9292라는 녀석 말이야."

"근데 그 녀석이 엘리트 천사라는 얘기가 있어."

"뭔 말도 안 되는 소리야!"

천사들은 돌아가며 한마디씩 말했다.

"생긴 건 엘리트 천사 같은데 하는 짓은 정말 얼빵하대…."

"신고식을 하다가 게거품을 물었다며…."

천사들은 동료에게 들었던 얘기를 하나둘 털어놓았다. 카멜론은 그제야 화장실 앞에서 자신을 지나쳤던 천사들이 떠올랐다. '9292호', 그 당시는 발각될까 봐 경황이 없었는데 엘리트 천사라며 목에 깁스를 한 듯 뻣뻣하게 굴었던 그 천사였다.

"오랜만에 들어온 신입인데 너무 심하게 한 건 아닐까?"

"무슨 소리야. 그저 욕조 안을 청소시켰는데 혼자 넘어지곤 보이지도 않는 뭐가 있다고 게거품을 물었다는데."

"다이어트한다고 쫄쫄 굶은 거 아냐?"

"아니야. 내가 봤는데 아주 건강해 보였어."

천사들은 쑥덕거리다 말고 다른 소속 천사들이 들어오자 입을 닫았다. 그리곤 아무 일 없다는 듯 조용히 자리에 앉았다.

카멜론은 침을 꿀꺽 삼켰다. 목욕탕에서 9292호의 몸을 타고 넘어 문틈으로 곧장 빠져나온 전력이 있었다. 그가 진짜 엘리트 천사라면 그를 감시하는 편이 좋을 것 같았다. 엘리트 천사는 원로원과 연결되어 있고 원로원은 천사장과 연결되어 있으니 9292호를 따라다니면 좋은 정보를 취할 수 있을 거라 여겼다. 카멜론은 급히 9292호를 찾아 나섰다. 천사들은 다 엇비슷하게 생겼지만 9292호의 몸을 타고 넘어본 데다 간드러지는 그 목소리를 잊을 수 없었다.

마왕의 13번째 아들인 위그리즈는 언제나 마왕의 귀여움을 독차지했다. 다른 형제들은 후계자가 되기 위해 열심히 노력했지만 위그리즈는 남달랐다. 태어날 때부터 마왕의 신망을 얻어 아무런 노력 없이 유력한 후계자가 되었다. 후계자 자리에 오르지 못한 소마왕들은 그런 위그리즈를 극도로 미워했다.

루시피아가 지상계로 떠난 후 위그리즈는 둘째 소마왕이 "천계와의 합의를 파기하기 위해 루시피아를 제거하려 한다."는 첩보를 입수했다. 어릴 때부터 루시피아와 각별한 사이였던 위그리즈는 첩보를 입수하자마자 루시피아에게 직접 알리고 싶었다. 형의 계략에 말려들면 마력이 강한 루시피아라도 목숨이 위태로웠다. 하지만 이 모든 일들이 자신을 제거하려는 계략인 줄은 꿈에도 몰랐다. 위그리즈는 마궁을 몰래 빠져나가며 자신의 대역을 심어두었다. 그리곤 아무도 모르게 혈혈단신으로 지상계로 가던 중 호위무사인 그루그루에게 뒤를 밟혔다. 그루그루는 마왕의 호위무사였으나 전출되어 위그리즈의 호위무사가 되었다. 하지만 위그리즈는 자신을 늘 감시하는 것 같아 일찌감치 한직에 배치했다. 그러나 그루그루는 소마왕의 마력을 감지할 수 있어 멀리서도 동태를 살필 수 있었다. 게다가 마왕의 명령을 받은 터라 한시도 눈을 떼지 않았다. 위그리즈가 지상계로 향하는 날도 몰래 움직이는 낌새를 눈치채고 소마왕의 뒤를 쫓았다. 위그리즈는 모든 부하들을 따돌리고 숨을 돌린 사이, 홀연히 나타난 그루그루 때문에 난처했다. 따돌리거나 내친다면 마왕에게 즉시 보고할 것 같아 어쩔 수 없이 곁에 두기로 했다. 하지만 이것은 크나큰 착각이었다.

 마왕은 천계와의 전쟁에 대비해, 마계의 동정을 살피려고 아무도 모르게 암행을 결심했다. 마궁에만 있다 보면 자신의 눈과 귀를 가려도 알 길이 없었다. 천계를 칠 준비가 다 되었다고는 하나 밑바닥 마심이 어떤지 궁금했다. 정말 오랜만에 변복을 하고 혈혈단신으로 몰래 마궁을 빠져나왔다.
 마왕이 어두운 골목을 지날 무렵, 소피가 마려워 급히 볼일을 봤다. 쏟아지는 오줌 줄기에 푹 파인 자국이 나무 모양이라 한 그루 두 그루 세었다. 그 모양이 재미있어 자신도 모르게 중얼거렸다.
 "한 그루, 두 그루."
 "네, 마왕님. 하명하십시오."
 그루그루는 몸을 날려 마왕의 앞으로 뛰어나와 한쪽 무릎을 꿇었다. 마왕은 깜짝 놀라 볼일을 멈추지 못하고 그루그루를 쳐다봤다. 아무도 모르게 마궁을 빠져나왔는데 웬 이상한 놈이 기척도 없이 나타난 것이다. 호위무사 복장으로 보아 분명 자신의 수하가 맞았다. 경호대장이 "목본식물계 호위악마가 밤낮으로 호위하겠다."는 말에 건성으로 승낙한 것이 생각났다. 그 이후 '자신도 모르게 밤낮으로 숨어서 지켜보고 있었다.' 생각하니 괜히 찜찜했다. 마왕은 하명을 기다리는 그루그루에게 딱히 할 말이 없어 대충 소마왕을 지키라고 둘러댔다. 눈치도 없이 자신을 놀라게 하는 자를 곁에 두기 싫었을 뿐이다.

마계에서 가장 은밀한 곳 중 하나인 '지옥의 숲'에 한 무리의 악마들이 조용히 모여들었다. 이곳은 높은 천장 위로 종유석이, 바닥에는 석순들이 마구 자라 숲처럼 우거진 곳이었다. 흉포한 괴물들이 자주 출몰하는 데다 위험하기도 해서 마력이 강한 악마조차 꺼렸다. 하지만 안쪽에는 제법 널찍하고 안전한 공간이 있었다. 게다가 어둡고 음침한 안개에 가려 밖에서는 전혀 보이지 않았다. 모두 엇비슷한 시간에 모인 7위(位)의 악마들은 검은 옷과 두건으로 온몸을 완전히 가렸다. 다만 풍채나 기운으로 서로가 누구인지 짐작하고 있었다. 두건으로 얼굴을 가렸지만 눈이 유난히 커서 왕큰눈알 원로악마라 해도 믿을 만한 악마가 말했다.

"위그리즈가 지상계로 간 것이 확실합니다."

"즉시, 마왕님께 알려야 하지 않겠소."

그중 체격이 작은 악마가 스산한 목소리로 대꾸했다.

"아닙니다. 보고할 게 아니라 이번 기회에 아예 싹을 잘라야 합니다."

유난히 덩치 큰 악마가 목소리를 높였다.

"맞습니다. 그래봐야 잠시 귀양이나 다녀오겠죠! 얼마 지나지 않아 더 활개 칠 겁니다."

"우리가 천계의 얼토당토않은 제안을 지지한 것도 바르고 님을 추대하기 위한 포석이었습니다."

"그러게 말입니다. 루시피아가 선발되는 바람에 일이 틀어져 버렸습니다."

악마들이 목소리를 높이자 그동안 지켜보던 악마가 나지막이 속삭였다.

"오히려 잘된 겁니다. 루시피아가 폭주하면 모든 게 해결될 테니 말입니다."

악마들은 '위그리즈가 마왕의 수하였던 자의 호위를 받으며 지상계로 갔다.'는 것까지 파악했다. 따라서 지상계에서 위그리즈를 제거하기 위해 머리를 맞댔다. 호위악마의 행적은 잘 알려지지 않아 유명한 자객이었다는 추측만 무성할 뿐 별다른 정보는 없었다. 바르고를 추대하려는 악마들은 눈에는 눈, 이에는 이, 일급 살수들로 구성된 자객들을 추려 보냈다. 사실, 위그리즈를 유인하기 위해 루시피아가 위험에 처했다는 거짓 정보를 흘린 자들은 이미 소마왕의 동태를 낱낱이 감시하고 있었다. 그러니 마계에 남겨둔 소마왕의 분신이 제 역할을 아무리 잘해도 속일 수 없었다.

마계는 천계와 맺은 불가침 조약에 따라 지상계로 입계하기 위해서는 특별한 심사를 했다. 아무리 소마왕이라 해도 멋대로 지상계로 내려간 것이 알려지면 큰 벌을 받을 수밖에 없었다. 하지만 마왕에게 알리는 것보다 이번 기회에 위그리즈를 제거하는 쪽으로 기울었다. 지상계에서 위그리즈를 죽이면 아무리 마왕이라도 해도 손쓸 방법이 없었다. 게다가 지상계로 입계한 것조차 모르고 있으니 둘도 없는 기회였다. 이들은 모두 마왕이 아끼는 위그리즈를 제거하고 표독한 바르고를 추대하려 했다. 바르고는 셋째 아들이지만 자신들의 공적으로 마왕의 자리에 오르면 지금보다 더 좋은 자리를 차지할 수 있을 것이라 여겼다. 바르고는 수하들의 공적을 철저히 치하했기에 사나운 성격에도 불구하고 많은 자들이 따랐다.

루시피아는 인간이 살 만한 도시를 찾아 남쪽으로 향했다. 하지만 알통은 "해가 뜨는 동쪽으로 가야 한다."며 고집을 부렸다. 알통의 우격다짐 끝에 동쪽으로 바꾼 후 몇 차례나 해가 떴다 사라졌다. 그동안 인간이 그림자는커녕 작은 발자소자 없었다. 이글거리는 땡볕 아래 갈지자로 걷는 알통 뒤로 루시피아가 혀를 길게 빼낸 채 헉헉대며 뒤따랐다.

"알통, 제대로 가고 있는 거야?"

루시피아의 짜증 섞인 목소리가 귓등을 때렸다.

"당연하지. 이제 다 왔다구!"

알통은 짐작해 말했지만 속으로는 '날아가면 금방인데….' 하는 생각만 들었다.

"근데…. 왜 며칠째 똑같은 길을 걷고 있는 것 같지?"

루시피아는 고개를 절레절레 저으며 물었다.

"모래 위라 똑같아 보이는 거야! 천사가 길을 잃었다는 말 들어 본 적 있어?"

알통은 당장이라도 쓰러지고 싶었지만 부러 힘을 내어 말했다.

"없어…. 길을 잃은 악마들은 종종 있지만!"

루시피아가 귀찮듯 대답했다.

'뭐, 악마들이 길을 잃는다고? 그럼, 천사라고 길을 잃지 말라는 법이 없잖아?' 하는 생각이 알통의 머리 위로 스쳤다. 그 순간 6호 원로의 목소리가 희미하게 들렸다.

"지옥문에 가면 332호처럼 절대 실수하지 말게…."

지옥문에서 길을 잃었다 구조된 332호가 병상에 앉아 묻지도 않은 검댕을 털어내는 모습이 떠올랐다. 그 순간, 알통은 눈을 질끈 감은 채 고개를 끄떡였다.

알통은 "동쪽이 틀림없다."며 무작정 우긴 것도 마음에 걸렸다. 주위에 사람도 없으니 하늘로 날아올라 길을 찾고 싶은 마음이 굴뚝같았다. 하지만 루시피아에게 '하늘에서 찾아보자.'는 말은 할 수 없었다. 손가락으로 하늘을 가리키는 시늉만 해도 팔뚝을 덥석 물어버릴 것 같았다. 알통은 팔뚝에 대롱대롱 매달린 루시피아가 떠오르자 소름이 돋아 팔이 부르르 떨렸다.

토끼쥐

알통의 뒤를 따르던 루시피아가 힘겹게 발을 내딛다 덜썩 주서 앉자 알통도 슬그머니 쭈그려 앉았다.
"알통, 근데 왜 동쪽으로 가야 하지?"
루시피아는 고개를 갸웃거리며 물었다.
"그야, 달마가 동쪽으로 간 까닭이지!"
알통이 동쪽 하늘을 가리키며 말했다.
"그게 무슨 뜻이야?"
루시피아가 되물었다.
"이곳에 오기 전에 인간의 역사에 대해 배웠는데 달마라는 인간이 동쪽으로 간 이유가 뭐겠어? 사람들이 많으니까 갔겠지!"

알통의 진지한 표정에 루시피아는 인도에서 중국으로 선종을 전파한 달마를 몰랐지만 내색하기 싫었다.
"그럼 이곳이 달마가 지나간 길인가?"
루시피아는 주위를 두리번거리며 중얼거렸다.
그 순간, 모래언덕 뒤로 검은 그림자가 급히 모습을 감추었다. 이미 한나절이나 따라다니는 동안, 그 존재를 눈치챌 수 없을 만큼 재빨랐다.
루시피아는 힘들고 지친 마음에 벌러덩 누웠다. 버티고 버티던 알통도 그대로 발라당 누웠다. 루시피아 앞에서는 꿋꿋한 척했지만 더 이상 버틸 힘이 없었다. 둘은 뜨거운 햇살을 맞으며 그대로 널브러졌다.

둘이 쥐 죽은 듯 꼼짝 않자 그 모습을 훔쳐보던 그림자가 조용히 움직였다. 고개만 내밀고 주위를 두리번두리번 살피는데 긴 귀를 세워가며 큰 머리를 잘도 흔들어 댔다. 좌우로 얼굴을 돌릴 때마다 뾰족한 입에 검은 수염이 길게 보였다. 충혈된 빨간 눈에 긴 귀는 영락없이 토끼의 모습인데 툭 튀어나온 주둥이는 쥐였다. 허름한 옷을 입은 '토끼쥐'는 상체에 비해 엉덩이가 툭 튀어나온 데다 다리마저 짧아 호리병 몸매였다. 꿋꿋이 서 있을 땐 알통의 허리를 훌쩍 넘겼다.
날카로운 이빨을 드러내며 연신 침을 삼키던 토끼쥐는 모래언덕에서 살금살금 기어 나왔다. 그리곤 알통의 곁으로 슬금슬금

다가가 발로 얼굴을 툭툭 건드렸다. 아무런 미동조차 없자 쭈그려 앉아 벌어진 입 사이로 축 늘어진 혓바닥을 살짝 집어보았다. 땡볕에 그을린 혓바닥이 숯처럼 새카맣게 변해 있었다. 토끼쥐가 입을 쫙 벌리자 날카로운 이빨이 튀어나왔다. 삼각형의 뾰족뾰족한 이빨은 모든 것을 잘라버릴 것 같았다. 토끼쥐는 입안 가득 고인 침을 질질 흘리며 알통의 지저분한 목을 천천히 닦았다. 시커먼 땟국 사이로 하얀 살결이 조금씩 드러났다. 토끼쥐는 아직 굳지 않은 싱싱한 피를 마음껏 먹을 수 있다는 생각에 가슴이 다 벌렁거렸다.

알통은 얼굴에 침이 뚝뚝 떨어지자 무의식적으로 눈을 떴다. 토끼쥐가 한입 가득 뿜어져 나오는 달콤한 피 맛을 상상하며 목덜미를 막 물려고 할 때였다. 날카로운 이빨이 부드러운 살결에 채 닿기도 전에 몸이 허공으로 솟구쳤다.

"앗~싸, 토끼다."

알통은 쾌재를 부르며 토끼쥐의 두 귀를 낚아채 높이 흔들었다. 순식간에 토끼쥐의 짧은 다리가 허공에 버둥거렸다.

토끼쥐는 자신보다 큰 먹이를 사냥하는 방법을 일찍이 터득했다. 먹잇감의 뒤를 쫓아다니다 뜨거운 햇살 아래 지쳐 쓰러지면 단번에 숨통을 끊었다. 이런 방법은 자신보다 힘이 강한 상대를 잡을 때 주로 쓰는 수법이었다. 의외로 간단하지만 강한 체력과 인내심이 필요했다. 먹이보다 먼저 쓰러지거나 끈기가 없으면 결

코 해낼 수 없었다. 토끼쥐는 이 모든 과정을 혼자 해냈다. 이제 날카로운 이빨로 사냥감의 목을 꿰뚫어 숨통을 끊어버리면 이 긴 싸움이 끝나는 것이다. 하지만 풍부한 경험도 단 한 번의 실수로 상황이 위태로워졌다. 호랑이도 토끼를 잡을 때 최선을 다하는데 살아 있는 음식에 너무 뜸을 들였다. 더군다나 왕성한 식욕을 참지 못해 침을 질질 흘린 것은 치명적인 실수였다.

알통은 완전히 탈진해 손가락조차 움직일 기력도 없었다. 한데 토끼 한 마리가 자신을 먹어달라고 머리를 조아리는 모습이 어렴풋이 보였다. 게다가 두 귀를 쭉 내민 채 기다리기까지 했다. 비몽사몽간에 손을 뻗었는데 토끼가 잡힌 것이 너무나 신기했다.

"루시피아, 빨리 일어나!"

알통은 발로 루시피아를 툭툭 쳤다. 루시피아가 눈을 비비며 마지못해 실눈을 떴다.

"웬 쥐!"

루시피아가 시큰둥하게 말했다.

"토끼라니까!"

알통은 빨간 눈을 가리켰다. 분명 쥐를 닮은 구석도 있지만 크기로 따지면 토끼가 훨씬 가까웠다.

"알통, 이런 곳에 토끼가 살아?"

"사니까 여기 있지!"

알통은 초식동물인 토끼가 있으니 사막 끝에 도달한 것이라 생각했다. 하지만 주위를 아무리 둘러봐도 황량하기만 했다. 신이 났던 알통은 다시 풀이 죽었다. 긴장이 풀리자 허기가 몰려왔다.

"맛있겠는데…."

알통이 토끼쥐를 흔들며 말했다. 토끼쥐는 최대한 쥐 죽은 듯 가만히 있었다. 두 귀가 풀리는 순간, 눈썹이 휘날리게 달아날 궁리만 했다. 알통이 토끼쥐를 높이 들어 이리 저리 살필 때였다.

"아야얏, 이봐. 좋은 말할 때 당장 날 내려 놧…."

귀가 떨어질 듯 아픈 토끼쥐가 참다못해 외쳤다.

"우와, 말하는 토끼."

알통이 두 눈을 동그랗게 떴다.

"난 토끼가 아니야!"

토끼쥐가 외치자 루시피아가 끼어들었다.

"그럼 쥐가 맞나보네!"

"아니라니까!"

토끼쥐는 새빨개진 얼굴로 화를 냈다.

"루시피아, 쥐는 이렇게 크지 않아. 게다가 쥐보다는 토끼가 더 맛있지 않겠어!"

알통이 침을 꿀꺽 삼키며 혀를 내밀어 윗입술을 적셨다. 깜짝 놀란 토끼쥐가 다급히 외쳤다.

"정말 날 먹을 생각이야?"

"그럼."

"지금껏 말하는 토끼 봤어?"

토끼쥐가 애처로운 얼굴로 말했다.

"아니, 말하는 토끼니까 더 맛있을 것 같아."

알통이 쩝쩝 소리를 내며 입맛을 다셨다. 토끼쥐는 자신이 목을 닦아 죽어가는 인간이 살아났다고 생각했다.

"잠깐, 난 너의 목숨을 구해주었다고."

"그래, 고마워. 잘 먹을게…."

알통은 잡아달라고 머리를 조아리던 토끼쥐가 이제는 빨리 먹어달라고 하는 줄 알았다.

"날 놔주면 실컷 먹을 수 있게 해줄게."

"미안하지만 나는 먹는 것에 그리 욕심이 없어. 사실 나는 천…."

알통은 말을 급히 끊었다. 상대가 인간이 아니라 해도 굳이 자신의 존재를 알릴 필요가 없었다. 더군다나 루시피아의 굳어진 얼굴을 보고 확신했다.

"나는 천천히 먹을게. 먼저 먹어, 루시피아."

알통은 루시피아의 눈치를 살피다 토끼쥐를 권했다. 루시피아는 어릴 적 같이 놀았던 괴물과 닮은 토끼쥐를 먹고 싶지 않았다. 게다가 입을 꽉 다물고 있는 토끼쥐는 마계의 어떤 괴물보다 귀여웠다. 대롱대롱 매달려 있는 토끼쥐가 불쌍하다 못해 풀어주고 싶었지만 알통은 그럴 마음이 전혀 없었다.

토끼쥐는 당장이라도 잡아먹힐 것 같아 다급한 마음에 자신을 놓아주면 길을 가르쳐 주겠다고 사정했다. 알통은 그 말을 믿지 않았지만 루시피아는 "사막을 벗어나려면 토끼쥐를 놔줘야 한다."고 설득했다. 알통은 마지못해 루시피아의 의견에 따르기로 했다. 하지만 토끼쥐는 눈앞에서 연신 입맛을 다시는 알통을 믿지 못했다. 대신 루시피아가 철썩같이 약속하자 길을 안내했다. 알통은 토끼쥐의 두 귀를 잡고 나란히 걸었다. 귀를 잡힌 토끼쥐는 아프다며 놓아달라 했지만 알통은 단호히 거절했다. 놓아주면 두 번 다시 잡을 수 없을 것 같았다.

토끼쥐는 귀가 아파도 사막을 빙글빙글 돌았다. 알통과 루시피아가 똑같이 생긴 모래언덕을 구별할 수 없을 것이라 판단했다. 실제로 알통과 루시피아는 전혀 눈치채지 못했다. 토끼쥐는 땡볕에 알통이 쓰러지는 순간, 목을 꿰뚫어 버릴 속셈이었다. 루시피아는 몇 걸음 뒤에서 따라오니 승산은 충분했다. 하지만 알통은 턱 밑까지 숨이 차오르자 더 이상 참을 수 없었다.

"도저히 안 되겠다. 널 먹고 나서 직접 길을 찾아야겠다."

알통이 외치자 토끼쥐는 깜짝 놀라 곧 사막을 벗어날 것이라고 안심시켰다. 토끼쥐는 알통과 루시피아가 쓰러지지 않자 급히 계획을 바꾸었다. 넘겨주긴 아깝지만 '크로돔'에게 유인해서 처리하기로 했다. 크로돔은 두 개의 커다란 집게와 여덟 개의 다리가 달린 돌연변이 괴물로 모래 밑에 숨어 있다가 함정에 빠진 사냥감을 두 동강 내 한입에 꿀꺽 삼켰다.

토끼쥐는 크로돔에게 자신의 사냥감을 뺏기기 싫었지만 선택의 여지가 없었다. 함정에 빠진 알통이 모래언덕을 오르기 위해 귀를 놓으면 등을 타고 올라가 먼저 빠져나갈 속셈이었다. 재수가 좋으면 루시피아만큼은 크로돔에게 뺏기지 않고 차지할 수 있을 것 같았다. 토끼쥐는 귀가 빠질 듯 아팠지만 씩 웃었다. 함정에 빠진 알통이 크로돔에게 두 동강 나는 모습은 상상만으로도 너무나 통쾌했다.

알통은 아주 큰 구덩이가 사방에 널려 있는 모습에 걸음을 멈췄다. 한 걸음 앞에도 절구 주둥이처럼 움푹 파였는데 아주 깊어 보이진 않았다. 루시피아는 알통이 걸음을 멈추자 쪼르륵 달려왔다. 토끼쥐는 머뭇거리는 알통을 안심시키기 위해 거짓말을 했다.
"이 길을 쭉 따라가면 사막이 끝나."
토끼쥐가 손으로 구덩이 끝을 가리켰다. 그러자 알통은 움푹 파인 곳을 빙 둘러갔다. 지름이 얼추 30m는 족히 되었다.
"이봐, 그냥 쭉 가로질러 가. 왜 멀리 돌아가는 거야?"
토끼쥐가 다급히 외쳤다.
"길이 아닌 곳은 가지 않는 거야!"
알통의 말에 토끼쥐는 앞이 깜깜했다.
"더 멀어지는데도…."
토끼쥐가 기어들어 가는 소리로 말했다. 알통은 토끼쥐의 둥근 꼬리를 잡아 올려 밑을 잘 볼 수 있도록 기울였다. 거꾸로 뒤집힌 토끼쥐의 얼굴이 하얗게 질렸다.

"잘 봐. 저 밑에 뭔가 숨어 있을 것 같지 않아? 모래가 조금 솟아 있잖아!"

알통이 토끼쥐를 떨어뜨릴 것처럼 흔드는 동안 발밑으로 모래가 우수수 떨어졌다. 알통은 바닥을 유심히 살핀 후 생각에 잠겼다. 무엇이 숨어 있는지 궁금해 발을 뗄 수가 없었다. 루시피아도 알통 곁에 서서 멀뚱히 아래를 살폈다.

"이봐, 저 밑엔 아무것도 없어. 그냥 지나가면 돼!"

악에 받친 토끼쥐가 외치자 알통은 허리에 찼던 링을 토끼쥐의 몸통에 끼워 넣었다.

"뭐, 뭐 하는 거야?"

토끼쥐가 당황하여 외치는 순간, 몸이 붕 날았다. 알통이 줄 끝을 잡은 채 링에 끼운 토끼쥐를 던진 것이다. 토끼쥐는 모래 구덩이에 떨어지자 기겁하여 껑충껑충 뛰어 올라갔다. 발밑의 모래가 쑥 꺼지며 밑으로 흘러내렸지만 올라가는 속도가 더 빨랐다. 토끼쥐가 구덩이를 다 오를 때쯤 알통은 줄을 휙 잡아당겼다 놓았다. 그 바람에 토끼쥐는 균형을 잃고 앞으로 꼬꾸라졌다 뒤로 굴렀다. 토끼쥐가 데굴데굴 굴러떨어지자 모래 밑에 숨어 있던 크로돔이 뛰쳐나왔다.

거대한 집게가 달린 괴물의 입에서 모래가 확 쏘아졌다. 가늘고 긴 모래줄기를 맞은 토끼쥐가 비명을 질렀다.

"우왓따따 따거."

코끼리만 한 크로돔이 쓰러진 토끼쥐를 덮치려 하자 알통은 재빨리 줄을 잡아당겼다. 그 순간 커다란 집게가 토끼쥐의 엉덩이를 스쳤다.

"아야얏."

토끼쥐의 비명이 길게 울렸다. 크로돔은 양손에 달린 집게를 딱딱 치며 토끼쥐를 바짝 쫓았다. 토끼쥐에겐 무시무시한 집게였지만 알통의 눈에는 큰 가재 정도로만 보였다. 모습을 드러낸 크로돔은 여러 개의 다리를 이용해 구덩이를 올라갔다. 마름모꼴 형태의 몸통은 두툼한 허리를 중심으로 점차 가늘어졌다. 게다가 다리도 많아 모래 구덩이를 쉽게 오르내릴 수 있었다.

크로돔의 집게에 토끼쥐가 집히려 하자 알통은 있는 힘껏 줄을 당겼다. 토끼쥐는 줄에 채여 휙 날아올랐고 알통은 미끄러져 벌러덩 자빠졌다. 토끼쥐는 넘어진 알통의 얼굴을 그대로 밟고 머리 위로 뛰었다.

"꾸엑."

알통은 비명을 지르면서도 토끼쥐가 도망가지 못하게 줄을 꽉 잡았다. 달아나던 토끼쥐는 줄에 걸려 넘어졌지만 재빨리 일어나 손을 흔들었다.

"잘 가라 ㅋㅋ."

토끼쥐는 크로돔이 알통을 두 동강 낼 것이라 믿어 웃음이 절로 나왔다. 알통이 토끼쥐에 정신이 팔린 동안, 크로돔의 커다란 집게가 알통의 발을 집으려 했다. 루시피아는 급한 마음에 구덩이에 걸쳐 있는 알통의 다리를 걷어찼다. 그 바람에 알통의 몸이 빙그르르 돌아 발을 헛짚은 크로돔과 두 눈이 딱 마주쳤다. 빤히 쳐다보는 알통과 달리 크로돔은 움찔거리더니 슬금슬금 밑으로 내려갔다. 크로돔은 구덩이 밖으로 나간 먹이를 쫓기 위해 자신의 영역을 벗어나지 않았다. 신나게 손을 흔들던 토끼쥐는 눈앞이 깜깜해졌다.

토끼쥐는 알통이 잡아먹히기는커녕 믿었던 크로돔마저 도망가자 허둥지둥 링을 빼려다 몸이 더 끼었다. 알통은 그런 토끼쥐의 머리 위로 링을 빼냈다. 토끼쥐는 링을 빼주는 알통을 두려운 눈으로 쳐다봤다.
"루시피아, 어느 쪽을 먹을래?"
알통은 토끼쥐의 몸에 생긴 링 자국을 손으로 가르며 말했다.
"당연히 밑이지. 위쪽은 머리만 커서 먹을 것도 없다구!"
루시피아가 심드렁하게 대꾸하자 토끼쥐는 깜짝 놀라 손으로 밑을 가렸다.
"이봐이봐, 사막은 다 지났어. 내가 사는 곳이 바로 앞이야."
토끼쥐가 와들와들 떨며 구덩이 너머를 가리켰다.
"웃기지 마. 이곳에 집게벌레가 있는 것도 몰랐잖아!"
알통은 주변 지리도 모르는 토끼쥐가 거짓말을 한다고 생각했다. 그러자 토끼쥐는 마지막으로 한 번만 더 믿어달라고 사정했다.

토끼쥐를 따라 모래언덕을 넘어가자 높은 빌딩들이 나타났다. 옆으로 죽 늘어서 있는 낡은 빌딩들은 표면이 녹아내린 흔적이 역력했다. 토끼쥐는 빌딩 사이를 지나 작은 통로를 보여주었다. 알통은 토끼쥐의 귀를 잡고 가다가 천장이 너무 낮아 허리를 바짝 숙였다. 안쪽에서 창을 든 보초가 귀를 잡힌 토끼쥐가 들어서자 외쳤다.

"아구라, 귀에 그건 뭐냐?"

귀를 잡힌 토끼쥐가 무뚝뚝한 얼굴로 외쳤다.

"내가 먹이를 잡아 왔어."

아구라는 손가락으로 뒤를 가리켰다. 보초는 아구라의 귀 위에 있는 손부터 팔뚝까지 훑어보다 알통이 얼굴을 내밀자 기겁했다.

알통의 몸이 다 빠져나오기도 전에 뿔나팔 소리가 사방에 울렸다. 루시피아는 갑작스러운 소란에 빨리 가려다 뭉그적거리는 알통의 엉덩이에 부딪혔다. 알통이 루시피아를 흘겨보는 사이 수많은 토끼쥐들이 창을 겨눈 채 둥글게 포위했다. 알통은 잡고 있던 아구라의 귀를 슬그머니 놓았다. 귀가 풀린 아구라는 앞으로 뛰쳐나가 새빨갛게 부어오른 귀를 비벼댔다.

그들의 우두머리쯤 되어 보이는 회색 털의 늙은 토끼쥐가 앞으로 나섰다. 토끼쥐들은 털 색깔만 다를 뿐 대부분 비슷한 얼굴에 비슷한 옷을 입고 있었는데, 유독 둥근 손거울을 목에 걸고 있었다.

"아구라! 이것들은 뭐냐?"

"래비라 족장님, 제가 잡아 온 것들입니다."

알통에게 풀려난 아구라는 손거울을 목에 건 토끼쥐 앞으로 한 걸음에 달려가 한쪽 무릎을 꿇었다. 알통은 주변을 둘러싼 토끼쥐들을 하나씩 세어보았다. 위협적으로 창을 겨누고 있는 토끼쥐들은 모두 여섯 마리였다. 그들은 알통이 허리춤에 묶어놓은 링을 뺏었다. 알통은 토끼쥐들을 쓸어버리고 싶었지만 좀 더 상황을 지켜보기 위해 꾹 참았다.

"모두 가둬라!"

래비라 족장이 외치자 토끼쥐들이 창으로 위협하며 알통과 루시피아를 몰았다. 마을을 통과하는 동안 수많은 토끼쥐들이 사방에서 뛰어다녔다. 그들을 가까이 보려던 아기 토끼쥐를 와락 끌어안는 엄마 토끼쥐부디 소리를 지르거나 심지어 놀을 던지는 토끼쥐도 있었다.

알통과 루시피아는 어두운 토굴 속에 갇혔다. 문은 쇠창살로 되어 있고 좁은 데다 천장도 낮아 일어서면 머리가 닿았다.

"알통, 토끼들은 원래 순하고 초식성이잖아?"

루시피아가 고개를 갸웃거렸다.

"맞아. 그러니 걱정하지 마!"

알통은 씩 웃으며 말했다.

"얘네들은 잡식성 같은데…."

루시피아는 토끼쥐의 호전적인 모습에 의심을 품었다.

"어쨌든 쥐는 절대 아니라니까!"

알통이 말하는 사이 토끼쥐들이 몰려왔다. 그들 중 맨 앞에서 걸어오는 토끼쥐는 귀도 짧고 역삼각형 얼굴이라 다른 토끼쥐들과 많이 달랐다.

"앗, 쥐다."

루시피아가 외치는 소리에 알통이 고개를 돌리자 토끼쥐 한 마리가 험악한 얼굴로 둘을 노려보았다.

"나는 제사장인 아랑이다. 너희들은 어디서 왔느냐?"

겨드랑이에 링을 끼운 토끼쥐가 한 손엔 책을 들고 근엄한 표정으로 물었다.

"아주 멀리서 왔단다, 쥐돌아!"

알통은 자신의 반만 한 쥐가 거만한 얼굴로 서 있는 모습에 빈정댔다.

"무엄하구나!"

아랑은 제사장인 자신의 권위에 도전한 것도 모자라 모욕적인 언사에 몹시 불쾌했다.

"쥐돌이니까 쥐돌이라 부르지! 그럼 뭐라고 불러?"

알통은 화를 내는 아랑에게 심드렁하게 말했다. 아랑은 이를 뿌득 갈며 분을 삭였다.

"이것은 무엇에 쓰는 물건이냐?"

화를 꾹 참은 아랑이 링을 가리켰다.

"머리 위에 올리는 것이지."

알통의 말에 아랑은 링을 머리에 올렸지만 밑으로 쑥 빠져 허리에 끼었다. 그러자 부하들이 서둘러 링을 빼주었다.

"쥐돌아, 넌 보면 볼수록 참 흉측하구나."

알통은 덤덤하게 말했지만 아랑은 날카로운 이를 드러냈다. 자신을 비하한 자를 결코 용서할 수 없었다. 더군다나 예언서에는 "두 악마가 마을을 쑥대밭으로 만든다."는 구절이 있었다. 아랑이 손에 든 책을 펼치자 울퉁불퉁한 근육질의 큰 악마와 작고 가녀린 악마가 마을을 때려 부수는 그림이 나왔다.

"악마들이여, 너희는 곧 처형될 것이다."

아랑은 이를 뿌드득 갈았다.

"쥐돌아, 나는 악마가 아니야. 얘만 악마야!"

알통이 루시피아를 가리키며 말했디.

"알통, 왜 자꾸 귀여운 찍찍이를 놀려. 내가 대신 사과할게, 찍찍아!"

루시피아가 알통을 쏘아보곤 말했다. 아랑도 마계에 있는 괴물들에 비하면 훨씬 귀여웠다. 하지만 아랑은 '귀여운 찍찍이'라는 말에 더 흥분해서 길길이 날뛰었다.

"이놈들이 감히!!!"

"찍찍아, 너도 쥐돌이란 말이 듣기 싫구나?"

루시피아가 방방 뛰는 아랑에게 손가락질해 대자 아랑은 참다 못해 외쳤다.

"내 이놈들을…."

"야, 쥐돌아, 괜히 열 내지 말고 진정해라."

알통은 방방 뛰는 아랑을 진정시키려 했지만 아랑은 이미 게거품을 물었다.

"이놈들을 당장 처형해라!"

"알통, 네가 자꾸 쥐돌이라고 하니까 귀여운 찍찍이가 빡쳤잖아."

루시피아는 알통과 아랑에게 번갈아 손가락질해 댔다. 아랑은 난생처음 듣는 쥐돌이도 싫었지만 '귀여운 찍찍이'라는 말에 머리꼭지까지 피가 솟구쳐 부하들을 마구 다그쳤다. 명령을 받은 토끼쥐들은 알통과 루시피아를 창으로 위협해 압송했다.

래비라 족장과 그의 부하들은 알통과 루시피아를 처형장으로 끌고 가는 동안 기세등등한 모습으로 뒤따랐다. 알통은 토끼쥐들이 점점 불어나자 조금 긴장되었다. 호리병 몸매에 짧은 다리로 뒤뚱뒤뚱 걷는 모습은 우습기도 했지만 뾰족한 이빨을 드러낸 호전적인 모습은 매우 위협적이었다. 한두 마리일 때는 대수롭지 않게 여겼지만 수십 마리로 불어나자 광기마저 보였다. 토끼쥐들은 알통과 루시피아를 광장으로 끌고 갔다.

광장의 중심부는 둥글게 솟아 있고 사방에서 올라갈 수 있도록 빙 둘러 계단을 만들어 놨다. 알통과 루시피아가 토끼쥐들을 따라 계단을 다 오르자 평평한 공간이 나왔다. 알통과 루시피아는 절구통 모양의 커다란 구덩이를 보곤 집게벌레가 숨어 있을 것으로 짐작했다.

앞서가던 토끼쥐들이 옆으로 비켜서자 뒤에 있던 토끼쥐들이 알통을 떨어뜨리기 위해 창으로 위협했다. 루시피아는 다음 차례인 것 같았다. 알통은 구덩이 앞에 다다르자 머뭇거렸다. 알통이 멈춰 서자 토끼쥐들은 소리를 지르며 위협했다.

"여길 들어가라고?"

알통은 앞서 보았던 구덩이보다 몇 배는 더 커 보이자 아래를 살폈다.

"레이디 퍼스트, 루시피아 먼저….”

알통이 말을 채 끝내기도 전에 토끼쥐 한 마리가 창으로 쿡 찔렀다. 알통은 피하는 대신 재빨리 창을 잡아 힘껏 뉘아쟀다. 깜짝 놀란 토끼쥐는 그대로 창을 놓았다. 알통은 제힘에 못 이겨 창과 함께 뒤로 굴러떨어졌다. 그러자 광장에 있던 토끼쥐들은 순식간에 계단 위로 올라가 구덩이 주위를 에워쌌다.

구덩이에 떨어진 알통은 토끼쥐들이 구덩이 주위에 빙 둘러서 있는 모습을 보았다. 루시피아마저 뛰어내리자 토끼쥐들은 크게 함성을 질렀다.

"크로돔, 크로돔, 크로돔."

토끼쥐들은 바닥에 숨어 있는 크로돔을 소리 높여 불렀다.

알통은 발밑의 모래가 자꾸 흘러내리자 위로 올라가려 했다. 그 순간 밑에서 모래가 뿜어져 나왔다.

"앗따따…."

등이 뚫릴 정도로 거센 모래줄기를 맞은 알통은 위로 뛰기 시작했다. 그럴수록 발밑의 모래가 더 흘러내렸다. 루시피아는 큰 집게가 달린 괴물이 물총을 쏘듯 입으로 모래를 쏘아대는 것이 마냥 신기했다. 다행히 거센 모래줄기는 얼마 안 가서 멈췄다. 알통이 힘겹게 허리 뒤로 등을 매만지는 사이 크로돔은 집게를 벌려 알통에게 달려들었다. 몸이 다 드러나자 앞서 보았던 집게벌레보다 두 배나 컸다. 만만히 볼 상대가 아니었다.

"알통, 빨리 올라와."

루시피아가 알통에게 손짓했다. 하지만 알통은 따가운 모래가 잦아들자 뒤돌아서 창으로 크로돔을 찔렀다. 껍질이 어찌나 단단한지 어깨를 찌른 창이 오히려 튕겨 나왔다. 크로돔은 콧방귀를 뀌며 집게로 알통을 집으려 했다. 하지만 알통은 피하지 않고 창을 더 움켜잡았다. 루시피아는 다급한 나머지 알통을 옆으로 휙 밀쳤다.

"켁."

알통은 수 미터를 날아 모래바닥에 처박혔다. 크로돔은 알통이 눈앞에서 사라지자 목을 길게 빼 들고 루시피아를 향해 달려들었다. 루시피아는 재빨리 모래 위로 뛰어 올라갔다. 크로돔은 루시피아를 열심히 쫓았지만 간발의 차이로 계속 놓쳤다. 루시피아는 모래에 발이 빠지자 옆으로 뛰기도 하고 위로 뛰기도 하며 크로돔을 유인했다. 약이 오른 크로돔이 루시피아를 향해 모래줄기를 쏘아댔지만 아슬아슬하게 피했다.

"크로돔, 우~."

토끼쥐들이 크로돔을 부르며 야유를 퍼부었다. 족장과 제사장은 그 모습을 지켜보며 불안했다. 크로돔에게 먹히지 않고 예언서에 나온 대로 '마을을 쑥대밭으로 만드는 악마들이 아닌지?' 걱정이 앞섰다.

크로돔은 집게를 크게 벌려 루시피아를 위협하다가 요란한 괴성을 질렀다.

"우와따시, 아파라."

엉덩이를 요란하게 흔들던 크로돔은 참았던 눈물을 마구 쏟았다. 정신을 차린 알통이 창으로 크로돔의 항문을 정확히 찌른 것이다.

"우와, 너도 말을 할 줄 아네?"

알통이 크로돔이 흐느끼는 소리를 듣고 말했다.

"으흑…. 가만두지 않겠다!"

크로돔은 잔뜩 화가 나 집게를 딱딱 쳤다. 육중한 몸 뒤로 똥구멍에 박힌 창이 마구 흔들렸다.

"잠깐, 네가 먼저 공격했잖아."

알통이 대꾸했다.

"너도 한 달간 쫄쫄 굶어봐. 눈에 뵈는 게 있나!"

"그건 그래. 나도 쫄쫄 굶었는데 너라도 잡아먹을까!"

알통이 입맛을 다셨다.

"나를 먹겠다고! 내가 얼마나 단단한데."

"게딱지만큼 단단하니 살도 쫀득쫀득할 것 같아…."

알통의 말에 크로돔은 전의를 상실했다. 지금껏 자신을 먹으려 했던 존재도 없었지만 자신과 말을 할 수 있는 알통의 정체가 궁금했다.

"너는 누구냐, 인간이 아니지?"

크로돔이 주저하며 물었다.

"쉿, 조용히 해. 확 삼켜버리기 전에."

알통은 인간이 아니라는 말에 깜짝 놀라 눈을 부라렸다. 크로돔은 자신을 삼킨다는 말에 잔뜩 주눅이 들어 소곤댔다.

"그럼, 악마님이신가요?"

"우쒸, 쥐돌이도 악마라고 하더니…."

알통이 투덜거렸다.

래비라 족장은 크로돔이 알통을 공격하지 않자 부하들에게 창을 던지라고 명령했다. 악마들이 창에 꿰뚫리거나 크로돔을 자극해 끝장낼 것이라 믿었다.

"슈슉."

창들이 일제히 알통을 향해 날아들었다. 알통은 크로돔의 가슴팍으로 파고들어 창을 피했다. 크로돔의 딱딱한 껍질에 튕겨 나간 창들이 바닥에 우수수 떨어졌다. 그사이 알통이 보이지 않자 토끼쥐들은 크게 함성을 질렀다. 크로돔이 알통을 깔고 앉아 잡아먹는 줄 알았다. 루시피아는 함성과 함께 알통이 보이지 않자 뒤에서 크로돔을 번쩍 들어 올렸다. 크로돔은 깜짝 놀라 두 눈이 휘둥그레졌다.

"알통, 어딨어?"

루시피아가 크로돔의 밑을 살피며 말했다.

"난 괜찮아."

알통이 손을 흔들자 루시피아는 크로돔을 내려놓았다. 이미 무릎까지 모래에 빠져 더 이상 힘을 쓰기 힘들었다. 토끼쥐들은 위에서 내려다보는 상황이라 크로돔이 루시피아를 찍어 누른 것으로 보였다.

"크로돔, 크로돔, 크로돔."

토끼쥐들의 함성이 다시 크게 울렸다. 큰 악마는 크로돔에게 잡히고 작은 악마는 짓눌려 죽었을 것이라 여겨졌다.

"이봐 게딱지, 우린 아무도 모르게 조용히 빠져나가고 싶다."

알통은 근엄한 목소리로 명령했다.

"네, 악마님."

크로돔이 잔뜩 긴장한 채 대답했다.

"야야, 나는 악마가 아니다. 쟤만 악마야."

알통이 입을 삐죽 내밀며 루시피아를 가리켰다.

"네, 악마가 아니다 님."

크로돔은 대답하자마자 가슴 아래 알통과 루시피아가 숨을 공간을 만들어 모래 속으로 파고들어 갔다. 모래 위에 아무것도 남아 있지 않자 수많은 토끼쥐들이 환호했다.

밤이 되자 크로돔은 모래를 뚫고 나와 알통과 루시피아를 꺼내주었다. 알통은 크로돔의 항문에서 뽑아준 피 묻은 창으로 함정 위를 가리켰다.
"게딱지야, 저 위로 가자!"
알통과 루시피아는 크로돔의 등에 올라타 함정 위로 향했다. 알통은 링을 되찾기 위해 제사장이 있는 곳을 물었지만 크로돔은 한 번도 모래 밖으로 나간 적이 없어 잘 몰랐다. 그래서 함정 밖으로 나가기 전에 가장 우뚝 솟은 건물을 찾았다. 제사장인 쥐돌이가 가장 높은 곳에 살 것이라 짐작했다. 못 찾으면 토끼쥐 한 마리를 잡아 제사장이 있는 곳을 알아내기로 했다.
마침, 광장에서 기웃대고 있는 토끼쥐 한 마리가 눈에 띄었다. 창을 든 알통과 루시피아는 토끼쥐에게 들키지 않게 반대편 계단으로 조용히 내려갔다. 반면 토끼쥐는 뒤를 살피다가 계단 위로 조심스레 올라갔다. 알통은 계단을 빙 돌아 토끼쥐의 뒤를 쫓았다. 토끼쥐는 크로돔이 보이자 귀를 쫑긋 세운 채 함정 안을 살폈다. 알통은 꼿꼿이 서있는 토끼쥐의 두 귀를 꽉 잡았다.
"이건 또 뭐냐?"
앞만 살피던 토끼쥐는 뒤에서 귀를 잡히자 황당했다.
"조용히 해. 소리 지르면 저 녀석에게 던져준다."

알통이 크로돔을 가리키며 조용히 속삭이자 토끼쥐는 오금이 저렸다. 크로돔의 집게가 바로 앞에 보이자 오돌오돌 떨렸다. 분명 크로돔에게 잡아먹힌 악마들이 되살아났다고 생각하니 덜컥 겁이 났다.

"제사장이 있는 곳은 어디지?"

알통이 묻자 토끼쥐는 아무 말 없이 손가락으로 방향을 가리켰다. 알통과 루시피아가 살폈던 우뚝 솟은 건물이 있는 방향이었다. 알통은 들고 있는 토끼쥐의 무게가 익숙했다.

"낮에 잡았던 그놈이군."

"그, 그럴 리가요. 저는 오늘 처음 잡혔습니다."

토끼쥐가 풀이 죽은 목소리로 대꾸했다.

"그래! 근데 왜 낮에 잡은 놈처럼 자국이 있지?"

알통은 몸통을 따라 빙 둘러 있는 검은 냉사국을 보며 고개를 갸웃거렸다.

"저는 아구라가 아닙니다."

토끼쥐가 얼른 목소리를 바꿔 대답했다. 알통과 루시피아가 죽었는지 살피러 왔던 아구라가 또 잡힌 것이다. 그러니 재수 옴 붙은 날이다.

"내가 잡았던 놈이 아구라인지 네가 어떻게 알아?"

알통은 수상한 생각에 토끼쥐를 훑어보았다.

"마을에서 소문을 들었을 뿐입니다."

아구라는 시치미를 뚝 떼었다.

"그렇지. 설마 그렇게 재수가 없을라구."

알통이 고개를 끄떡이며 말했다.

"알통, 바보천치가 아닌 다음에야 또 잡히겠어!"

루시피아의 심드렁한 말에 아구라는 속이 더 뒤집어졌다.

알통은 토끼쥐를 놓아주면 소리를 지를 것 같아 크로돔에게 던져주려고 함정 안으로 팔을 쭉 뻗었다. 그러자 아구라는 제사장이 있는 곳은 쉽게 찾을 수 없으니 자신이 꼭 있어야 한다고 설득했다.

크로돔은 머리 위로 토끼쥐를 흔드는 알통을 보곤 신이 나 그 밑으로 달려갔다. 그리곤 토끼쥐가 떨어질 때까지 마냥 입을 벌리고 있었다. 하지만 토끼쥐를 도로 가져가자 침을 퉤 뱉었다.

"더러운 악마 놈, 혼자 다 처먹어라."

제사장 아랑

알통은 토끼쥐기 소리 지르지 못하도록 나무토막을 주워 입에 물리고 귀를 잡았다. 다른 손에는 피 묻은 창을 들고 토끼쥐가 손가락질하는 곳으로 향했다. 알통은 링만 찾으면 토끼쥐들이 사는 마을을 조용히 떠나려 했다. 지상계에 오기 전, "인간과 똑같이 행동하며 자신을 드러내지 않겠다."는 협약 때문이었다.

알통과 루시피아는 탑처럼 우뚝 솟은 건물에 숨어들어 조용히 계단을 올랐다. 벽을 따라 둥글게 말아 올라간 원형계단은 다리가 짧은 토끼쥐들이 사용하기에는 불편할 정도로 높았다. 아구라는 위로 올라갈수록 빠져나가고 싶어 안절부절못했다. 포로로 잡힌 것은 전사로서 가장 큰 수치였다. 제사장이나 다른 토끼쥐에게 알려지면 얼굴을 들고 다닐 자신이 없었다. 크로돔의 함정을 지나다닐 정도로 용맹한 자신을 겁쟁이로 몰아붙일 것이 뻔했다.

"알통, 링을 꼭 찾아야 해?"

루시피아가 조심스럽게 물었다.

"당연하지. 그건 아주아주 중요한 거야."

"도대체 어디에 쓰려고?"

"당연히 머리 위에 띄우는 거지."

알통이 대답했다.

"왜 머리에 띄우는데? 다른 용도는 없어?"

루시피아가 되물었다.

"아니, 머리에 띄우는 것보다 더 중요한 일이 어디 있어?"

알통은 링으로 천사와 악마를 구별할 수 있다는 말을 하려다 꾹 참았다. '링을 주면 악마들은 머리 위에 띄우지 못하고 자근자근 씹는다더라. 너도 그렇지! 그땐 꾹 참았던 거지?' 생각만으로도 입이 근질근질할 정도였다. 반면, 루시피아는 '지상계에선 링을 쓸 일이 없을 것 같다.'고 말하고 싶었지만 그만두었다. 천사들이 둥근 액세서리에 이상하리만치 집착한다는 것은 익히 알고 있었다. 앞서 자신의 눈앞에서 깐죽거리며 링을 흔들 땐 확 빼앗아 자근자근 씹어서 멀리 버리고 싶을 정도였다.

알통은 계단을 오르다 말고 커다란 문이 보이자 호기심이 발동했다. 토끼쥐들이 드나들기에는 아주 큰 문이었다. 알통은 문을 열어보려고 갖은 애를 썼지만 꿈쩍도 하지 않았다. 문틈 사이로 손을 넣으려 끙끙대다가 루시피아에게 도움을 청했다. 하지만 루시피아는 잠겨 있는 문은 놔두고 먼저 링을 찾자고 권했다. 알통은 "아랑이 숨어 있을지 모르니 확인해야 한다."며 졸랐다. 아구라는 제사장과 마주치기 전에 빠져나가려고 머리를 짜냈다. 일단 시간을 벌기 위해 손짓으로 문을 여는 방법을 알려주었다. 아구라가 손짓으로 알려준 스위치를 찾아 누르자 문이 스르륵 열리며 커다란 방이 나왔다.

알통은 방 안에 널려 있는 물건을 보자 외쳤다.

"인간이다."

분명, 토끼쥐들이 사용하기에는 그 크기나 높이가 확연히 달랐다. 책상 위에는 여러 기구들이 어지럽게 널려 있었다. 벽 위의 선반에는 인간의 신체 일부와 각종 동물의 태아가 담긴 유리병이 가득 놓여 있었다.

한쪽 벽면에는 여러 사진들이 걸려 있었다. 그중 한 남자의 커다란 사진 밑에는 '푸시칸의 DNA 월드'라는 라벨이 붙어 있었다. 알통과 루시피아가 가까이 다가가자 사진 속 남자가 살아 움직이듯 인사했다. 21세기 중반에 유행했던 움직이는 3차원 홀로그램이었다. 알통과 루시피아는 깜짝 놀라 주춤거리며 남자에게 손을 흔들어 인사했다. 그러자 사진 속 남자가 말했다.

"우리는 많은 시행착오를 거쳐 완벽한 바이오 장기를 개발했습니다. 인간의 장기를 배양하는 실험과 더불어 포유류의 장기 개량실험은 대단히 성공적이었습니다. 거부 반응이 없는 이종 간 장기이식 기술은 우리 DNA 월드의 자랑입니다."

"네."

알통과 루시피아는 남자의 말이 끝날 때마다 대답했다. 그 모습에 아구라가 쿡쿡 웃었다.

여러 홀로그램을 거치는 동안 이곳이 생명공학 연구실이라는 사실을 알게 되었다. 각각의 사진 앞에 다가서면 홀로그램과 함께 안내 멘트가 나왔다.

"우리 DNA 월드는 유전자 정보를 이용한 바이오 클리닉 산업을 선도하고 있습니다."

"여기서 토끼들을 개조했군."

알통은 벽에 걸린 DNA 월드의 약도를 보며 중얼거렸다. 약도에는 여러 구역이 간략하게 그려져 있었다. 그중에는 모로 마을이라는 지명도 있었다. 알통이 이곳에 손을 대자 마을 모습이 입체적으로 확대되었다.

"모로 마을은 19세기 후반, 허버트 조지 웰스의 작품인《모로박사의 섬》을 모티브로 완벽히 재현한 곳입니다. 동물 실험을 통해 보다 우수한 바이오 장기를 직접 확인할 수 있습니다."

"인간들이 아직도 이곳에 남아 있냐?"

알통은 설명을 듣다 말고 토끼쥐에게 물었다. 아구라는 입에 물린 재갈 때문에 말을 할 수 없어 고개를 가로저었다.

"남아 있단 말이지?"

알통이 고개를 끄떡였다. 천계에서는 거절하는 법이 없어 고개를 가로젓는 일이 없었다. 그래서 고개를 끄덕이는 것과 같다고 생각했다.

"이봐 알통, 고개를 저었으니 없다는 뜻이야!"

루시피아가 답답해서 외쳤다.

"정말 없어?"

깜짝 놀란 알통이 토끼쥐에게 다시 묻자 아구라는 고개를 끄떡였다.

"뭐야, 정말 없는 거야?"

알통은 잠시 어리벙벙했지만 인간이 없다는 사실을 깨닫자 서둘러 링을 찾아 나섰다.

아랑은 탑 꼭대기에 마련한 거처에서 숨겨놓은 링을 꺼냈다. 토끼쥐들은 자신과 닮은 구석이 있지만 적수는 아니었다. 그러나 알통과 루시피아는 결코 호락호락해 보이지 않았다. 토끼쥐 무리에서 안락한 삶을 영위했는데 자신보다 큰 존재가 나타나 부담스러웠다. 하지만 거치적거리는 것을 모두 제거했으니 속이 후련했다.

아랑은 반짝이는 링을 높이 들어 찬찬히 살폈다. 족장에게는 악마가 다른 악마를 소환하는 도구라며 자신이 보관하겠다고 둘러댔다. 그러나 무엇에 쓰는 물건인지 몰라 원반처럼 날려보기도 하고 몸에 끼워보기도 했다. 머리 위에 얹어보기도 하고 깔고 앉아봤지만 사용법을 찾을 수 없었다. 잠시 쉬고 있을 때 계단에서 들리는 소리에 귀를 쫑긋 세웠다. 다른 토끼쥐보다 청각이 떨어졌지만 한밤중에 울리는 소리라 쉽게 알아챘다. 게다가 밑에서 위로 퍼지는 소리의 특성도 한몫했다. 아랑은 침입자들을 바로 눈치챘지만 조용히 자신의 방에서 기다렸다. 그동안 몇 가지 장치들을 확인하고 문 앞에 있는 함정부터 가동시켰다. 아랑의 방에는 생체실험에 실패한 동물들을 처리하기 위한 각종 무기와 시설이 있었기에 그 어떤 악마와 싸워도 이곳에서만큼은 전혀 두렵지 않았다. 그동안 자신을 위협하는 종들을 하나하나 제거했기에 야비한 하이에나 인간이나 힘 좋은 코뿔소 인간을 처리했던 경험도 있었다.

아랑의 계획을 모르는 알통과 루시피아는 계단을 막 뛰어 올라갔다. 아구라는 위아래로 흔들려 귀가 아픈 것도 잊은 채 이 상황을 모면할 궁리만 했다. '제사장이 포로로 잡힌 나를 보면 가만두지 않을 것이다. 하지만 알통이란 놈은 크로돔에게도 살아났으니 제사장을 이길지 모른다. 둘이 싸워서 같이 죽는 게 제일 좋지만 제사장이 이기면 나는 끝이다. 가장 좋은 방법은 제사장에게 이 놈을 갖다 바치는 수밖에 없다. 입에 물린 재갈은 쉽게 끊어버릴 수 있다.'

오르면 오를수록 빙글빙글 말아 올라간 계단 끝에 두터운 철문이 보였다. 알통은 건물 꼭대기에 거의 다다르자 숨을 가다듬었다. 아구라의 귀를 계속 잡고 가자니 힘들고 놔주면 도망칠 것 같아 마음이 놓이지 않았다. 마침 쥐돌이가 있는 곳에 다 왔고 토끼는 '오르막길은 잘 뛰어도 내리막길은 잘 뛰지 못한다.'는 게 생각났다.

알통은 재갈을 물린 토끼쥐를 계단 앞에 내려놓았다. 아구라는 '계단을 먼저 뛰어 올라가 제사장에게 알릴 것인지? 알통의 가랑이 사이로 빠져나가 아래로 도망칠 것인지?' 선택해야 했다. 알통은 토끼쥐가 계속 머뭇거리자 빨리 가라고 창으로 엉덩이를 콕 찔렀다.

"아야얏."

아구라는 깜짝 놀라 한걸음에 계단을 뛰어 올랐다. 알통은 갑작스럽게 도망치는 토끼쥐를 잡으러 그 뒤를 쫓았나. 아구라가 계단 끝에 도달해 철문을 급하게 두드리자 머리 위로 무언가 날아들었다.

"쉬익."

거대한 해머가 아구라의 귀를 스쳐 지나갔다. 아구라는 너무 놀라 뒷걸음질 치다 계단 아래로 굴렀다. 알통은 굴러떨어지는 토끼쥐를 잡으려고 무의식적으로 허리를 숙였다.

"알통!"

루시피아의 다급한 목소리와 함께 알통의 머리 위로 거대한 해머가 스쳤다. 깜짝 놀란 알통이 고개를 쳐들자 바로 옆에서 해머가 날아들었다. 알통은 토끼쥐를 잡은 채 날아드는 해머를 피해 계단 위로 뛰었다. 루시피아도 옆에서 날아오는 해머를 피해 뒤로 물러섰다. 다행히 두어 걸음 물러선 자리에는 해머가 날아들지 않았다. 루시피아는 높이가 다른 거대한 해머들이 시계추처럼 왔다 갔다 움직이는 모습을 지켜보았다.

알통은 해머들을 간신히 피해 가며 계단 끝의 철문에 다다랐다. 루시피아는 계단이 움직이자 크게 외쳤다.

"계단을 조심해!"

말이 끝나기도 전에 철문에서 루시피아 앞까지 이어진 계단이 옆으로 뱅그르르 돌았다.

"꾸에~엑."

알통은 발이 미끄러지는 순간, 철문 손잡이에 대롱대롱 매달렸다. 아구라도 재빨리 알통의 다리를 잡고 올라가 등을 타고 어깨에 자리 잡았다. 알통이 손잡이를 잡고 버티는 동안 뒤집혔던 계단이 다시 제자리로 돌아왔다. 계단에 발을 디딘 알통이 안도의 숨을 내쉬는 사이, 기회를 노리던 아구라는 날카로운 이빨로 나무토막을 단번에 잘라내고 알통의 목을 노렸다.

"덜컹."

육중한 철문을 열고 지팡이를 든 제사장이 모습을 드러냈다. 아구라는 알통의 목덜미를 물려다 아랑이 나오자 큰 소리로 외쳤다.

"제사장님, 제가 이놈을 잡아 왔습니다."

아랑은 흠칫 놀랐다. 요란한 비명소리에 침입자가 계단 밑으로 떨어진 줄 알고 문을 열었는데 아구라가 보이자 목청을 높였다.

"아구라, 네가 왜 여기에 있느냐?"

아랑은 2명의 발걸음 소리만 들었기에 아구라의 존재를 전혀 눈치채지 못했다. 하지만 알통은 '아구라'라는 소리에 토끼쥐를 잡아 아랑에게 던졌다.

문을 닫으려던 아랑은 날아든 아구라와 부딪혀 뒤로 넘어졌다. 그사이 알통은 철문 안으로 뛰어들었고 루시피아도 철문이 열리자마자 뛰었기에 바로 뒤따라 들어갔다. 아랑은 넘어지며 떨어트린 지팡이를 잡으려고 바닥을 더듬었다. 아구라는 지팡이를 먼저 집어 아랑에게 건네주려다 한 걸음 물러섰다.

"제사장님, 제가 놈을 처리하겠습니다."

아구라는 아랑이 문을 닫는 순간, 자신을 버린 것이라 믿었다. 더군다나 알통을 제압하지 못하고 오히려 방해했으니 죽음을 면치 못할 것이라 생각했다. 아구라는 뛰어들어 온 알통을 공격하기 위해 지팡이를 마구 휘둘렀다.

"아구라, 당장 내놓지 못해!"

아랑이 다급히 외쳤다. 지팡이는 강력한 무기였지만 사용할 줄을 모르면 한낱 막대기에 불과했다. 아구라는 제사장의 말을 무시하고 알통을 향해 지팡이를 힘껏 휘둘렀다.

"어이쿠."

아랑은 지팡이를 뺏으려다 오히려 뒤로 젖힌 지팡이에 맞아 쓰러졌다. 아구라가 쓰러진 제사장을 쳐다보는 사이, 알통이 아구라의 머리를 쓰다듬었다.

"잘했다, 아구라."

알통은 아구라가 들고 있는 지팡이에 이상한 장치가 보이자 은근슬쩍 뺏었다. 아구라는 알통의 기세에 눌려 저항하지 못하고 허리를 연신 숙였다 폈다.

"시장하실 텐데 여기 포동포동한 토끼고기를 드시지요."

아구라가 재빨리 제사장을 가리켰다. 제사장이 깨어나면 자신을 가만두지 않을 것이라 생각해 알통을 이용하기로 했다. 더군다나 제사장을 잡아먹으면 배가 꺼질 때까지 자신을 먹지 않을 테니 일석이조였다.

"뭔 고기?"

알통이 지팡이를 살피다 되물었다.

"저는 삐쩍 말라 맛이 없으니 여기 통통한 토끼고기를…."

아구라가 아랑을 가리키자 알통이 외쳤다.

"난 아무리 배고파도 쥐고기는 먹고 싶지 않아!"

아구라는 알통의 말을 이해할 수 없었다.

"쥐라니요?"

아구라가 깜짝 놀라 되물었다.

"너랑 완전히 다르잖아. 귀는 작고 주둥이는 길고 틀림없이 쥐라니까."

알통은 지팡이에 달린 손잡이를 만지작거리며 말했다.

아구라는 제사장이 쥐라는 말에 충격을 받아 얼굴을 유심히 살폈다. 귀가 유난히 작고 주둥이가 길쭉하게 튀어나온 것은 틀림없었다. 알통이 지팡이에 달린 손잡이를 당기자 굉음과 함께 총알이 날아갔다.

"탕."

알통은 깜짝 놀라 지팡이 총을 떨어뜨렸다. 천장 모서리에 맞은 총알이 튕겨 나와 바닥으로 날아들었다. 알통은 도비탄이 귓가를 스치자 화들짝 놀라 바닥에 납작 엎드렸다. 그 모습에 아구라와 루시피아도 바닥에 후다닥 엎드렸다. 총알이 몇 차례 더 튕겨 방 안을 헤집고 다닐 동안 모두 머리를 감싼 채 눈치만 살폈다.

주변이 조용해지자 제일 먼저 알통이 고개를 들었다.

"아, 쥐돌아. 내 링을 다오."

알통은 쓰러져 있는 아랑의 목덜미를 잡아 올려 양쪽 뺨을 때렸다.

"철썩철썩."

아랑은 정신을 차리자마자 눈앞에 보이는 손을 덥석 물었다. 알통은 아랑의 날카로운 이빨을 피해 손을 깔짝깔짝 움직였다. 그때마다 아랑의 이빨이 허공에 "딱딱." 부딪쳤다.

아랑은 알통의 손을 물려고 온 힘을 다했지만 스치듯 번번이 놓쳤다. 그 모습이 위험하기 그지없었다.

"알통, 그만해. 왜 자꾸 귀여운 찍찍이를 놀려!"

루시피아는 아랑의 손을 꼬옥 잡으며 말했다. 아랑은 깜짝 놀라 고개를 돌려 루시피아를 쳐다봤다. 진심이 느껴지는 눈빛이었다. 지금껏 자신을 경계하거나 무서워했지 아무도 귀여워한 적이 없었다.

"미쳤어. 이렇게 흉측하게 생긴 쥐보고 귀엽다니?"

알통은 물어보라는 듯 아랑의 입 주위에서 손가락을 흔들었다. 루시피아는 그런 알통이 못마땅해 아랑을 넘겨받았다. 그 사이 아구라는 뒷짐을 지고 왔다 갔다 하며 '아랑을 도와 마을의 영웅이 될 것인지, 알통을 도와 아랑을 제거하고 토끼들만의 세상을 만들 것인지!' 골똘히 생각했다.

루시피아는 링만 찾으면 조용히 마을을 떠나겠다고 아랑을 설득했다. 아랑은 둘이 떠난다는 말에 솔깃했다. 자신의 자리를 지킬 수 있다면 괜찮은 거래였다. 하지만 그 말을 곧이곧대로 믿을 수 없었다. '악마들은 수시로 약속을 뒤집기에 링을 차지하면 돌변할 수 있다.' 아랑은 고민 끝에 루시피아를 믿고 숨겨둔 상자에서 링을 꺼내 건넸다. 상자에는 아랑이 갖고 있던 책과 괴상한 물건들이 몇몇 눈에 띄었다. 알통은 아랑의 만류에도 불구하고 예언서를 훑어보았다. 그리곤 상자 안에 있는 손거울 같은 물건을 손바닥에 올려놓았다. 그러자 푸시칸 박사의 3차원 영상 홀로그램이 켜졌다.

"우리는 바이오시대를 선도했지만 예측하지 못한 문제가 발생했습니다. 가장 우수한 인간의 DNA조차 돌연변이 유전자에 감염되었습니다. 숨어 있던 돌연변이 유전자가 모습을 드러내면 무한증식을 통해 일반세포를 점령합니다. 그리곤 우성인자에 따라 다양한 특성이 발현됩니다. 21세기 존재했던 암보다도 더 치명적입니다. 장기를 파괴시키는 것은 아니지만…. 우리는 이 시설을 잠정폐쇄 하기로 결정했습니다."

"소장님, 푸시칸 소장님!"

흰 가운을 입은 남자가 헐떡이며 뛰어 들어왔다.

"돌연변이들은 모두 처리했습니다. 남아 있는 실험체도 소각할까요?"

"이런이런, 녹화 중이지 않나. 그런 일들은 자네가 알아서 처리하게."

푸시킨은 눈살을 씨푸리며 손거울 같은 물건에 손을 갖다 대려 했다.

"소장님, 마르스는 어떻게 할까요?"

흰 가운을 입은 남자가 다시 물었다. '마르스'는 푸시칸 박사가 실험체 중에 특별히 애완용으로 남겨둔 쥐였다.

"같이 처리하게."

푸시칸은 손가락으로 한쪽 구석을 가리켰다. 흰 가운의 남자가 마르스가 든 사각철창을 들고 가자 푸시칸 박사가 다급히 외쳤다.

"에릭, 잠시만 기다리게…."

푸시칸 박사는 철창 안의 마르스를 보며 손가락으로 자신의 볼을 툭툭 쳤다. 이때 철문이 열리는 소리에 푸시칸 박사가 고개를 돌렸다.

"으악."

에릭의 비명과 함께 사각철창이 바닥에 떨어졌다. 푸시칸 박사도 깜짝 놀라 뒷걸음질 쳤다.

"어떻게 이럴 수가…."

"왜 나를 죽이려 했죠?"

분노에 가득 찬 목소리와 함께 홀로그램이 일그러졌다.

"너, 너는 이 인간을 위해 만들어진 물건일 뿐이야."

푸시칸 박사가 당황해 더듬거렸다.

"하지만 나는 아무런 감정도 느끼지 못하는 기계가 아닙니다. 나도 심장이 뛰는 생명체입니다."

"너의 심장은 물론 그 몸조차 네 것이 아니야. 그러니 불량품은 폐기해야겠지."

푸시칸 박사는 말을 끝내기 무섭게 벽에 있는 스위치를 격하게 눌렀다.

"콰 쾅."

곧바로 천장에서 거대한 물건이 떨어진 듯 둔탁한 소리가 크게 울렸다. 모든 것이 정지된 것마냥 얼마간의 정적 사이로 푸시칸 박사의 목소리가 다시 들렸다.

"아니 어떻게…."

"웃기고 있군. 너희같이 쉽게 망가지는 것들이 불량품이지."

경멸하듯 내뱉는 소리와 푸시칸 박사의 신음소리는 "지지직." 거리는 영상과 함께 완전히 사라졌다. 홀로그램이 끊기자 알통은 손거울 같은 물건을 상자 안에 도로 넣었다.

"왜 나를 죽이려 했죠! 꼭 쥐돌이 목소리 같은데?"

알통이 홀로그램에 나온 목소리를 흉내 내며 아랑을 훑어보았다. 아랑은 알통이 바짝 다가서자 잔뜩 긴장하여 뒷걸음질 쳤다. 그 모습을 본 루시피아가 알통의 팔목을 잡아끌었다.

"알통, 링을 돌려받았으니 약속을 지켜야지!"

"루시피아, 푸시칸이 못다 한 일을 마저 끝내야지!"

알통은 루시피아에게 속삭이며 아랑과 아구라를 번갈아 보았다. 아랑은 뾰족한 이를 드러내며 으르렁거렸다. 생명의 위협을 느끼자 본능적으로 털까지 곤두섰다.

"링을 찾으면 떠나기로 했잖아."

루시피아가 아랑에게 가려는 알통을 다시 잡아끌었다. 그사이 아랑은 알통이 내려놓은 지팡이 총을 슬쩍 보았다.

"루시피아, 저 책에 뭐라 쓰여 있는 줄 알아?"

알통은 자신이 보았던 예언서가 담겨 있는 상자를 가리켰다.

"뭐라 쓰여 있든 빨리 가자."

루시피아가 재촉했으나 알통은 방 안을 둘러보았다.

"이상하군?"

알통은 영상 속 푸시칸 박사가 서 있던 곳을 살폈다. '무엇을 떨어뜨렸는지?' 벽에서 허리 정도의 높이에 있는 커다란 스위치를 찾았다. 알통이 스위치를 탁 치자, 생각과 달리 벽 일부가 위로 올라가며 길쭉한 캡슐 모양의 탈것이 나왔다. 투명한 재질의 캡슐 안에는 빙 둘러앉을 수 있는 좌석이 놓여 있었다. 비상탈출용 비행체였다.

"너희도 같이 가자!"

알통은 아랑과 아구라를 앞세워 토끼쥐 마을을 벗어나고 싶었다. 하지만 아랑과 아구라는 떠날 마음이 전혀 없었다. 아랑은 지금껏 쌓아 올린 지위가 무너질 것을 염려했고 아구라는 제사장을 제거할 생각에 고개를 절레절레 저었다.

알통이 캡슐의 문을 열어 루시피아와 함께 들어가자 아랑과 아구라는 누가 먼저라 할 것 없이 지팡이 총을 집으려 했다. 아랑은 자신의 비밀을 알게 된 아구라를 죽이려 했고 아구라는 토끼들만의 세상을 만들고 싶었다. 알통은 둘이 싸우는 모습을 씁쓸히 쳐다보며 천천히 문을 닫았다.

"알통, 이게 움직일까?"

루시피아가 여러 가지 눈금이 있는 계기판을 훑어보며 말했다.

"물론이지. 이곳의 기계들이 다 작동하잖아."

알통이 전원 버튼을 찾아 누르고 앞에 있는 막대기 모양의 손잡이를 위로 올렸다.

"우웅."

계기판이 점등되며 요란한 소리가 울렸다. 그 사이 아랑이 아구라를 번쩍 들어 벽에 집어 던졌다. 벽에 세게 부딪힌 아구라가 힘없이 밑으로 떨어졌다. 애당초 아구라는 아랑의 적수가 될 수 없었다. 초식동물인 토끼와 달리 설치류인 쥐의 유전적 형질이 강한 아랑의 완력을 당할 수 없었다. 아랑은 지팡이 총을 집어 투명한 캡슐 너머 알통을 겨냥했다. 아랑이 총을 마구 쏘자 알통은 화들짝 놀라 고개를 숙였다. 빈 총인 줄 알고 한껏 여유를 부렸기에 적잖이 당황했다. 다행히 총알은 캡슐에 맞자마자 튕겨 나갔다. 벽에 부딪힌 총알은 다시 튕겨 사방으로 날아다녔다. 알통은 살며시 고개를 들어 도비탄을 피해 뛰어다니는 아랑을 보곤 깔깔 웃었다. 아랑은 지팡이 총보다 강력한 무기를 찾느라 두 눈이 시뻘게졌다.

알통은 비상탈출용 캡슐의 조작법이 의외로 간단할 것이라 여겼다. 예상대로 눈에 띄는 큼직한 버튼을 찾았다. 그 사이 아랑은 상대적으로 커다란 휴대용 로켓포를 바닥에 질질 끌고 왔다. 알통은 왠지 모르게 불안해 재빨리 버튼을 눌렀다. 하지만 캡슐이 날아가기는커녕 안전 바가 내려와 알통과 루시피아를 옴짝달싹 못 하게 만들었다. 알통과 루시피아는 안전 바를 들어 올리려 했지만 미동조차 없었다. 그 모습을 본 아랑은 회심의 미소를 지으며 로켓포를 힘껏 들었다. 잔뜩 긴장했던 알통은 로켓포를 메려던 아랑이 중심을 잃고 넘어지자 또다시 깔깔대며 놀렸다. 이때 지붕이 활짝 열리며 캡슐이 서서히 움직였다. 캡슐이 날아오르자 알통과 루시피아는 기쁨의 함성을 질렀다. 다급해진 아랑은 로켓포를 다시 들쳐 메려다 뒤로 넘어졌다.

"쿵."

로켓포의 뒷부분이 먼저 바닥에 떨어져 그 충격으로 유도탄이 발사되었다.

"슈슝."

비상탈출용 캡슐이 지붕을 통과하는 순간, 요란한 소리를 내며 날아간 유도탄이 천장에 부딪혀 폭발했다. 유도탄이 터지며 파편이 캡슐로 날아들자 큰 충격과 함께 캡슐이 마구 흔들렸다. 이윽고 추진체가 망가진 캡슐은 빙글빙글 회전하며 추락했다. 기쁨의 함성이 순식간에 비명으로 바뀌었다.

캡슐은 연구소를 얼마 벗어나지 못해 바닥에 나뒹굴었다. 그나마 자체 완충장치가 있어 큰 부상은 면했다. 연기가 풀풀 피어오르는 캡슐의 다 부서진 문을 박차고 나온 알통은 기가 막혔다. 비상탈출용 캡슐이 토끼쥐 마을 한복판에 떨어진 것이다. 괴상한 물체에 놀란 토끼쥐들이 웅성거리며 몰려들었다. 래비라 족장도 허겁지겁 뛰어왔다. 루시피아가 뒤따라 나오자 토끼쥐들이 둘을 번갈아 보았다. 둘은 검댕으로 새카맣게 그을린 데다 머리도 다 헝클어져 엉망이었다.

"전설의 두 악마다."

알통과 루시피아가 나란히 서 있는 모습에 놀란 토끼쥐 한 마리가 외쳤다. 알통은 소리를 지른 토끼쥐의 두 귀를 냅다 낚아챘다. 바짝 얼어붙은 토끼쥐라 쉽게 잡을 수 있었다.

"잘 들어. 나는 악마가 아니고 쟤만 악마야!"

알통이 토끼쥐의 귀에다 속삭이듯 조용히 말했다. 그 모습을 본 토끼쥐들이 돌을 마구 던졌다. 악마가 동료를 해치려는 줄 안 것이다. 루시피아는 안중에도 없는 듯 알통에게만 돌을 던졌다. 알통은 돌이 날아들자 손에 쥔 토끼쥐를 휘둘러 날아오는 돌들을 쳐냈다.

"아악, 잘못했어요. 살려주세요!"

알통에게 잡힌 토끼쥐가 연달아 돌에 맞자 비명을 질렀다. 알통은 뛰어다니다 덜덜 떠는 토끼쥐 한 마리를 더 낚아챘다. 그리곤 양팔로 토끼쥐들을 빙글빙글 돌려 주변의 토끼쥐를 공격했다. 토끼쥐들은 이리 뛰고 저리 뛰며 비명을 질렀다.

루시피아는 혼란한 틈을 타, 래비라 족장을 사로잡았다. 족장의 부하들이 창을 겨눌 새도 없이 루시피아는 족장을 높이 들어 위협했다.

"우리가 마을을 떠날 수 있도록 길을 열어줘요."

래비라 족장은 허공에 대롱대롱 매달려 부하들에게 물러서라는 손짓을 했다. 이때 뒤쫓아 온 아랑이 외쳤다.

"뭣들 하느냐! 저 악마들을 빨리 죽이지 않고…."

제사장의 호통에 뒤로 물러서던 토끼쥐들이 멈춰 섰다. 제사장이 모습을 보이자 구심점을 되찾은 토끼쥐들의 빨간 눈이 이글거렸다.

"쥐돌아, 넌 또 왜 왔니?"

양손으로 토끼쥐를 휘두르던 알통이 멈춰 섰다. 그 사이 토끼쥐들은 창과 칼을 들고 알통과 루시피아를 향해 달려들었다. 알통은 무기를 들고 달려드는 토끼쥐들을 향해 양손에 들려 있는 토끼쥐를 힘껏 던졌다. 토끼쥐들이 서로 부딪혀 넘어지자 알통은 아랑을 잡으려고 달려들었다. 이를 눈치챈 아랑은 재빨리 토끼쥐들 사이로 피했다.

이때, 새로운 무리의 토끼쥐들이 바람처럼 달려왔다. 아랑의 부름을 받고 피나는 훈련 중에 막 돌아온 '육식 토끼쥐'들이었다. 이들은 해질 대로 해져 너덜너덜해진 옷을 입고 있었다.

"너희는 이제 끝났다."

아랑은 육식 토끼쥐들을 보자마자 자신만만하게 외쳤다. 만일의 사태에 대비해 일정을 앞당겨 복귀시킨 비밀병기였다. 아랑의 손짓에 십여 마리의 토끼쥐들이 눈알을 번뜩이며 앞으로 나섰다. 다른 토끼쥐와 달리 주변에 풍기는 아우라가 대단했다. 남루한 토끼쥐들이 날카로운 이빨을 드러내자 주위에 있던 일반 토끼쥐들이 슬금슬금 피했다. 그도 그럴 것이 이들은 아랑이 비밀리에 키운 최정예 전사들로 자신보다 큰 짐승을 사냥하고 그 피를 빨아 먹도록 훈련받았다. 알통은 지저분한 토끼쥐들을 보자마자 쓸어버리고 싶어 빗자루를 찾았다. 하지만 아무리 둘러봐도 빗자

루가 보이지 않자 털끝 하나 만지고 싶지 않았다. 육식 토끼쥐들은 강인한 뒷다리로 뛰어올라 날카로운 이빨로 공격했다. 알통은 목으로 날아드는 육식 토끼쥐를 피해 몸을 뒤로 제꼈다. 한껏 입을 벌린 토끼쥐가 알통의 얼굴 위로 씽하니 날아가며 침을 흘렸다. 몇 차례의 공격을 피하는 동안 알통의 얼굴은 토끼쥐의 침으로 범벅이 되었다. 알통은 침이 튈 때마다 닦고 싶었지만 만지기도 싫어 이러지도 저러지도 못해 미치고 팔짝 뛸 지경이었다. 육식 토끼쥐들은 회심의 공격이 번번이 실패하자 이번엔 다리를 노렸다. 알통이 다리를 들 때마다 토끼쥐들이 밑으로 씽하니 지나갔다. 여러 마리가 한꺼번에 달려들 땐 양쪽 다리를 번갈아 가며 깡충깡충 뛰었다.

루시피아는 래비라 족장을 다그쳐 공격을 멈추게 했다.
"멈춰라."
래비라 족장이 외쳤지만 루시피아를 공격하던 육식 토끼쥐들은 멈추지 않았다. 이들은 오직 아랑의 명령만 듣는데, 아랑은 족장마저 없애려고 오히려 크게 외쳤다.
"전원 무차별 공격하라!"
육식 토끼쥐들이 루시피아를 포위하자 창을 든 토끼쥐마저 가세했다.
"당신들은 왜 쥐의 말에 복종하죠?"
루시피아가 토끼쥐들을 향해 큰 소리로 외쳤다.

"쥐라니? 무슨 얼토당토않은 말이냐?"

래비라 족장이 말했다.

"제사장은 귀도 짧고 꼬리도 긴데 쥐가 아니란 말인가요?"

루시피아는 아랑이 잘 보이도록 래비라 족장을 번쩍 들어 올렸다.

"제사장은 고양이 괴물과 싸우다 귀가 잘리고 꼬리가 늘어진 것이다."

래비라 족장은 다리를 버둥대며 외쳤다.

"고양이 괴물? 어떻게 양쪽 귀가 똑같이 잘릴 수 있지요?"

루시피아의 말에 족장은 제사장의 귀를 살폈다.

"똑같다니 대체 무슨 소리를⋯."

래비라 족장은 지금껏 아랑의 귀가 접힌 거라 여겼다. 잘 보이지 않는 눈으로 아랑을 살펴보던 족장의 입에서 탄식이 흘러나왔다.

"어떻게 이런 일이⋯."

귀는 그렇다 쳐도 아랑의 긴 꼬리는 도저히 설명할 수 없었다. 평상시에 숨겨놓은 긴 꼬리가 삐져나왔지만 누구도 알아채지 못했다.

래비라 족장의 부하들과 달리 육식 토끼쥐들은 루시피아와 함께 래비라 족장까지 무차별적으로 공격했다. 루시피아는 육식 토끼쥐들을 쉽게 피했지만 래비라 족장은 다리를 베여 피를 흘렸다. 루시피아는 족장을 놓아주고 몰려드는 토끼쥐들을 피해 골목으로 도망쳤다.

알통은 링에 묶은 줄을 빙글빙글 돌려 쫓아오는 토끼쥐를 공격했다. 링에 맞은 토끼쥐들이 우수수 나가떨어졌지만 가끔 링을 피해 달려들었다. 그럴 때면 여지없이 토끼쥐에게 링을 씌워 빙글빙글 돌려 멀리 던졌다. 때론 링을 문 육식 토끼쥐는 빙빙 돌려 다른 토끼쥐들과 부닥뜨려 떨어뜨렸다. 링을 이용한 파괴적인 공격술, 아랑은 그 모습에 적잖이 충격받았다. 자신이 결코 사용할 수 없는 무기였던 것이다. 알통은 토끼쥐들이 끊임없이 몰려들자 루시피아를 따라 좁은 골목으로 뛰었다. 토끼쥐들은 껑충껑충 뛰며 알통을 추격했다.

토끼쥐의 집은 이글루처럼 반구상으로 입구가 반쯤 땅 밑에 묻혀 있었다. 굴을 파서 나온 흙을 개어 입구 앞에 둥글게 발라 만든 깃이다. 알통은 뻬서리로 몰려드는 육식 토끼쥐들을 피해 집 뒤로 숨으려 했다. 하지만 가슴 높이밖에 안 되는 집이라 몸을 낮춰도 쉽게 발각되었다. 결국 제일 먼저 눈에 띈 집으로 다이빙하듯 뛰어들었다.

"꺄악~."

집 안에 있던 토순이가 알통의 커다란 머리에 놀라 비명을 질렀다. 갑자기 입구가 깜깜해지며 새카만 것이 쑥 들어오니 깜짝 놀랄 수밖에 없었다. 알통도 시끄러운 비명소리에 덩달아 놀라 벌떡 일어섰다.

"콰직."

알통의 머리가 천장을 뚫고 집 밖으로 튀어나왔다. 사방에 바글바글한 육식 토끼쥐들이 일제히 고개를 쳐들었다.

"저런…. 악마 놈."

육식 토끼쥐들은 순식간에 지붕 위로 뛰어올라 알통에게 달려들었다. 마을에서 가장 예쁜 토순이를 능욕하고 집을 부순 악마를 죽이겠다는 일념뿐이었다. 알통이 머리를 숙이자 토끼쥐 두 마리가 서로 맞부딪혀 떨어졌다. 알통은 지붕 밖으로 나가려 했으나 가슴이 끼어 좀처럼 빠지지 않았다. 토끼쥐들은 그 틈을 놓치지 않고 달려들었다. 알통은 밖으로 나가는 대신 쭈그려 앉아 위기를 면했다.

허겁지겁 집 밖으로 도망친 알통은 육식 토끼쥐들이 떼거리로 몰려들자 지붕 위로 올라가 징검다리 건너듯 다음 지붕으로 뛰었다. 알통이 뛰어내릴 때마다 흙으로 만든 집이 부서졌다. 육식 토끼쥐들도 힘껏 뛰어올라 알통을 뒤쫓았다. 하지만 약해진 지붕 탓에 뛰어내릴 때마다 밑으로 쑥 빠져 무너진 잔해에 깔렸다.

지붕 위로 뛰어다니는 알통을 쫓아 루시피아도 지붕 위로 올라갔다. 어느새 알통 옆에서 나란히 달리던 루시피아가 외쳤다.

"알통, 집이 다 부서지잖아."

"괜찮아. 어차피 얘들은 다 없어져야 해."

알통은 눈썹이 휘날리게 달리며 말했다. 알통의 뒤로는 부서진 집들이 죽 늘어섰다. 하지만 루시피아 뒤로는 집들이 멀쩡했다.

아니 멀쩡해 보일 뿐 이미 속으로는 쩍쩍 금이 가기 시작했다. 루시피아는 최대한 살살 뛰었지만 마력에 눌린 집들은 가루가 되기 일보 직전이었다. 한참을 뛰자 처음 들어왔던 입구가 보였다.

알통은 돌연변이 토끼쥐들은 인간이 만들어 낸 불필요한 쓰레기라 생각했다. 쓰레기는 환경을 오염시키고 생태교란의 원인이므로 청소해야 할 대상이었다. 반면 루시피아는 실패한 실험물일지라도 함부로 죽이면 안 된다고 여겼다. 루시피아는 링을 돌려받았으니 약속을 지키길 원했다. 알통은 토끼쥐들을 모두 없애고 싶었지만 임무가 우선이라 도망치듯 마을을 빠져나갔다.

이상한 아이

 토끼쥐 마을에서 벗어나 달콤한 휴식을 취한 루시피아는 알통을 재촉해 도시를 찾아 나섰다. 햇살이 하늘 높이 치솟을 무렵에야 간간이 흙이 보이기 시작했다. 이미 지칠 대로 지친 알통과 루시피아의 눈에는 삐쩍 마른 나무 한 그루도 마냥 반가웠다. 사막을 벗어났다는 안도감에 당장이라도 인간들이 사는 마을이 보일 것만 같았다. 마침, 뿌연 먼지 사이로 무언가 다가왔다.
 "인간들이다."
 알통과 루시피아가 동시에 외쳤다. 먼지가 가득한 곳에는 네발 달린 짐승들이 인간을 태운 채 달려왔다. 둘은 그 짐승이 말이라는 사실을 금방 알아챘다.

"말을 탄 인간들이다!"

루시피아는 말을 향해 어서 오라고 손짓했다. 그러자 알통은 두 팔로 X 자를 만들어 루시피아에게 보였다.

"무슨 소리야, 인간들이 말을 탄 거지!"

루시피아는 높이 흔들던 손을 부르르 떨며 알통을 째려봤다. 하지만 알통은 하늘을 보며 딴전 피웠다.

맨 앞에서 달려오는 말 뒤로 세 마리의 말들이 뒤따랐다. 말들이 점점 가까워지자 채찍을 휘두르며 급히 달려오는 사내들의 모습이 선명히 보였다. 모자를 쓴 사내들이 무서운 기세로 거칠게 말을 몰았다. 어느새 말들은 알통과 루시피아를 향해 요란하게 달려왔다. 금방이라도 알통과 루시피아를 덮쳐버릴 듯 가까이 다가왔지만 둘은 나란히 서서 그저 멀뚱히 지켜보았다.

순식간에 말의 앞발이 알통과 루시피아의 코앞에서 하늘 높이 치솟았다. 딱딱한 말굽이 둘을 덮치려던 찰나, 말은 요란한 소리를 내지르며 허공에 발을 굴렀다.

"히힝 히히힝."

말은 급히 멈춰 서려다 중심을 잃고는 주저앉듯 뒤로 쓰러졌다. 그 바람에 말에 탔던 사내가 굴러떨어졌다.

"떼구루루루….'

뒤따르던 말들도 급히 멈춰 서자 나머지 사내들도 땅으로 떨어졌다.

"떼굴떼굴, 떼구루루…."

순식간에 말에서 떨어진 사내들은 영문도 모른 채 바닥에서 허우적거렸다. 먼저 떨어진 사내가 정신을 차린 듯 벌떡 일어나 얼굴을 찡그렸다. 큰 덩치에 지저분한 콧수염을 실룩거리자 인상이 더 험악해 보였다. 그는 몇 가닥 남지 않은 긴 머리카락을 뒤로 넘기며 땅에 떨어뜨린 모자를 재빨리 주워 썼다.

"이런 젠장, 죽고 싶냐!!!"

사내는 쓰러진 말을 막 걷어차며 외쳤다. 그리곤 고개를 휙 돌려 알통과 루시피아를 째려보았다. 누런 이빨을 드러내더니 허리춤에서 단검을 빼 들었다. 그사이 뒤이어 넘어진 사내들도 하나둘 일어났다.

"넌 뭐냐?"

덩치 큰 사내는 알통에게 다가가 위협하듯 칼을 겨눈 채 위아래로 훑어봤다. 사내는 알통보다 덩치가 크고 뱃살이 나왔지만 키는 작았다. 알통은 사내의 기세에 아랑곳하지 않고 사내와 똑같이 위아래로 훑어보며 말했다.

"저는 그냥 인간인데요."

"저도요."

알통이 대답하자마자 루시피아도 따라 말했다. 사내는 자신을 무서워하기는커녕 위아래로 훑어보는 시선이 더 기분 나빴다.

"누가 몰라서 물어! 너희는 왜 그런 요상한 옷을 입고 있냐고?"

덩치 큰 사내가 버럭 외쳤다. 그 말에 알통은 사내의 옷을 자세히 보았다.

사내는 알록달록한 네모난 조각들이 각기 다른 크기로 여기저기 붙어 있는 너덜너덜한 옷을 입고 있었다. 지저분하고 군데군데 찢어진 옷은 예술적 감각이라고는 전혀 없었다. 인간들이 흔히 표현하는 말로 형형색색의 천을 덧댄 누더기였다.

"…."

알통과 루시피아는 영문을 몰라 서로 얼굴을 쳐다봤다.

"그 옷 당장 벗어."

덩치 큰 사내는 말을 꺼내기 무섭게 단검을 알통의 눈앞에서 휘둘렀다. 그러자 약속이나 한 듯 뒤에 있던 사내들도 칼을 꺼내 들었다.

"왜, 왜요?"

알통은 정말 궁금했다.

"그 옷이 마음에 든다."

덩치 큰 사내가 말했다.

"저도 마음에 들어요."

알통이 땀을 뻐질 흘리며 대꾸했다.

"그것 안됐군. 죽고 싶지 않으면 빨리 벗어…."

덩치 큰 사내는 험상궂은 얼굴로 알통의 목에 칼을 겨누었다. 그러자 알통은 자신의 거짓말이 탄로 난 줄 알고 깜짝 놀랐다.

"사실은 이 옷이 너무 작아서 마음에 안 들었어요."

알통은 사내의 눈치를 보며 조용히 말했다.
"그래, 말귀를 잘 알아듣는군."
사내가 껄껄 웃었다.
"그런데 지금은 바꿔줄 수가 없네요. 이 옷은 너무 무질서해요."
알통은 덧댄 조각을 하나둘 짚어보며 말했다.
"냄새도 지독해!"
루시피아는 자신의 옷에서 났던 냄새보다 더 심한 퀴퀴한 냄새에 코를 틀어막았다.

"뭘 바꿔줘? 그냥 벗으라니까!"
덩치 큰 사내가 버럭 소리를 지르며 알통의 목에 칼을 바짝 갖다 댔다.
"이건 뭔가요?"
알통은 움찔거리며 자신의 목에 닿은 칼을 가리켰다.
"내가 가장 좋아하는 녀석이지!"
덩치 큰 사내가 능글맞은 미소를 지으며 말했다.
"저는 왠지 싫어지네요."
"당연하지, 내 걸 네가 좋아하면 어떡해."
덩치 큰 사내가 인상을 찌푸렸다. 그때였다.
"두목."
뒤에 있던 사내들의 다급한 소리에 덩치 큰 사내가 고개를 돌렸다.

"놈이 쫓아오옵니다."

사내들은 말이 끝나기 무섭게 허겁지겁 말 위로 올라탔다. 두목이라 불린 사내는 돌아서서 모자로 햇볕을 가린 채 앞을 살폈다. 모자를 벗은 두목의 반질반질한 뒤통수가 햇살에 반사되어 반짝이자 알통은 손가락으로 살살 문질렀다.

"뭐, 뭐얏!"

두목은 소스라치게 놀라 뒤통수를 감싸안았다. 그 바람에 손에 쥐었던 단검이 바닥에 떨어졌다.

"뭐…. 뭐 하는 거냐?"

두목은 몇 가닥 남지 않은 머리에 모자를 푹 눌러쓰며 뒤돌아섰다.

"머리에서 반짝반짝 빛이 나요."

알통이 신기한 듯 눈을 반짝이며 말했다.

"너…. 넌 도대체 정체가 뭐냐?"

두목은 기분이 영 찜찜해 뒤통수를 긁적이며 말했다.

"저, 전, 진짜진짜 그냥 인간인데요?"

알통은 자신의 정체가 탄로 날 것 같아 당황했다. 옆에 있던 루시피아도 덩달아 말했다.

"저도요."

"이 돌연변이 자식!!!"

두목은 눈을 희멀겋게 뜨며 외쳤다.

"두목, 벌써 다 쫓아왔어요!"

부하들의 다급한 목소리가 말 위에서 크게 울렸다. 그러자 어쩔 수 없다는 듯 두목도 황급히 말 위로 올라타며 말했다.

"운 좋은 줄 알아. 애들아, 가자!"

두목은 말 엉덩이에 채찍을 휘두르며 서둘러 떠났다. 그사이, 알통은 두목이 떨어뜨린 단검을 집어 들었다. 단검은 날이 다 무뎌진 데다 군데군데 이도 빠져 있었다. 칼을 만지작거리던 알통은 두목이 멀어지자 외쳤다.

"이것 가져가야죠!"

알통은 두목이 더 멀어지기 전에 단검을 주려고 힘껏 던졌다. 알통이 외치는 소리에 고개를 돌리던 두목이 비명을 질렀다.

"으악."

날아든 단검이 눈 깜짝할 사이에 두목의 모자를 꿰뚫었다. 두목은 비명을 지르며 마구 발버둥 치다 말 옆구리를 찼다. 졸지에 옆구리를 차인 말은 깜짝 놀라 펄쩍 뛰었다. 그 바람에 두목은 하늘로 튕겨져 중심을 잡으려고 양팔을 마구 휘저었다.

"잘 받았다고 하네."

알통이 사정없이 휘젓는 팔을 보며 말했다.

"그렇군."

루시피아도 고개를 끄떡였다.

두목은 말 등에서 떨어지며 안장을 잡으려고 손을 휘저었다. 하지만 안장에 묶어놓은 봇짐만 잡혔다. 엉거주춤한 모습으로 봇짐과 함께 등짝부터 떨어진 두목은 한쪽 발목이 등자에 걸렸다. 하지만 말이 멈추지 않아 발걸이에 발이 걸린 채 질질 끌려갔다.

"으아아."

두목의 비명과 함께 봇짐이 나뒹굴었다. 요란한 소리에 놀란 말이 더 빨리 달리자 두목은 등가죽이 쓸려 더 큰 비명을 질렀다.

"으아악…."

부하들은 뒤에서 들려오는 두목의 비명소리에 놀라 마구 채찍질을 했다.

"알통, 제대로 준 것 맞아?"

고개를 설레설레 젓던 루시피아가 물었다.

"그럼, 저렇게 잘 받아 가잖아."

두목이 바닥에 질질 끌려가는 동안 모자에 박힌 단검은 빠지지 않았디.

"근데 왜 저렇게 소리를 지르지?"

루시피아가 되물었다.

"그게…. 두목이라 그렇겠지, 말 타는 방법도 남다르잖아!"

알통은 땅바닥에 등짝을 깔고 가는 두목의 모습을 보며 중얼거렸다. 두목이란 자는 아주 빠른 속도로 멀어졌다.

알통은 두목이 떨어트린 봇짐을 주워들었다.

"고맙다고 이걸 주고 갔어."

알통은 뒤쫓아 온 루시피아에게 봇짐을 들어보였다.

"혹시 떨어트린 건 아닐까?"

루시피아가 말했다.

"에이, 그럴 리가? 떨어트린 것이면 찾으러 왔겠지."

두목이 점점 멀어지자 알통은 봇짐을 든 채 머리 위로 손을 흔들었다.

"지금 뭐 하는 거야?"

루시피아가 좌우로 손을 흔드는 알통에게 물었다.

"선물을 주었으니 잘 받았다고 인사하는 거야. 너도 인사해."

알통은 자신에게 선물을 주고 간 두목이 너무나 고마워 계속 손을 흔들었다.

"왜 손을 흔들어야 하는데?"

루시피아가 되물었다.

"그건, 인간들 세계에서는 헤어질 때 손을 흔드는 풍습이 있거든!"

알통의 말에 루시피아도 덩달아 손을 흔들었다.

알통은 사내들이 콩알만큼 작아졌지만 계속 손을 흔들었다. 루시피아는 작별인사를 언제 끝낼지 몰라 손을 흔드는 내내 알통을 곁눈질했다. 그사이, 둘의 등 뒤로 검은 그림자가 조용히 다가섰다. 그것은 작았지만 매우 날렵하게 움직였다.

"이봐, 너희들."

알통과 루시피아는 손을 흔들다 흘끔 뒤돌아보았다. 뒤에는 흰

저고리에 통이 넓은 바지를 입은 아이가 서 있었다. 아이는 알통의 가슴쯤에나 닿을 법했는데 가늘고 긴 막대를 쥐고 있었다. '아이는 포섭 대상이 아니다.' 알통과 루시피아는 슬쩍 쳐다보고는 사내들을 향해 다시 손을 흔들었다.

아이는 무시당했다는 생각에 고개를 치켜든 채 목청을 높였다.

"야! 너희들 그놈들과 한패지?"

알통과 루시피아가 대꾸조차 없자 아이는 막대 끝을 잡은 채 앞으로 빙글빙글 돌렸다. 막대 끝에는 끈이 묶여 있었다.

"마지막으로 경고한다, 너희들."

알통은 경고라는 말에 고개를 돌려 물었다.

"누구한테 말하는 거야!"

"누구긴 누구야, 너희들이지."

"너희들이라면 나를 말하는 거야, 얘를 말하는 거야?"

알통이 옆에 서 있는 루시피아를 가리켰다.

"둘 다."

아이는 기가 차서 소릴 빽 질렀다.

"왜."

가만히 지켜보던 루시피아가 물었다.

"너희 둘, 저놈들과 한패지?"

아이는 아득히 멀어진 사내들을 가리켰다.

"아니, 내가 왜 쟤들과 한패야…."

루시피아는 어이가 없었다.

"거짓말 마!"

아이는 말이 끝나기 무섭게 막대 양 끝에 묶어놓은 끈을 당겨 반달만큼 휘게 했다.

"너는 누구니?"

루시피아가 같잖아 물었다.

"꼼짝 마. 너희는 이 활이 무섭지도 않냐?"

아이는 반달처럼 굽어진 막대를 알통과 루시피아에게 번갈아 겨누었다.

"아니, 그런 걸 왜 무서워해야 하니?"

루시피아가 이상한 듯 물었다. 작은 아이가 조그만 막대기로 위협하는 모습이 그리 위험해 보이지 않았다.

"내 활은 작지만 바위도 뚫어버리지. 너희 둘을 한꺼번에 꿰뚫을 수도 있다."

얼굴이 붉어진 아이는 막대로 알통과 루시피아를 번갈아 겨누며 위협했다.

"그래! 그런 위험할 걸 왜 겨누는데….."

알통이 끼어들자 아이는 한숨을 쉬었다.

"몰라서 물어. 너희는 그놈들과 한패잖아!"

"그놈들, 어째서….."

알통과 루시피아는 서로 얼굴을 쳐다봤다.

"너희 손에 든 건 뭐지?"

아이는 어이없다는 얼굴로 알통이 들고 있는 봇짐을 가리켰다.

"이건 내 거야."

알통이 봇짐을 움켜잡았다.

"오호라, 이제 보니 네가 그놈들의 우두머리였구나!"

아이가 알통을 노려보자 알통은 얼른 봇짐을 뒤로 숨겼다.

"지금이라도 돌려주면 용서해 줄게."

아이가 봇짐을 달라고 손을 내밀었다. 루시피아는 아이와 알통을 번갈아 보았다.

"말도 안 돼. 뭘 용서해 준다는 거지?"

알통이 고개를 위아래로 끄떡이며 외쳤다. 그러자 옆에서 지켜보던 루시피아가 알통을 다그쳤다.

"빨리 줘버려!"

알통은 주기 싫었지만 거의 습관적으로 고개를 위아래로 끄떡였다. 보다 못한 루시피아가 답답한 듯 다시 말했다.

"이 아이가 자기 거라 하잖아."

"…."

"그 사람들 쫓아가서 돌려줄 생각은 아니지?"

루시피아가 눈을 가늘게 떴다.

"뭔 소리야. 그들이 주고 갔잖아."

"얘 거라 주고 갔겠지!"

루시피아의 말에 알통은 루시피아를 빤히 쳐다봤다. 그러자 루시피아가 얼른 봇짐을 낚아채 아이에게 건네주려다 물었다.

"이 안에 뭐가 들었지?"

"아주아주 중요한 것이지. 너희는 몰라도 돼."

아이가 퉁명스럽게 대꾸했다.

"네 것이 아니라서 모르는 건 아니구?"

루시피아가 되물었다.

"아니, 알려줄 수 없기 때문에 그런 거야. 그나저나 너희는 한패도 아니라면서 왜 손까지 흔들며 격하게 배웅한 거야?"

아이의 말에 알통과 루시피아는 앞서 벌어진 일들을 설명했다.

"그러니까 옷을 뺏으려 했는데 너희는 안 보일 때까지 작별인사를 했다고…. 설마, 나보고 그걸 곧이곧대로 믿으라는 건 아니겠지?"

아이가 되물었다.

"왜 내 말을 믿지 못해. 내가 그들과 한패처럼 보여?"

루시피아가 허리를 숙여 아이의 눈을 빤히 쳐다봤다. 아이도 덩달아 루시피아의 눈을 빤히 쳐다봤다.

아이는 불타오르는 동공 너머 티끌만 한 빛도 없는 완전한 어둠, 끝없는 암흑 속으로 한없이 빨려 들었다. 한동안 아이의 눈을 바라보던 루시피아는 말없이 봇짐을 건넸다.

"나 갈래."

멍하니 봇짐을 받아 든 아이가 가려고 하자 알통이 외쳤다.

"잠깐."

알통은 아이를 불러 세워 한쪽 눈을 감은 채 엄지와 검지로 재어보며 말했다.

"쬐깐한 너는 인간의 나이로 몇 살이니?"

'쬐깐한' 루시피아는 낯익은 소리에 알통을 슬쩍 쳐다봤다.

"인간의 나이? 너희는 인간이 아니니?"

아이의 눈이 커다랗게 변하자 알통은 아차 싶었지만 대충 얼버무렸다.

"우리는 당연히 인간이지. 네가 인간인지 묻는 거야?"

"나야 당연히 인간이지. 나이는 너희들보다 많아."

아이가 빈정거리듯 대꾸했다.

"몇 살인데…?"

알통이 위아래로 훑어보며 시큰둥하게 물었다.

"한 50살쯤 됐어."

아이가 거들먹거리며 말하자 알통이 뒷짐을 지며 말했다.

"그래, 나보다 한참 어리네. 나는 230살이 훨씬 넘는데…."

"나는 270살…."

루시피아 마저 톡 끼어들었다.

"너희들 지금 날 놀리냐!"

아이는 버럭 소리를 지른 후 알통과 루시피아에게 훈계조로 말했다.

"내가 어려 보인다고 얕보지 마!"

아이는 알통과 루시피아의 주위를 천천히 돌며 엄지손가락으로 자신을 가리켰다.

"나는 어린 나이에 도술을 배워 늙지 않는 거야. 성장이 멈췄지만 검술은 물론 격투술도 능하다고! 그러니 날 놀리면 혼내준다."

알통은 아이의 말을 다 듣고 나서도 고개를 끄떡이며 말했다.

"그래, 50살이라고 해. 어쨌든 네가 50살이라고 해도 제일 어리다니까!"

그러자 아이는 알통의 얼굴을 빤히 쳐다보았다.

"너희는 이곳 사람이 아니구나?"

그 말에 알통과 루시피아는 깜짝 놀라 동시에 외쳤다.

"아니, 이곳 사람 맞아."

아이는 고개를 갸웃거렸다.

'둘 다 조금 모자란 것인지? 아니면 자신을 놀리는 것인지?'

당최 알 수 없었다. 더군다나 우둔해 보이는 녀석은 툭하면 고개를 끄떡여 더 수상했다.

아이는 둘을 의심의 눈초리로 살폈다.

"도술도 안 배운 인간이 어떻게 200살을 넘길 수 있냐?"

아이의 말에 알통과 루시피아는 서로 얼굴을 쳐다봤다.

"너는 기껏해야 스물셋, 너는 많아야 열아홉쯤 된 것 같은데 왜 자꾸 놀려! 너희들 자꾸 그러면 정말 혼내준다."

아이는 막대를 활처럼 만들어 위협했다.

"그러니까 내가 23살이고 얘가 19살이라구?"

알통이 눈을 동그랗게 뜨며 루시피아를 가리켰다. 알통은 루시피아보다 나이가 많다는 말에 지위가 더 높아진 것 같아 은근히 기분이 좋았다.

"그렇다니까? 한눈에 척 보이는구만!"

아이가 다시 말했다.

"네가 오빠고, 애가 동생 맞잖아?"

아이는 알통과 루시피아에게 번갈아 손짓했다.

"어이쿠 들켜버렸네. 어떻게 알았지!"

알통이 이마를 탁 치며 말했다.

"알통, 지금 무슨 소릴 하는 거야?"

루시피아가 알통을 째려보았다. 그러자 알통은 루시피아의 손목을 잡아끌고 부리나케 아이에게서 멀리 떨어졌다.

"생각해 봐, 루시피아."

소곤대는 알통의 말에 루시피아가 고개를 갸웃거렸다.

"뭘….'

"저 꼬마 말처럼 인간의 수명은 아주 짧잖아! 그러니 우리가 200살을 넘겼다고 하면 우릴 의심하지 않겠어. 분명 인간이 아니라고 할 거야."

알통이 나지막이 속삭였다.

"그럼 우리 200살씩 빼면 안 될까?"

루시피아도 조용히 속삭였다.

"안 돼. 그래도 믿지 않을 거야."

알통이 소곤거렸다.

"그럼 어떻게 해?"

루시피아는 순간 걱정이 되었다.

"그러니까 저 꼬마 말대로 내가 23살이라 하고 너는 19살이라고 하는 거야. 인간계에서는 인간의 말을 따라야 해!"

알통의 말에 루시피아는 정체가 발각될 것 같아 더 이상 대꾸하지 못했다. 그러는 사이, 아이는 봇짐을 메고 왔던 길로 되돌아갔다.

"이봐 작은 친구, 그놈들이 간 곳은 이쪽이야."

알통은 사내들이 간 방향을 가리켰다.

"됐어. 내 짐을 찾았으니까."

아이는 혼자 중얼거리며 그대로 걸어갔다.

아이의 뒷모습을 아무리 훑어봐도 그다지 특별하거나 특이한 점은 없었다. 물론 앞모습도 매한가지였지만! 아무리 잘 봐줘도 13살쯤 되어 보이는 꼬마 녀석이 끈 달린 막대기를 활이라고 우기는 것도 이상했다. 하지만 자신보다 몸집이 훨씬 큰 알통에게 전혀 꿀리지 않은 것으로 보아 예사롭지 않았다. 어쨌든 곧이곧대로 다 믿을 수 없는 각박한 세상이니 좀 더 지켜볼 수밖에 없었다.

알통과 루시피아는 아이의 뒤를 따라가며 소곤거렸다.

"마법사면 몰라도 도사 얘기는 들어본 적이 없다니까!"

알통은 손으로 아이의 뒤통수를 가리켰다.

"나도 그래! 하지만 진짜면?"

루시피아가 대꾸했다. 알통은 루시피아를 보지도 않고 손사래를 쳤다.

"말도 안 돼. 더군다나 저런 쬐깐한 도사가 어딨어?"

알통은 말하자마자 엄지와 검지로 아이의 크기를 재었다.

"어려서부터 도술을 배워 늙지 않는다고 하잖아."

루시피아는 아이가 한 말이 떠올랐다.

"네가 봤어. 직접 봤냐구. 그 말이 진짜인 줄 어떻게 알아?"

알통은 루시피아를 위아래로 흘겨보았다. 루시피아는 아이의 말을 믿고 싶었지만 알통은 도통 믿지 않는 눈치였다.

"이봐, 다 들린다구⋯. 그리고 왜 자꾸 따라오는 거야?"

한참을 말없이 걷던 아이가 뒤돌아 외쳤다.

"흥, 넌 따라가는 게 아냐. 도시로 가는 거야!"

루시피아는 손가락으로 한쪽 눈 밑을 늘어뜨리며 혀를 삐쭉 내밀었다. 아이는 루시피아의 짓궂은 얼굴에 잠시 숨을 가다듬고는 냅다 뛰기 시작했다. 그러자 약속이나 한 듯 알통과 루시피아도 앞서거니 뒤서거니 쫓아갔다.

한동안 죽어라 뛰던 아이와 알통 그리고 루시피아는 어느새 나란히 길을 걸었다.

"나는 '도진'이라고 해. 내 나이를 믿지 못하는 것이 당연하니 그냥 이름을 불러도 좋아!"

도진이 먼저 자신을 소개했다.

"만나서 반가워, 도진. 나는 루시피아야."

루시피아도 자신을 소개했다.

"나는 666호야."

이번엔 알통이 자신을 본명을 알려주었다.

"너 정말, 이름이 666호야?"

도진이 깜짝 놀라 되물었다. 지금껏 만난 사람들 중에 자신을 번호로 소개한 사람은 없었다. 죄수나 돌연변이들이 감금되어 이름 대신 번호로 불리는 것은 익히 알고 있었다.

666호는 도진의 반응에 잠시 주춤했다가 말을 바꿨다.

"농담이야 농담. 사실은 알통이라고 해! 알통…."

알통은 크게 웃으며 자신의 울퉁불퉁한 근육을 보여주었다.

"알통…. 이름이 재미있네."

도진이 해맑게 웃었다. 본명을 알리기 싫어 별명을 말한 것이라 여겼지만 굳이 알 필요도 없었다. 어차피 잠시 스쳐 가는 사람들일 뿐….

어느 정도 시간이 지나자 도진이 먼저 이야기를 털어놓았다.

"나는 홀연히 사라진 사부님을 찾기 위해 여행 중이야. 내 사부님은 마지막 전쟁에 대해 항상 말씀하셨지, '인간이 상상할 수 없는 전쟁이 또다시 벌어질 거라고….', 아주 입버릇처럼 말씀하셨어. 아무래도 사부님은 함께 싸울 용사들을 찾아 나선 것 같아!"

도진은 곧 벌어질 전쟁에 대비해 사부님이 홀로 영웅들을 찾아 나선 것이라 믿었다.

알통과 루시피아는 도진의 곁에서 말 한마디 한마디에 귀를 쫑긋 세웠다. 인간의 입으로 천 년 전, 전쟁에 관한 이야기를 듣게 되어 더욱 흥미로웠다.

"좀 더 자세히 얘기해 줘?"

알통은 도진 옆으로 바짝 붙었다. 도진은 사부님에게 들었던 천 년 전 이야기를 떠올리며 카랑카랑한 목소리를 그대로 흉내 냈다.

"천 년 전, 세상이 어지러울 때 천사와 악마가 찾아왔다. 둘은 만나자마자 싸우더니 서로서로 동료를 불러냈지. 수가 불어난 천사와 악마의 싸움은 점점 걷잡을 수 없이 커졌어. 결국, 하늘을 뒤덮은 천사와 지상을 뒤덮은 악마들은 최후의 결전을 치렀지. 인간들은 천사와 악마의 힘에 압도당해 숨조차 제대로 쉬지 못했어! 전쟁이 확산되자 인간들은 일찍이 경험하지 못한 공포와 두려움에 휩싸였어. 더욱이 천사와 악마를 추종하는 인간까지 가세해 세상은 아수라장이 되었지. 수많은 인간이 희생되고 대지가 핏빛으로 물들 때 '신물'을 손에 넣은 용사들이 하나둘 나타났어. 그들은 천사와 악마의 전쟁에 끼어들어 신물의 힘으로 순식간에 판도를 바꿨어. 수세에 몰리던 천사들은 이들의 도움으로 악마들을 물리칠 수 있었어. 이때는 악마에게 밀리던 천사들이 인간에게 신물을 전해주었다는 얘기도 공공연하게 나돌았지. 천계의 승리가 임박할 무렵, 악마의 꼬임에 빠진 인간들은 신물을 더 차지하기 위해 서로 싸웠어. 심지어 싸움을 말리던 천사까지 공격했지! 어떤 자들은 인간들을 규합하여 천사들을 공격했어. 견디다 못한 천사들은 멀리 도망가 길을 막았다고 해. 그 이후 천사들의 도시인 천계와 악마들의 도시인 마계는 완전히 분리되었어."

도진은 혼신을 다해 설명하다 잠시 숨을 몰아쉬었다. 그리곤 자기 목소리로 말했다.
"용사들을 모아 천 년 전 사라진 신물을 찾아야만 해!"
"신물이 뭔데?"
알통과 루시피아는 누가 먼저라 할 것 없이 도진의 옆으로 바짝 붙었다. 신물에 관련된 임무는 없지만 그 존재는 익히 들어 알고 있었다. 나약한 인간들이 상상을 초월한 무기를 사용했다는 이야기는 확실했다.
도진은 알통과 루시피아 사이에 끼여 옴짝달싹 못 했지만 전혀 아랑곳하지 않았다. 지금껏 만난 사람들은 자신의 얘기를 들어주기는커녕 허무맹랑한 이야기라 치부했다. 도진은 점점 쥐포처럼 눌렸지만 신이 나서 계속 말했다.
"신물은 신이 사용하던 무기인데 모두 아홉 개라고 했어. 이것들을 전부 모으면 세상을 구할 수 있다고 했지! 하나만 갖고 있어도 하늘을 가르고 땅을 자르는 아주 강력한 무기야. 악마들도 신물 앞에서는 벌벌 떨었다니까!"

"악마들이 벌벌 떨었다구?"

루시피아는 기분이 상해 도진의 곁에서 한 걸음 물러섰다.

"당연하지. 천사든 악마든 한 방이면 끝났다니까! 그냥 한 번에 싹 쓸어버리는 거지."

도진은 흥분해서 목청을 높이며 손으로 하늘을 가르는 시늉을 했다. 그러자 이번에는 알통이 도진의 곁에서 떨어졌다.

"천사들이 그렇게 쉽게 죽을 리가 없잖아. 너는 보지도 못했으면서…!"

알통도 기분이 상해 입을 삐죽 내밀었다. 하지만 도진은 둘의 마음을 모르는 듯 주변을 둘러보며 속삭이듯 말했다.

"나야 당연히 못 봤지. 하지만 제일 중요한 것은…."

"뭔데!!!"

알통과 루시피아는 동시에 도진의 곁으로 쏘르륵 날려들었다. 둘의 갑작스러운 변덕에 도진은 둘을 번갈아 보았다.

'이제 보니 좀 모자란 놈들이 아닐까!'

자신이 만났던 사람들은 인류가 멸망 직전까지 갔던 사실을 아예 모르거나 알아도 3차 세계대전 때문인 줄 알았다. 그 누구도 천 년 전 전쟁이 천사와 악마 때문이라고 믿지 않았다. 도진 자신도 사부의 말을 처음부터 믿지 않았다. 그런데 처음 본 사람들이 천사와 악마에 대해 쉽게 믿자 혼란스러웠다. 처음에는 자신의 말을 잘 들어주는 것이 좋았지만 점점 의심이 생기자 덜떨어진 남매와 헤어지기로 결심했다.

"이제 여기서 헤어지자. 너희는 앞으로 곧장 가. 그러면 작은 마을이 나올 거야."

도진은 풀로 뒤덮인 작은 언덕을 가리켰다. 도진이 가리킨 곳은 길은커녕 사람의 발길조차 없어 보였다.

"너는 어디로 가는데?"

루시피아가 입을 삐죽 내밀었다.

"나는 저곳으로 갈 거야."

도진은 풀이 많이 나 있지만 반듯한 길을 가리켰다. 저 멀리 길가에 반쯤 묻힌 달걀 모양의 회색 바위가 있었다. 큰길가 옆에 놓인 바위는 표면이 매끄러운 듯 햇살에 반짝거려 한눈에 들어왔다. 알통과 루시피아는 곧게 뻗은 넓은 길과 풀이 무성한 작은 언덕을 번갈아 보았다. 둘은 왠지 모르게 속는 기분이 들었다.

"나는 사람들이 많이 살고 있는 도시에 가고 싶은데…."

루시피아가 말했다.

"그럼 너희도 지하도시를 찾아온 거야?"

"…."

도진은 알통과 루시피아가 빤히 쳐다보자 정색을 했다.

"정말, 저 바위 밑에 도시가 있다고 생각해?"

도진이 어깨를 들먹이며 양팔을 벌렸다.

"당연하지."

루시피아는 기다렸다는 듯 바로 대답했다. 마계처럼 인간도 지하에 도시를 만들 수 있다고 생각했다. 도진은 루시피아의 말에 흠칫 놀랐다. 둘을 떼어내려 했는데 오히려 더 달라붙을 것 같아 가슴을 졸였다.

"대체 도시가 어디 있다는 거야?"

알통이 바위 주변을 살피며 말했다.

"저 바위 밑에 있다는 도시는 그냥 소문일 뿐이야. 그런 것이 있을 턱이 없지."

도진은 고개를 설레설레 저었다.

"그러게, 보이질 않네."

루시피아도 목을 빼 들고 주변을 훑어보았다.

"낙원이라는 것도 새빨간 거짓말이야. 지금껏 지하도시에 갔다 돌아온 사람이 한 명도 없대…. 설마, 그놈들 말을 믿어?"

도진은 둘의 눈치를 살피며 말했다.

"그놈들이라니?"

루시피아가 물었다.

"아니, 뭐…."

도진은 자신의 봇짐을 훔쳐 간 도둑놈들이 이곳을 알려줬다고 지레짐작한 것을 후회했다.

도진은 앞서 좀도둑을 만났던 기억을 떠올리며 씁쓸히 웃었다. 사부의 흔적을 쫓던 중 지하도시의 소문을 듣고 이곳까지 찾아왔다. 그리고 바위 근처에서 말에 탄 사내 둘을 만났다.

"뭐, 지하도시를 찾고 있다고!!!"

모자를 눌러쓴 사내의 쩌렁쩌렁한 목소리가 아직도 들리는 듯했다. 그들은 지하도시로 가는 길을 안내해 주겠다며 갖은 친절을 베풀었다.

"나는 넙치라 하고 이 친구는 날치라 하지."

넙데데한 얼굴에 덩치 큰 사내는 주먹으로 가슴을 탁탁 치고는 뒤에 있는 날렵한 사내를 가리켰다. 넙치는 자신의 말에 도진을 태웠다. 도진은 넙치의 너덜너덜한 누더기에서 나는 역겨운 냄새를 참다못해 말했다.

"옷을 한 벌 구하셔야겠네요."

"왜, 난 이 옷이 맘에 드는데…."

넙치는 갑작스러운 옷 얘기에 의아했다.

"옷이 너무 낡은 데다 냄새가 많이 나요."

"이리 낡았어도 아주 귀한 옷이야. 그래서 몇 달째 빨지도 않았다."

넙치는 진한 향수에 젖어 숨을 크게 들이마셨다.

"귀한 옷이라면 더 이상 해지지 않게 잘 빨아서 보관하고 다른 옷을 입으세요."

"오 그래, 그것도 좋은 방법이군!"

넙치는 아련한 옛 추억에 잠시 젖었다.

"다 왔다."

넙치는 큰길가에 우뚝 서 있는 매끈한 바위 옆에 도진을 내려주었다.

"이곳이 입구란다. 요즘엔 너처럼 찾아오는 사람이 없었다."

"어디로 들어간다는 거죠?"

도진은 바위를 빙 둘러봤지만 입구가 보이지 않았다.

"곧 알게 될 거다. 우리가 여기까지 안내했으니 보답을 해야 하는 것이 인간의 도리가 아닐까!"

넙치는 도진이 메고 있는 봇짐을 가리켰다.

"미안하지만 드릴만한 것이 없네요."

도진은 손사래를 쳤다.

"참고로 이곳에 들어갔다 되돌아온 사람은 아무도 없다."

넙치는 말에서 내려 도진의 코앞까지 걸어와 인상을 쓰며 말했다.

"그러니 나올 때까지만이라도 우리가 보관해 주마."

넙치는 도진이 메고 있던 짐을 순식간에 낚아챘다. 도진은 너무나 갑작스럽게 벌어진 일이라 미처 손을 쓰지 못했다.

"이봐, 내가 누군지 알아. 좋게 말할 때 내놔!"

도진은 소매에서 막대를 꺼내 들었다.

"당연히 알구말구. 내 소중한 밥줄이지!"

넙치가 깐죽거리며 말했다.

"얘야, 이곳에 들어가면 천국이나 지옥일 텐데…. 짐 따위는 더 이상 필요 없지 않겠니!"

넙치는 히죽거리며 뒤에 있던 날치에게 봇짐을 던졌다.

"이제 보니 도둑놈들이었구나."

도진은 어처구니없었다. 처음부터 대가를 요구했다면 동행하지 않았을 것이다. 친절을 가장한 강도였다.

"천만에, 안내한 대가를 받는…."

넙치가 말을 채 끝내기도 전에 도진이 품으로 뛰어들어 팔꿈치로 명치를 가격했다.

"헉."

외마디 비명과 함께 넙치가 바닥에 뒹굴기도 전에 도진은 봇짐을 들고 있던 날치의 손등에 막대를 던졌다.

"아얏."

날치가 봇짐을 떨어뜨린 채 손을 감싸 쥐었다. 도진이 막대기와 봇짐을 막 주워 드는 순간, 넙치가 도진의 뒤에서 허리를 감싸안았다. 넙치가 힘을 쓰자 도진은 허리가 끊어질 듯 아팠다. 도진은 온몸을 한껏 움츠렸다 펴며 뒷머리로 넙치의 턱을 들이받았다.

"어이쿠."

넙치의 비명과 함께 허리를 죄는 손이 느슨해졌다. 이때를 놓치지 않고 순식간에 빠져나온 도진은 넙치의 무릎을 밟고 얼굴을 걷어찼다. 넙치는 얼굴을 감싼 채 바닥에 데굴데굴 굴렀다. 그 순간, 바람을 가르는 소리가 들렸다.

"휘익."

도진은 들고 있던 막대로 재빨리 쳐냈다. 둔탁한 소리와 함께 단도가 땅에 처박혔다. 칼을 던졌던 날치조차 깜짝 놀라 말고삐를 힘껏 쥐었다. 지금껏 이렇게 가까운 거리에서 자신의 칼을 막은 자가 없었다. 도진은 날치를 노려보며 막대의 끈을 당겨 활을 겨누었다. 하지만 놀란 얼굴로 양손을 들어 항복하겠다는 모습을 보이자 이내 거두었다. 도진이 픽 웃으며 긴장을 풀 때 바위 뒤에서 사내 둘이 튀어나와 그물을 던졌다. 도진의 머리 위에 펼쳐진 그물은 거미줄마냥 넓고 촘촘하게 퍼졌다. 도진은 재빨리 옆으로 굴렀지만 그물 끝에 갇혔다.

"두목, 아예 절단 낼까요?"

그물을 던진 사내 중 하나가 큰 소리로 외쳤다.

"빨리 튀어."

넙치는 떨리는 목소리로 냅다 외쳤다. 보통 아이가 아닌 것은 확실했다. 만약, 돌연변이나 안드로이드라면 도리어 당할 수 있다. 많지는 않지만 간혹 만날 수 있기에 목숨까지 걸고 싸울 필요가 없었다. 더욱이 아이의 모습은 본 적이 없어 그 용도를 몰랐다. 만일, 새로운 병기라던 특성 알고리즘에 자폭할 수 있어 더 위험했다.

도진은 그물 끝에 걸린 터라 그물코에 손을 넣어 쉽게 빠져나왔다. 하지만 넙치 일당은 이미 줄행랑을 친 뒤였다. 도진은 빼앗긴 봇짐을 찾기 위해 그들을 뒤쫓았다.

알통과 루시피아는 도시가 있다는 말에 그냥 지나칠 수 없었지만 도진은 둘을 빨리 보내고 싶었다.

"위험한 곳이니 따라오지 마!"

도진은 잘 가라고 손을 흔들었다. 그러자 알통과 루시피아도 작별하듯 손을 흔들었다. 도진은 알통과 루시피아가 떠날 줄 알았는데 계속 손을 흔들며 따라오자 난처했다.

"더 이상 따라오지 마! 죽을 수도 있다구."

도진은 둘을 번갈아 보며 말했다.

"아무것도 없다며…."

루시피아가 말했다.

"그래, 아무것도 없으니 그만 가봐!"

도진이 왔던 길을 가리켰다.

"그런데 왜 죽을 수 있다는 거야?"

루시피아가 되물었다.

"그러니까, 그게…."

도진은 더 이상 변명거리가 없었다.

"아니, 내가 듣기로는 지하도시에 갔던 사람 중에 되돌아온 사람이 한 명도 없다는 거야."

도진은 루시피아와 알통을 번갈아 보며 말했다.

"살기 좋은 곳이라 눌러앉을 수도 있잖아?"

알통이 팔짱을 낀 채 말했다.

"말도 안 돼. 어떻게 모든 사람이 다 좋을 수 있어. 아무리 좋아도 가족을 보러 나올 수 있지!"

도진이 고개를 저었다.

"지하에 도시가 없는 건 아닐까?"

루시피아는 도진의 얼굴을 빤히 쳐다보았다.

"그럴 리가! 오면서 다 알아봤어."

도진이 자신 있게 말했다.

"그럼 저 밑에 도시가 있는데 위험하니 따라오지 말라는 얘기잖아."

루시피아의 말에 도진은 더 이상 숨길 수 없다는 생각이 들었다.

"맞아, 위험하니 따라오지 말라구. 나는 사부님을 찾을 수 있다면 지옥에라도 가겠지만…."

도진이 다짐하듯 말했다.

"너 정말 지옥에 갈 거야?"

루시피아가 깜짝 놀라 되물었다. 전쟁 이후에는 마계에 인간이 찾아왔던 적이 없었다. 지옥을 알고 있을뿐더러 찾아간다는 말에 루시피아는 은근히 기분이 좋았다. 알통도 지옥에 간다는 말에 두 눈이 휘둥그레졌다.

"아니, 뭐 꼭 지옥에 가겠다는 말은 아니지…."

도진은 둘의 반응에 놀라 말끝을 흐렸다. 결코 둘을 떼어낼 수 없을 것 같아 걱정이 앞섰다.

지하도시

바위에 도착하니 셋이 팔을 벌려도 닿지 않을 만큼 크고 완벽한 타원형의 모습에 경외감마저 느껴졌다. 루시피아는 알 수 없는 힘에 이끌려 바위 밑을 유심히 살폈다. 그사이 알통과 도진은 바위를 빙 둘러보았다. 하지만 입구는 고사하고 아무런 흔적도 찾을 수 없었다. 넙치 일당을 만나지 않았다면 그냥 지나쳤을 정도로 평범했다.

알통은 바위 주위를 계속 맴돌다 바위 위로 올라가려고 멀리서 뛰어들었다. 하지만 바위에 발을 딛자마자 미끄러져 머리를 처박았다.

"텅."

요란한 소리와 함께 알통이 벌러덩 자빠졌다. 곁에 있던 도진이 부리나케 알통에게 달려갔고 루시피아는 그 광경을 보며 혀를 끌끌 찼다.

"알통, 괜찮아!"

도진이 알통의 이마를 살폈다.

"아휴, 괜찮아. 내 이마는 보기보다 아주 단단해."

알통은 새빨개진 이마를 손바닥으로 탁탁 치며 해롱거렸다. 도진은 알통의 이마가 차돌만큼 단단해 보였기에 고개를 끄떡였다.

"알통, 어떻게 이렇게 미끄러운 바위에 뛰어오를 생각을 했어?"

도진이 바위를 만져보며 말했다.

"내가 이 정도 높이는 한 발로도 뛰어오르는데 지금은 잘 안되네."

알통은 먼지를 툭툭 털며 간신히 일어났다. 도진은 알통의 말에 피식 웃었다. 자신보다 얼추 두 배나 큰 바위를 한 번에 뛰어오른다는 말에 허풍이 심하다고 생각했다.

"알통, 목말을 타게 어깨 좀 빌려줘."

도진은 궁리 끝에 알통의 어깨를 이용하기로 했다.

"뭘 하려고?"

알통이 물었다.

"위에 올라가 봐야겠어."

도진이 바위 꼭대기를 가리켰다.

"그래, 그럼 써봐."

알통이 자신의 어깨를 툭툭 치며 말했다. 도진은 알통이 숙이기를 기다렸지만 계속 서 있었다.

"어깨 좀…."

"쓰라니까."

"엎드려야지."

도진의 말에 알통은 땅바닥에 넙죽 엎드렸다. 난감해진 도진은 알통을 일으켜 세워 무릎을 굽히고 허벅지에 손을 짚게 했다. 목말보다는 어깨를 밟고 뛰어오르는 게 나을 것 같았다.

"이대로 있어. 움직이지 말고."

도진은 알통의 무릎과 어깨를 밟고 뛰어오르는 시늉을 했다. 알통은 그 모습에 고개를 끄떡였다. 도진은 멀찌감치 물러섰다 뛰어들어 알통의 무릎과 어깨를 밟고 순식간에 바위 위로 뛰어올랐다. 도진이 바위 위로 뛰어오르자 알통은 루시피아를 불러 세웠다.

"루시피아, 이렇게 하고 그대로 있어. 저 위로 올라갈 거야."

알통은 도진이 했던 것처럼 루시피아에게 무릎을 굽히게 하고 똑같이 흉내 냈다. 그리곤 도진처럼 물러서서 뛰어들었다. 하지만 루시피아는 알통이 무릎을 밟자 획 던졌다.

"꾸~에엑."

요란한 비명소리에 도진이 주위를 두리번거렸지만 알통은 이미 도진의 머리 위를 지나 거꾸로 처박혔다. 도진은 바위 위에도 별다른 게 없자 밑으로 뛰어내렸다. 바위 밑에는 알통이 쭈그려 앉아 헝클어진 머리를 다듬고 있었다.

"알통, 왜 그래?"

도진이 물었다.

"루시피아에게 물어봐!"

알통은 '이게 다 루시피아 때문이야!' 하려다 차마 말하지 못하고 퉁명스럽게 대답했다.

"루시피아, 알통이 왜 이래?"

도진이 바위 건너편에 있는 루시피아에게 소리쳤다.

"몰라. 알통에게 물어봐."

'ㅎ‿ㅎ' 루시피아가 크게 외쳤다.

'˚ω i ' 알통은 자신에게 다시 물어보라는 말에 당황했다.

'·_·💧' 도진은 '뭘 다시 물어봐야 하나?' 고개를 갸웃거렸다.

도진은 아무리 살펴봐도 별다른 게 없자 '좀노눅늘이 거짓말을 했나.' 싶었다.

"정말 이상하군, 아무런 기척도 없어!"

도진은 중얼거리며 고개를 가로저었다. 어느덧 해가 뉘엿뉘엿 기울자 바위에 그림자가 길게 드리워졌다. 그 그림자 끝에서 강한 기운을 느낀 루시피아는 발끝으로 살살 땅을 팠다. 인간들이 쉽게 느낄 수 없는 에너지였지만 루시피아는 기감이 발달해 자연스럽게 느꼈다. 얼마 지나지 않아 이상한 문양이 새겨진 돌의 일부가 나왔다. 주변을 더 파내자 손바닥만 한 돌이 모습을 드러냈다. 돌은 크기에 비해 매우 강한 에너지를 뿜어댔다. 루시피아가 돌을 멀리 던져버리자 도진이 외쳤다.

"결계다."

바위의 표면에 미세한 열기가 솟구치며 김이 조금씩 피어올랐다. 도진은 손가락으로 삼각형의 결인을 만들어 주변을 살폈다. 어느덧, 바위 표면에 불규칙한 에너지가 맴돌다 직사각형의 문양이 생겼다.

도진은 커다란 문처럼 생긴 직사각형 옆의 손바닥 형상을 찾아냈다. 도진이 손바닥 모양에 손을 갖다 대자 알통과 루시피아도 덩달아 손을 갖다 대었다. 셋의 손이 겹쳐지자 직사각형의 문양이 안으로 넘어지듯 사라지며 문양 크기만 한 입구가 생겼다. 셋이 조심스럽게 안으로 들어서자 눈이 부실 정도로 밝은 빛이 쏟아졌다. 천장에선 붉은빛이 맴돌다 사라지고 앞쪽엔 새로운 출구가 생겼다. 세상이 바뀐 듯, 밝은 햇살 아래 거대한 삼각형의 구조물이 보이자 셋은 뛰쳐나갔다.

"피라미드."

"카스티요."

도진과 루시피아가 거대한 건축물에 감탄하듯 소리쳤다. 그러자 알통이 황급히 둘의 앞을 가로막으며 두 팔로 X 자를 만들어 보였다. 그리곤 양팔을 높이 벌리며 외쳤다.

"우슈마르."

도진은 알통을 옆으로 밀치며 말했다.

"좀 비켜봐! 피라미드가 안보이잖아."

알통이 밀리지 않고 꿋꿋이 서 있자 도진은 옆으로 게걸음질 치며 건축물을 살폈다. 도진이 옆으로 피하자 알통은 루시피아를 쳐다보았다. 그러자 루시피아도 옆으로 게걸음질 쳤다.

광활한 초록빛 들판에 솟아 있는 피라미드의 꼭대기는 구름을 뚫을 듯 높았다. 그 웅장함이 지금껏 인간이 하늘로 쌓아 올린 어떠한 구조물보다 으뜸이었다. 피라미드까지 이어진 넓은 길가에는 양옆으로 아름드리나무가 죽 늘어서 있었다. 나무들은 크기나 모양이 비슷해 길을 따라 심어놓은 듯했다. 셋은 주위를 둘러보며 피라미드를 향해 걸었다.

알통은 호기심에 이곳저곳 살펴보다 제일 뒤처졌다. 아름드리나무 사이로 이상한 꽃이 보이자 성큼성큼 다가갔다. 가늘고 기다란 줄기는 족히 3m는 넘어 보였다. 그 끝에 달린 꽃봉오리가 길가를 향해 반쯤 열려 있었다. 이미 여러 차례 지나쳤지만 일정한 간격으로 보이자 궁금해 견딜 수 없었다. 알통이 다가가자 꽃봉오리가 알통을 향해 돌아섰다. 줄기는 유달리 길고 잎사귀는 듬성듬성 나 있어 꽃이라고 부르기에는 조금 빈약했다.

"특이한 꽃이네…."

알통은 줄기를 툭툭 건드리다가 휙 잡아챘다. 하지만 휘어질 뿐 뽑히지 않았다. 몇 번 더 잡아채던 알통은 힘껏 뛰어올라 대롱대롱 매달렸다. 그러자 줄기가 구부러져 알통의 머리가 땅에 닿으려 했다. 마치 거꾸로 매달린 모양새가 되었다. 알통은 꼬아놓은 다리를 풀어 땅을 디뎠다. 발이 땅에 완전히 닿자 꽃봉오리를 힘껏 잡아당겼다. 하지만 좀처럼 빠지지 않았다. 알통은 다시 한번 힘껏 잡아당기다 꽃봉오리가 쑥 빠져버리는 바람에 뒤로 넘어졌다. 구부러진 줄기가 펴지며 옆에 있는 나무를 찰싹 때렸다. 그 소리에 앞서가던 도진이 뒤돌아섰다.
"알통, 이상한 소리 못 들었어?"
"이상한 소리는 못 들었어."
이상한 소리가 아니라 꽃줄기가 나무에 부딪힌 소리니 틀린 말은 아니었다. 알통은 손안에 든 꽃봉오리를 꽉 움켜쥔 채 일어섰다.

한참을 걷던 도진은 물 흐르는 소리에 나무 사이로 뛰어갔다. 나무 뒤로 작은 개천이 보이자 웃옷을 벗어 던지고 급히 물속으로 뛰어들었다. 알통도 덩달아 뛰어들려고 옷을 벗으려다 루시피아를 보았다. 루시피아는 쭈그려 앉아 손가락에 물을 콕 찍어 얼굴을 살살 닦았다. 알통은 루시피아 옆에 털썩 주저앉아 개천에 발을 담갔다. 그러자 꼬질꼬질한 발 주위로 물이 시커멓게 변했다. 루시피아는 손에 물을 찍으려다 알통의 발을 흘겨보았다.
"그 지저분한 발 좀 빼시지."
"쉿…."
알통은 루시피아의 입에 손가락을 대어 조용히 하라는 신호를 보내곤 이내 주위를 두리번거렸다.

"아무도 본 사람 없지?"

"내가 봤잖아!"

루시피아는 힘껏 주먹을 들어 올렸다. 알통의 뒤통수를 한 대 쥐어박고 싶었지만 꾹 참았다.

"너 말구."

알통은 주위를 계속 경계하며 조용히 말했다. 알통은 "악마들이 구정물을 좋아한다."는 말을 들었던 터라 더 힘껏 첨벙대며 흙탕물을 일으켰다.

"난 얼굴을 씻고 있었다구!"

루시피아가 외쳤다.

"알고 있어. 빨리 씻어."

알통은 루시피아가 쑥스러워 앙탈을 부리는 줄 알았다. 하지만 루시피아는 자신을 골탕 먹이려는 줄 알고 속이 부글부글 끓었다. 도진만 없으면 진작 흙탕물에 처박았을 것이다.

"너희도 빨리 들어와."

도진이 물장구를 치며 외쳤다. 알통이 첨벙대며 놀고 있어 금방 따라 들어올 줄 알았다.

"무슨 일이 생길지 모르니 나는 이곳에 남아 있을게…."

알통이 난색을 표했다.

"루시피아는?"

도진이 루시피아를 불렀다.

"미안하지만 나도 사양할래!"

루시피아는 '알통을 어떻게 혼내줄까?' 고민했다. 모가지를 확 비틀어 버릴지, 물장구를 치고 있는 두툼한 종아리를 꽉 꼬집어 버릴지, 아니면 뒤통수를 잡아채 흙탕물에 처박을지 신중하게 고르는 중이었다. 도진은 루시피아의 속도 모른 채 둘이 나란히 앉아 있는 모습이 '다정한 오누이 같다.'고 생각했다.

이때, 은빛 비행체가 소리 없이 다가왔다. 비행체는 둥근 원형으로 된 세 개의 몸체가 연결된 삼각형의 모습이었다. 하늘 높이 날아오는 비행체에는 은빛 슈트를 입은 사내가 타고 있었다. 사내는 막대처럼 길고 둥근 손잡이로 비행체를 조종했다. 그가 조종간을 놓자 비행체는 땅에 조용히 내려앉았다. 도진은 사내를 보자마자 서둘러 물 밖으로 나왔다. 사내는 자신을 바라보고 있는 셋을 둘러보며 내렸다.

"어서 오십시오. 여러분을 환영합니다."

사내는 다부진 체격에 갈색 머리를 올백으로 넘겨 한눈에도 강인해 보였다.

"여기가 어디죠?"

루시피아가 물었다.

"이곳은 인간의 낙원 유토피아 왕국입니다. 그리고 저는 이곳의 안내원인 마크입니다."

사내는 자신을 소개하며 정중하게 피라미드가 있는 곳을 가리켰다. 그러자 모두 마크 주위로 빙 둘러섰다.

"왕국이라면 왕이 통치하는 곳인가요?"

도진이 물었다.

"아닙니다. 그저 상징적인 의미입니다. 이곳은 카린 박사님이 만든 도시입니다."

마크는 대답을 마친 후 비행체에 올라타라는 손짓을 했다. 세 개의 연결된 몸체 중 맨 앞에만 조종간이 있고 뒤에는 좌석만 있었다. 뒷좌석은 여럿이 앉아도 될 만큼 넓었다. 알통이 먼저 자리를 잡자 루시피아는 반대편 자리에 앉았다. 도진은 루시피아를 따라 비행체에 오르며 물었다.

"겔리온 시리즈인가요?"

"아닙니다. 카린 박사님이 만든 맷라인입니다."

마크가 미소를 띠며 대답했다. 알통과 루시피아는 겔리온 시리즈가 무엇인지 몰라 조용히 눈치를 살폈다.

마크는 도진이 앉자마자 비행체를 띄우며 말했다.

"이곳은 카린 박사님이 이룩해 놓은 신세계입니다. 세상에서 가장 완벽한 도시로 만들기 위해 '유토피아 왕국'이라 명명하였습니다. 초기에는 풀 한 포기 나지 않은 황무지였지만 지금은 아주 아름다운 도시로 탈바꿈하였습니다. 이제 그 노력의 결실을 거두려 합니다."

마크는 피라미드로 향하는 내내 유토피아 왕국에 대해 설명했다. 알통과 루시피아는 눈을 떼지 않고 주위를 둘러보았다. 피라미드가 가까워질 때까지 길을 따라 나무들이 길게 늘어서 있는 풍경이 변함없이 똑같았다. 더군다나 나무의 크기나 모양까지 똑같아 은근히 질리게 만들었다. 피라미드 앞에 다다르자 돌로 만든 구조물 하나하나가 알통보다 크고 꼭대기는 보이지 않을 정도로 높았다. 마크는 10m가 넘는 거대한 아치형 문으로 향했다.

"이 관문을 통하면 저희 유토피아 왕국으로 들어갈 수 있습니다."

마크는 문 옆 기둥에 손을 갖다 대었다. 그러자 웅장한 소리와 함께 문이 양옆으로 열렸다. 알통은 깜짝 놀라 똑같은 곳에 손을 대보았지만 벽에는 아무런 장치가 없었다.

"오직 카린 박사님만 이 문을 열 수 있습니다."

마크는 벽을 만지고 있는 알통을 향해 말했다.

"그럼 다른 사람들은 어떻게 들어가죠?"

도진이 주변을 둘러보며 물었다.

"카린 박사님이 기다리고 계십니다. 어서 들어가시지요."

마크는 웃으며 알통 일행을 안내했다. 반드시, 카린 박사님의 허가가 있어야만 문을 열 수 있다는 말도 빼놓지 않았다. 도진이 문틈 사이로 본 돌의 두께는 족히 몇 걸음은 되었다.

유토피아 왕국에 들어간 알통 일행은 반짝이는 대리석 받침대 위에 놓인 거대한 조형물들을 구경했다. 그 크기나 모양도 제각각인 데다 잠시 멈춰 있는 듯 생동감이 넘쳤다. 고대 생물인 공룡이나 신성한 생물로 알려진 뿔과 날개 달린 말이 통로에 나란히 진열되어 있었다. 심지어 눈이 하나뿐인 거인의 모습이나 팔이 여러 개 달린 괴물도 있었다. 가장 큰 것은 족히 10여 미터가 넘었다. 거대한 조형물에 감탄한 루시피아가 물었다.

"이것들은 뭔가요?"

"고대 생물과 새로운 종들을 개량한 것으로 카린 박사님이 손수 만든 작품들입니다."

마크는 작품 하나하나 이름을 말해주며 그들의 특징을 설명했다. 그중에는 신화 속에 나올 법한 괴물도 있었다.

"이것은 미노타우로스로 힘이 아주 좋은 녀석입니다. 게다가 잡식성입니다."

마크가 인간의 몸에 소의 머리가 달린 괴물을 지나며 말했다.

"소머리국밥은 다 먹었군."

도진은 커다란 눈을 치켜뜬 미노타우로스의 모습에 질려 중얼거렸다.

"저 소는 페가우르인데 어디든 날아다닐 수 있습니다."

마크는 앞쪽에 진열된 날개 달린 소를 가리켰다.

"풀이 많은 곳으로 날아다닐 수 있으니 사룟값은 안 들겠네요."

도진이 픽 웃으며 말했다.

"어떻게 아셨습니까? 카린 박사님의 뜻도 그러했습니다."

진지한 마크의 대답에 웃자고 말한 도진이 오히려 당황했다.

"도망가면 어떻게 잡아 오나요?"

알통이 침을 꿀꺽 삼키며 물었다.
"머리에 컨트롤 칩을 심어놔서 어디로 가든 불러들일 수 있답니다."

마크가 페가우르의 이마를 짚으며 말했다. 이때, 동상 사이로 작은 비행체를 탄 백발의 노인이 다가왔다. 비행체는 팔걸이가 있는 의자처럼 보였지만 소리 없이 조용히 날아왔다. 마크는 노인을 보자마자 정중히 인사했다.

"마크, 수고했네. 지금부터 내가 손님들을 안내하지…."

"네, 카린 박사님."

노인의 말에 마크는 인사를 하고 바로 떠났다.

노인은 비행체에 앉은 채 자신이 이곳을 만든 '카린'이라 소개했다. 카린 박사는 얼굴이 하얗고 주름이 많아 검은 옷과 대조되었다. 백발의 단정한 모습은 연약한 노인보다는 완강한 모습에 더 가까웠다.

"이 녀석은 윙세이버라고 합니다."

카린 박사는 자신이 앉아 있는 비행체를 토닥이며 말했다. 공중에 떠 있는 윙세이버의 바닥에는 추진 장치가 보이지 않았다.

"여러분을 환영합니다. 이곳까지 오느라 많이 시장하셨죠!"

카린 박사는 말을 마치자마자 손뼉을 치며 외쳤다.

"식당으로…."

카린 박사의 말이 떨어지기 무섭게 바닥이 스르륵 움직였다. 알통 일행은 카린 박사와 함께 수많은 조형물과 유물 사이를 빠르게 지나갔다. 이윽고 단순하지만 아름다운 황금장식이 달린 문 앞에 다다랐다. 카린 박사가 앞장서자 문이 조용히 열렸다. 안으로 들어가니 천장에서 밝은 빛만 비출 뿐 텅 빈 작은 방이었다. 하지만 넷이 다 들어가도 남을 정도로 공간은 넉넉했다. 문이 저절로 닫힌 후 방이 스르르 움직였다. 엘리베이터처럼 위로 움직이는가 싶더니 옆으로 움직이기도 하고 때로는 급히 방향을 틀었는지 한쪽으로 쏠리는 느낌마저 들었다. 움직임이 멈추자 문이 열렸다.

문밖에는 아주 커다란 방에 원형식탁이 놓여 있었다. 금색 테두리의 식탁보 위에는 황금 촛대와 금은보석으로 만든 장식도 있었다. 카린 박사는 의자에 앉으라고 손짓을 하곤 자신은 의자가 없는 자리로 이동했다. 카린 박사가 자리를 잡자 윙세이버 밑으로 네 개의 다리가 나와 바닥에 고정되었다.

잠시 후, 검은색 유니폼을 입은 사람들이 접시가 담긴 손수레를 밀고 왔다. 짧은 머리에 새하얀 와이셔츠의 흰 소매는 얼룩이나 구김 하나 없이 깨끗했다. 먼지 한 톨 없는 검은 유니폼과 묘한 대조를 이루었다. 그들은 뚜껑이 있는 커다란 접시를 식탁 한가운데에 내려놓았다. 그리곤 뚜껑이 있는 작은 접시와 일반 접시를 한 사람당 하나씩 앞에다 내려놓았다.

커틀러리를 테이블 위에 세팅하는 동안 알통 일행은 침을 꿀꺽 삼켰다. 버터나이프나 디저트 포크, 디저트 스푼 등 명칭은 잘 모르지만 테이블 위에 놓여지는 열 개의 식사용 도구만으로도 보는 내내 입맛을 자극했다.

검은 유니폼의 사내들은 모든 세팅을 마치자 카린 박사의 앞에 놓인 접시뚜껑을 제일 먼저 열었다. 접시에는 손톱만 한 것이 세 개 담겨 있는데 흰색과 붉은색 그리고 초록색이었다.

셋의 눈이 카린 박사의 접시에 일제히 고정되었다. 접시에 비해 매우 빈약한 음식은 적잖은 실망감을 주기에 충분했다. 도진은 바로 앞에 놓인 접시의 뚜껑이 열리자 두 눈을 질끈 감았다. 카린 박사처럼 '작은 음식만 몇 개 놓여 있을지?' 걱정되었다. 하지만 도진의 접시에는 과일과 야채가 가득 담겨 있었다. 알통과 루시피아도 접시 안의 음식을 확인하고 나서야 안도의 숨을 내쉬었다. 알통과 루시피아의 접시에도 도진과 똑같은 음식이 가득 담겨 있었다.

카린 박사는 식탁 한가운데에 놓인 큰 접시의 뚜껑이 열리자 말했다.

"마음껏 갖다 드세요."

큰 접시에는 온갖 고기와 해물이 수북이 담겨 있었다. 셋은 처음 보는 진수성찬에 눈이 휘둥그레졌다. 다들 앞접시에 고기를 담는 동안, 루시피아 앞에 놓인 과일에서 통통한 애벌레가 머리를 쑥 내밀었다. 루시피아는 애벌레가 있는 부분을 단번에 베어

먹었다. 그 모습을 본 알통은 침을 꼴깍 삼켰다.

"박사님, 이건 무슨 고기인가요?"

도진은 집었던 고기를 들어 보이며 물었다.

"물소 스테이크입니다."

카린 박사가 말했다.

"그럼 이건 뭔가요?"

알통도 집은 고기를 들어 보였다.

"양고기하고 고래고기입니다."

카린 박사는 루시피아가 먹으려는 음식까지 말해주었다.

"저희들을 위해 이렇게 많은 음식을 준비해 주셔서 정말 감사드립니다."

도진이 감격에 겨워 말했다.

"천만에요. 마음껏 드시지요."

"잘 먹겠습니다."

카린 박사의 말이 떨어지기 무섭게 모두들 허겁지겁 먹기 시작했다. 박사는 그런 모습을 흐뭇하게 바라보며 자신의 접시에 있는 붉은색 음식을 우물우물 씹었다. 후식까지 다 먹고 나서 카린 박사가 말했다.

"오늘은 여독을 풀고 내일부터 우리 왕국을 천천히 둘러보시기 바랍니다."

식사를 끝내자 마크가 기다렸다는 듯 바로 안내했다. 마크는 미로같이 복잡한 길을 지나 방을 하나씩 배정했다.

"필요한 것은 불러내면 됩니다."

마크는 루시피아에게 방문을 열어주며 말했다. 루시피아가 방 안으로 들어가자 알통과 도진의 방을 차례로 안내했다. 제일 먼저 방에 들어간 루시피아는 할 말을 잃었다. 방 안은 휑하니 텅 비어 있었다.

"뭐야, 의자도 없잖아!"

루시피아의 말이 끝나기 무섭게 의자가 벽에서 툭 튀어나왔다. 루시피아는 고개를 갸웃거리며 의자가 나온 벽을 만져봤지만 딱딱한 감촉만 느껴졌다.

"침대."

루시피아가 말하자마자 벽에서 하얀 물체가 튀어나오며 넓게 퍼졌다. 순식간에 침대가 만들어졌다. 루시피아는 신기해서 마계에서 배운 대로 이것저것 다 불러냈다. 어느새 방 안 가득 가구가 들어찼다.

도진은 방에 들어서자마자 화장실을 찾았다. 하지만 화장실은 어디에도 보이지 않았다.

"화장실이 없네!"

도진의 말이 끝나기 무섭게 한쪽 벽면이 열리면서 불이 환하게 켜졌다. 가까이 다가가 살펴보니 작은 방이 보였다. 궁금해진 도진이 발을 들여놓자 바닥에서 둥그런 기둥 같은 것이 튀어나왔다.

"이건 뭐야?"

도진은 볼일을 보고 싶은데 변기는 보이지 않고 둥근 의자 같은 것만 덩그러니 놓여 있어 당황했다. 도진은 나중에야 알게 되었지만 소변을 보면 자유자재로 형상을 바꿔 자동으로 받아주는 소변기였다.

알통은 방에 들어가자마자 방의 구석구석을 손가락으로 쓱쓱 문질렀다. 그리곤 뚫어져라 바라보았다. 한동안 방 안을 살피던 알통은 조용히 바닥에 쭈그려 앉아 벽에 기댄 채 쉬다가 잠들었다.

카린 박사는 윙세이버에 앉아 대형스크린으로 이들의 행동을 모두 지켜보았다. 화면에는 루시피아와 알통, 도진의 모습이 각각 분할되어 나타났다. 카린 박사가 이리저리 움직일 때마다 바닥부터 천장까지 스크린이 나타났다 사라졌다. 스크린에는 도진이 변기에 앉아보기도 하고 당겨보기도 하며 애쓰는 모습이 고스란히 담겼다. 그 모습에 카린 박사는 피식 웃었다. 알통은 바닥에 쭈그려 앉아 벽에 등을 기댄 채 자고 있었다. 카린 박사는 그런 알통을 유심히 바라보며 고개를 갸웃거렸다.

루시피아는 수증기로 가득한 욕조 안에서 목욕을 하고 있었다. 카린 박사는 루시피아의 하얀 속살이 보이자 스크린을 크게 확대시켰다. 하지만 수증기가 가득 차오르자 인상을 찌푸리며 스크린에 가까이 다가갔다. 카린 박사는 손을 좌우로 흔들어 대다 헛기침을 하며 주위를 둘러보았다. 무의식적으로 스크린의 수증기를 치우려 한 자신의 행동에 적잖이 당황했다.

카린 박사가 이들의 모습을 지켜보다 외쳤다.
"벨라."
"네, 카린 박사님."
방에서 맑은 여성의 목소리가 울렸다.
"분석은 다 되었나?"
"아직 데이터가 많이 부족합니다. 지금까지 분석결과, 루시피아의 적응력은 63%, 도진은 57%, 알통은 31%입니다."
벨라가 대답하는 동안 벽면에는 각종 수치와 그래프가 빠르게 지나갔다. 벨라는 유토피아 왕국의 메인컴퓨터였다.
"벌레에 대한 반응은?"
"대단히 이례적이었습니다."
벨라는 애벌레가 기어 나온 부분을 골라 한입에 베어 꿀꺽 삼키는 장면을 스크린에 띄웠다.
"특이하군."
"그렇습니다."
"벌레를 못 본 것은 아닐까?"
"아닙니다."
카린 박사는 애벌레를 보고 놀라기는커녕 날름 먹어버리는 루시피아의 식성이 특이하다고 생각했다. 급기야 생활력이 아주 강하다는 생각마저 들었다.

"와치독은?"

카린 박사가 물었다.

"와치독은 바로 복구되었습니다."

알통이 대롱대롱 매달려 꽃봉오리를 뽑는 모습과 그 자리에 꽃봉오리가 복원된 모습이 차례로 교차되어 나타났다. 알통은 꽃봉오리를 한참 쳐다보곤 바로 버렸다.

"참 이상한 놈이군! 지금까지 이런 식으로 감시 장치를 망가트린 자가 없었는데…. 계속 지켜봐."

"네, 카린 박사님."

벨라가 대답하자 카린 박사가 미소를 지으며 중얼거렸다.

"이제야 비로소 완벽한 세상을 만들 수 있겠군!"

복수

먼지를 잔뜩 뒤집어쓴 부하들은 땅바닥에 엎어져 있는 두목 곁을 지켰다.

"해 넘어가기 전에 빨리 묻자!"

눈가에 칼자국이 있는 사내가 나머지 둘을 번갈아 보며 말했다.

"곰치 형님!"

도진에게 칼을 던졌던 날치가 눈을 부릅떴다.

"날치, 언제까지 이러고 있을 참이냐?"

곰치는 찢어진 눈을 실룩거리며 날치를 쏘아보았다. 그리곤 옆에 서 있는 땅딸막한 사내에게 고개를 돌렸다.

"그, 그래도…."

땅딸막한 사내는 곰치의 눈길을 피해 떠듬거렸다.

곰치는 땅딸막한 사내의 흐리멍덩한 눈앞에 얼굴을 바짝 들이밀며 말했다.

"멍텅구리, 지금부터 내가 두목이다."

곰치는 멍텅구리가 고개를 끄떡이는 것을 확인한 후에야 다시 날치를 쏘아붙였다.

"날치, 너도…."

"지금 당장, 두목님의 원수부터 갚아야 하는 것 아닙니까?"

날치가 두 눈을 치켜뜨며 말했다.

"당연하지. 그러니 시신을 빨리 묻고 놈들을 잡으러 가야지!"

곰치는 말이 끝나기 무섭게 넙치의 등을 가리켰다.

"내가 지금 두목이 되고 싶어 그런 줄 알아! 봐라."

넙치의 등은 다 해지고 너딜너덜해진 채 피딱지가 더덕더덕 붙어 있었다.

"여기도."

곰치가 두목의 곁을 돌다 다 벗겨진 뒷머리를 가리켰다.

"대갈빡이 계집 궁둥이마냥 쫙 갈라졌는데 살 수 있겠냐?"

넙치의 빨갛게 쓸려버린 민둥머리 한가운데로 긴 상처가 나 있었다. 상처는 머리꼭지를 중심으로 앞뒤로 깊게 파여 수박 줄무늬마냥 피딱지가 선명하게 앉았다.

"곰치 두목님, 계집 궁둥이보다는 칼 맞은 문어대가리 같은뎁쇼."

멍텅구리가 살살거리며 말하자 곰치가 눈을 부릅떴다.

"멍텅구리, 이제부터 나는 쟈칼이다. 너의 칭호도 바꿔주마."

곰치가 멍텅구리의 어깨를 잡으며 말했다.

"치, 칭호요?"

멍텅구리가 되물었다.

"이름 말이다."

쟈칼로 개명한 곰치가 답답한 듯 말했다.

"쟈칼 형님. 그 뭐시기…. 쏘가리가 어떨까요?"

멍텅구리는 입이 귀에 걸린 채 말했다.

"멍텅구리, 쏘가리보다는 더 멋진 이름으로 지어주마."

쟈칼은 '기껏 생각해 낸 게 쏘가리라니 정말 멍텅구리 같은 놈.'이라 생각했다. 하지만 어깨를 툭툭 다독여 준 후 말안장에 걸쳐 있는 접이식 삽을 펴서 던져주었다. 멍텅구리는 삽을 받아 든 채 멀뚱히 서 있었다.

"시신을 버리고 갈 수는 없잖아. 그만 쳐다보고 빨리 파라."

쟈칼은 자신의 발밑을 "쾅쾅." 찼다.

"네, 곰치 두목…."

멍텅구리가 대답했다.

"아니아니, 쟈칼이라니까."

"네, 쟈칼 형님. 아니 두목, 그런데…."

멍텅구리의 말끝이 흐려지며 우물거렸다. 그러자 쟈칼은 멍텅구리의 어깨에 손을 올린 채 귀에 대고 속삭였다.

"왜?"

멍텅구리는 주저주저하다 말했다.

"저 쟈칼 두목, 지금 막 생각이 났는데 시라소니는 어떨까요?"

"뭐, 뭐야?"

쟈칼은 멍텅구리의 말에 당황하여 되물었다. '쟈칼과 시라소니' 왠지 모르게 자신의 지위와 대등한 것처럼 느껴졌다.

"제가 어디가 멍텅구리처럼 생겼나요? 곰치 형님이나 날치 형님은 조금 닮았지만….";

멍텅구리는 자신의 별명이 듣기 싫었다. 그 누구도 별명에 대해 불평하지 않아 말을 못 했을 뿐이다. 자신을 제외한 다른 별명들은 꽤 좋아 보였다. 쟈칼은 '안 된다.'는 말이 목구멍까지 넘어왔지만 꾹 참았다.

"그건 이 일이 끝난 뒤 생각해 보자."

쟈칼은 멍텅구리의 귀에 소곤거리곤 발로 땅을 탁탁 쳤다.

"알았어요, 쟈칼 두목."

멍텅구리는 말이 끝나기도 전에 쟈칼의 발밑을 획획 파 내려갔다. 모래가 많은 땅이라 쉽게 팔 수 있었다. 날치도 마지못해 삽을 가져와 멍텅구리를 거들었다. 멍텅구리는 흥겨운 콧노래를 불렀다.

날치와 멍텅구리는 시신이 들어갈 만큼 구덩이를 판 뒤 넙치를 옆으로 굴려 바로 눕혔다. 둘은 전 두목에게 애도를 표한 후 얕은 구덩이 옆으로 옮겼다. 날치는 넙치의 양팔을 잡고 멍텅구리는 두 다리를 잡아 옆으로 흔들었다.

"하나, 둘, 셋."

구령과 함께 넙치의 몸이 구덩이 속으로 떨어졌다.

"쿵."

그 순간, 넙치의 얼굴이 움찔거렸다. 구덩이에 떨어지며 머리를 부딪친 충격에 빠져나갔던 혼백이 되돌아온 것이다. 하지만 아무도 알아채지 못했다.

넙치는 사경을 헤매듯 비몽사몽간에 허우적댔다. 등짝과 머리가 시큰거리다 못해 이제는 온몸이 짓눌리는 고통마저 느꼈다. 눈을 떠도 부하를 닮은 돌연변이들이 자신에게 흙을 뿌려대는 모습만 보였다. 너무나 생생한 모습이라 꿈인지 생시인지 알 수가 없었다. 쟈칼이 발밑에 쌓여 있는 흙을 발로 쓱쓱 밀어 구덩이 안으로 떨어뜨렸다.

넙치는 눈앞에 큼직한 발이 아롱대며 얼굴에 흙이 "우수수." 떨어지자 눈이 번쩍 떠졌다. '돌연변이!' 깜짝 놀란 넙치는 구덩이에서 버둥대며 빠져나오려고 손을 허우적댔다. 그 순간 넙치의 손이 구덩이 위로 불쑥 튀어나왔다. 깜짝 놀란 날치가 흙에서 삐져나온 손을 가리켰다.

"어, 어~."

멍텅구리는 그 손을 보자마자 삽으로 냅다 후려쳤다.

"아~얏."

큼직한 비명과 함께 넙치의 상체가 솟구쳤다. 너무 아파 자신도 모르게 벌떡 일어난 것이다.

"스르륵."

얼굴을 덮었던 흙이 흘러내리자 일그러진 넙치의 얼굴이 뚜렷이 보였다. 갈라진 정수리 밑으로 눈가의 새카만 다크서클이 창백한 낯빛 때문에 더 두드러졌다. 그 몰골이 무덤에서 막 기어 나온 망자 같았다. 날치와 쟈칼은 그 모습에 놀라 옴짝달싹 못 했다. 멍텅구리는 잠시 고개를 갸웃거리더니 삽을 높이 들어 사정없이 내리치려 했다. 이에 놀란 날치가 잽싸게 멍텅구리를 뒤에서 끌어안았다.

한참 뒤,

넙치는 땅바닥에 주저앉아 줄줄이 머리를 박고 있는 부하들에게 외쳤다.

"내가 정말로 죽었다고 생각했냐? 이 머저리들아…."

"틀림없다니까요! 저는 두목이 벌떡 일어나 좀비가 된 줄 알았다구요."

멍텅구리가 낑낑거리며 대답했다. 쟈칼과 날치는 입을 굳게 다문 채 서로 곁눈질을 해댔다. 이때 넙치가 쟈칼의 엉덩이를 냅다 걷어찼다.

"어이쿠!"

쟈칼은 비명을 지르며 있는 힘껏 옆으로 몸을 날렸다. 버티면 버틸수록 더 크게 분풀이를 당할까 봐 과감하게 넘어진 것이다.

그 바람에 옆에 있던 날치와 멍텅구리가 연이어 부딪혀 쓰러졌다. 넙치는 분이 안 풀린 듯 쓰러진 쟈칼에게 다가가 거친 숨을 몰아쉬었다. 쟈칼은 쓰러진 모습 그대로 눈알만 슬그머니 굴렸다.

"네놈이 나를 산 채로 묻으려고 했지!"

넙치는 쓰러진 쟈칼의 옆구리를 탁탁 걷어차며 말했다. 쟈칼은 오만가지 인상을 쓰며 옆구리를 손으로 감쌌다. 너무 아파 몇 차례의 발길질을 참지 못하고 벌떡 일어났다.

"두목, 두목. 뭔가 아주 큰 오해가 있었던 것 같습니다."

쟈칼은 옆구리를 마구 문지르며 넙치의 눈치를 살폈다.

"뭐라고, 오해라고? 곰치 네놈 말을 어떻게 믿어."

넙치가 씩씩거리며 말했다. 이때 멍텅구리가 벌떡 일어나 끼어들었다.

"저 두목, 곰치 형님은 쟈칼 두목으로 이름을 바꿨는데요."

"뭐, 쟈칼 두목!"

넙치는 눈을 부라리며 멍텅구리의 말에 호들갑을 떠는 곰치의 멱살을 잡았다. 자신이 기절한 틈에 별호를 바꾼 것도 빡치지만 자신의 지위를 탐내 묻으려 한 것은 절대 용서할 수 없었다. 넙치의 이글거리는 눈빛에 놀란 곰치는 고개를 돌려 시선을 피했다. 넙치가 시선을 피하는 곰치를 다시 쳐다보려 하자 곰치는 슬며시 반대쪽으로 고개를 돌렸다.

"흥. 어차피 쟈칼도 개과니 누렁이, 삽살이 이런 이름이 더 어울리겠다."

넙치가 비아냥거렸다.

"두목, 무슨 말씀을 그리 ㅋ….."

넙치가 멱살을 더 세게 잡는 바람에 곰치는 말하다 말고 캑캑거렸다.

"하기사 쟈칼도 아니고 '쟈칼'이라고 하니 잡종견, 아니 똥개라고 불러주면 되겠구나!"

넙치가 비웃자 곰치가 고개를 저었다.

"두목, 제가 제 입으로 쟈칼이라고 했나요? 저는 곰치가 맞는데요."

곰치는 멍텅구리를 흘겨본 후 다시 말했다.

"두목, 저 멍텅구리 자식은 시라소니로 불러달라는데요."

"그래, 너는 똥개, 저놈은 괭이 새끼라 하면 되겠네!"

넙치는 시라소니가 고양잇과니 그리 틀린 말도 아니라고 생각했다.

"두목, 생각해 보세요. 다 저희 사업을 위해 그런 겁니다. 물주들이 우리 이름만 들어도 벌벌 떨어야 하지 않겠습니까? 그런데 우리가 쓰는 별칭을 들으면 오히려 비웃을 겁니다."

곰치가 넙치의 눈치를 보며 말했다.

"하긴 그래! 나도 그런 생각을 하긴 했지."

넙치는 고개를 끄떡이다 곰치의 멱을 잡은 손을 놓았다. '곰치의 말이 제법 맞다.'는 생각에 어색하게 미소 지으며 구겨진 옷깃을 펴주었다.

"두목, 이번 기회에 크라켄으로 이름을 바꾸시지요?"

넙치의 화가 잠시 누그러진 사이 곰치가 떠봤다.

"크라켄으로?"

넙치는 고개를 갸웃거렸다. 어디서 들어본 것 같은데 기억이 날 듯 말 듯 가물가물했다.

"전설에 나오는 바다괴물인데 뭔가 멋져 보이잖아요?"

"곰치 네가 크라켄을 다 알다니 놀랍군. 근데 왜 하필 크라켄이냐?"

넙치는 찜찜한 얼굴로 말했다.

"두목, 크라켄은 바다에 숨어 사는 드래곤이잖아요."

곰치가 살살거리며 말했다.

"그래, 하지만 거대한 문어괴물로 더 많이 알려졌거든. 커다란 배를 감싸서 가라앉히는…."

넙치는 갑자기 생각이 난 듯 피딱지가 뭉친 머리를 긁적였다. 그 사이 멍텅구리가 톡 끼어들었다.

"두목, 두목 머리가 딱 문어괴물처럼 됐어요!"

넙치는 그 소리에 울퉁불퉁해진 머리를 매만지다 뿌드득 이를 갈았다. 넙치는 멍텅구리가 눈치코치 없는 걸 알았지만 화가 머리꼭지까지 치밀었다. 더군다나 삽으로 맞은 손까지 저렸다.

"뭐, 이 자식아. 네가 죽고 싶어 환장을 했구나."

넙치는 자신도 모르게 저린 손으로 멍텅구리의 입을 확 밀쳤다.

"진짜인…."

멍텅구리는 말을 하다 침을 튀기며 발라당 자빠졌다. 넙치는 쓰러진 멍텅구리를 깔고 앉아 주먹으로 마구 팼다. 하지만 때리면 때릴수록 자기 주먹이 더 아팠다. 자신의 손등을 힐긋 쳐다본 넙치는 식겁했다. 생채기가 가득한 주먹이 잔뜩 부어올라 말로 형언할 수 없었다. 넙치는 쏟아지는 눈물을 꾹 참으며 슬그머니 일어났다. 다른 부하들은 넙치의 우는 듯 화내는 듯 괴상야릇한 표정에 놀라 딴청을 부렸다.

"내 반드시, 그놈을 잡아서 요절을 내겠다."

넙치는 자신의 머리에 칼을 던진 알통이 떠오르자 눈가에 복수의 불길이 활활 타올랐다. 손이 찌릿찌릿 저려오는 것도 잊은 채 두 주먹을 불끈 쥐었다.

"지금 당장 연놈을 잡으러 간다!"

넙치는 부하들을 이끌고 알통의 뒤를 쫓았다.

다음 날 아침, 루시피아는 마크가 부르는 소리에 깨어 기지개를 켰다. 마크는 카린 박사가 저녁때 먹었던 음식을 쟁반에 가져왔다. 담겨진 그릇이 작아 평범한 쟁반이 커다랗게 보일 정도였다. 아무리 봐도 손톱만 한 크기의 음식은 아침식사라 해도 아주 빈약해 보였다. 루시피아는 아껴 먹기 위해 천천히 씹었다. 의외로 씹으면 씹을수록 입안에서 감미로운 맛이 났다. 흰색은 구수한 밥맛이, 붉은색은 고소한 고기 맛이 났다. 초록색은 여러 가지 야채와 과일 맛이 났다. 더군다나 "카린 박사님이 부족한 영양분을 공급하기 위해 손수 만든 음식."이라고 마크가 설명하자 배까지 부른 것 같았다. 도진 또한 천천히 맛을 음미하며 먹었다. 하지만 알통은 마크가 말리기도 전에 한입에 털어 넣었다.

도진은 식사를 마치고 허리에 봇짐을 단단히 묶었다. 언제든 사부를 찾으면 떠날 수 있도록 준비한 것이다. 모두 식사를 마치자 마크는 알통 일행을 카린 박사에게 안내했다.

카린 박사는 윙세이버에 앉아 이들을 반겼다.

"여러분들은 저에게 매우 귀중한 손님입니다."

모두 카린 박사의 말에 귀를 기울였다.

"저는 인간의 낙원을 만들기 위해 끊임없이 노력했습니다. 그래서 이름도 '유토피아 왕국'이라고 명명했습니다. 건설 초기에는 문제가 없었지만 인구가 증가할수록 예상치 못한 문제가 조금씩 생겼습니다. 더욱이 각종 범죄와 사고가 끊이지 않게 된 것입니다. 저는 그런 문제를 해결하고자 왕국에 있는 모든 국민들을 교육하고 있습니다. 근래에는 단 한 건의 경범죄도 없는 질서정연한 도시로 탈바꿈하였습니다. 이제야말로 진정한 유토피아 왕국이라 불러도 전혀 손색이 없습니다. 지금부터 유토피아 왕국을 안내해 드리겠습니다."

말이 끝나기 무섭게 카린 박사는 팔걸이에 있는 여러 버튼 중 하나를 눌렀다. 그러자 바닥이 미끄러지듯 순식간에 나아갔다. 양옆이 꽉 막힌 금속성 벽들을 지나 한참을 움직이던 바닥이 멈춰 선 곳은 매끄럽고 큰 철문 앞이었다. 카린 박사가 앞으로 다가서자 철문이 소리 없이 양옆으로 스르륵 열렸다. 철문을 지나자 밝은 햇살이 쏟아졌다.

"이곳이 바로 제가 이룩한 유토피아 왕국입니다."

카린 박사는 발아래 놓인 수많은 건물들을 가리키며 말했다. 하늘을 뚫고 나온 듯 철문 아래는 갖가지 형태의 건물들이 한 폭의 그림처럼 놓여 있었다. 하지만 까마득히 밑에 있는 건물들이라 알통 일행은 카린 박사의 뒤에서 조심스럽게 바라보았다. 카린 박사가 앞으로 나섰지만 알통 일행은 선뜻 따라가지 못했다. 윙세이버를 타고 있는 카린 박사와 달리 한 발만 내딛으면 곧바로 추락할 것 같았다. 아무도 선뜻 나서지 못하자 카린 박사가 윙세이버를 돌려 말했다.

"떨어지지 않으니 마음껏 감상하세요."

알통은 카린 박사의 말에 조심스럽게 발을 내디뎠다. 허공에 내디딘 발은 바닥에 닿아 더 이상 내려가지 않았다. 바닥에는 보이지 않는 단단한 막이 쳐져 있었다. 루시피아와 도진은 알통의 뒤를 따라 조심스럽게 발을 떼었다. 한동안 호들갑을 떨던 알통 일행은 마음이 진정되자 따스한 햇살 아래 한껏 뽐내며 서 있는 건물의 자태에 넋을 잃었다.

겹겹이 쌓인 하트 모양이나 호롱불 모양, 심지어 달팽이가 기어오르는 형상도 있었다. 마치 동화의 나라에 떨어진 그런 느낌이었다.

"저길 봐!"

도진이 손짓했다. 배를 내밀고 자는 고양이 모양의 건물 너머 둥근 아이스크림이 얹어진 케이크 모양의 건물이 보였다. 도진은 입안 가득 침이 돌기 시작했다. 하지만 알통은 둥근 도넛 모양에, 루시피아는 아기돼지 모양의 건물에 넋을 놓았다. 커다란 건물 주변엔 온갖 나무들과 형형색색의 꽃들이 아름답게 피었다. 은은하게 비춰주는 햇살과 푸른 하늘의 뭉게구름은 도시와 잘 어울렸다. 한 폭의 그림 같은 이곳이 지하도시라는 것조차 새까맣게 잊었다.

"카린 박사님, 이곳은 햇살이 아주 따듯하네요?"

루시피아는 어두컴컴하고 추운 마계가 생각나 물었다.

"사시사철 원하는 시간에 한 치의 오차 없이 우리 왕국을 밝혀주지요."

카린 박사는 하늘 높이 떠 있는 태양을 가리키며 말했다.

"저 태양은 1억℃가 넘는 초고온의 플라즈마를 응용해 만든 것입니다. 주변의 사물을 다 녹여버려 진공용기에 담아야만 했습니다. 그런 인공태양을 제가 직접 하늘에 띄웠습니다. 자축하는 의미로 갖가지 모양의 뭉게구름도 만들었습니다."

카린 박사의 말이 끝나기도 전에 하트, 코끼리, 바나나 등 여러 형태의 구름들이 보였다. 그 뒤로 카린 박사의 얼굴과 흡사한 구름도 지나갔다.

"저와 닮았나요."

카린 박사가 자신과 닮은 구름을 가리키며 웃었다. 하지만 웃고 있는 카린 박사와 달리 알통 일행은 잔뜩 긴장하여 고개만 끄떡였다. 윙세이버를 타고 있는 카린 박사의 뒤로 얼굴만 닮은 구름이 둥둥 떠다니자 목이 잘려 날아가는 것처럼 보였다.

　루시피아는 도시를 환히 비춰주는 인공태양이 탐났다. '마계의 플레버보다 환하고 따스하게 비춰줄 수 있겠다.'고 생각했다. 이때 건물 사이로 둥근 유선형의 비행체가 날아오자 카린 박사가 손으로 가리켰다.
　"유토피아 왕국을 둘러볼 수 있도록 만든 관광용 맷라인입니다."
　카린 박사의 옆에 정차한 맷라인은 중앙에 있던 문이 아래로 펼쳐지며 계단으로 바뀌었다. 유선형의 맷라인이지만 옆모습은 각진 데다 큰 바퀴가 달려 있어 신데렐라에 나올 법한 호박마차 같았다. 알통 일행이 계단으로 올라가자 넓은 응접실 같은 내부가 나왔다. 카린 박사가 윙세이버로 날아들자 계단은 다시 접혀 문이 되었다. 카린 박사가 밖을 내다보라고 손짓하는 사이, 문이 있던 부분이 점차 투명하게 사라졌다. 맷라인이 하늘로 떠오르자 모두 한 걸음씩 물러섰다. 기울어지면 떨어질 것 같아 무의식적으로 반응했지만 문이 투명해졌을 뿐 사라진 것은 아니었다.

　맷라인에서 바라본 유토피아 왕국은 건물마다 개성이 강하고 주변에 숲도 잘 가꾸어져 있었다. 도시 전체가 깨끗한 데다 휴지 조각 하나 없었다. 도로에는 수많은 비행체들로 가득했는데 그 모양이 21세기의 운송 수단인 자동차와 비슷했다.

"제가 만든 맷라인들입니다."

카린 박사는 네 바퀴로 가거나 날아다니는 비행체들을 가리켰다. 맷라인은 유토피아 왕국의 교통수단으로 매끄러운 유선형에서부터 투박한 박스형에 이르기까지 다양했다.

"겔리온 시리즈와는 다른 것들인가요?"

맷라인을 구경하던 알통은 도진이 마크에게 물어본 게 생각나 카린 박사에게 물었다.

"겔리온 시리즈라니요?"

카린 박사가 되물었다.

"그러니까 그게 왜 날아다니는 것을…. 도진이 잘 설명해 줄 겁니다. 도진!!!"

알통은 '카린 박사가 무엇이든 다 아는 척척박사'라 생각했다. 그런데 겔리온 시리즈가 무엇인지 되묻자 당황하여 도진을 앞으로 밀었다.

"도진, 박사님께 잘 설명해 드려!"

알통은 슬그머니 도진을 떠밀었다.

"21세기 중반에 유행했던 자동차 겸 비행기 모델인데요."

도진이 멋쩍게 말했다.

"아, 그렇군요. 맷라인은 공수양용을 겸할 뿐 아니라 21세기 중반의 기술과는 많이 다릅니다."

"어떻게 다르죠?"

"맷라인은 추진체 대신 반중력을 사용한 겁니다."

카린 박사가 웃으며 간단히 설명했다. 맷라인은 21세기 자동차처럼 가연성 연료를 사용하지 않아 기름이 필요 없었다. 더욱이 반중력 장치를 이용해 일시적인 무중력상태로 만들어 날아다닐 수 있었다. 따라서 더 효율적이고 반영구적인 교통수단이었다.

"와, 저것은 더 멋지네요."

도진이 바퀴가 두 개뿐인 맷라인이 보이자 외쳤다. 딱히 표현하자면 21세기의 오토바이와 닮았다.

"저것은 바크로라 불리는 맷라인입니다."

카린 박사가 설명했다. 유토피아 왕국의 모든 비행체는 '맷라인'이라 했고 용도에 따라 세분화되었다. 그중 바퀴가 두 개인 것은 '바크로'였다.

알통 일행이 맷라인을 타고 가는 동안 시끄러운 소리는커녕 경적 한 번 울리지 않았다. 유토피아 왕국 사람들은 위아래가 붙은 일체형 슈트를 입었지만 색상이나 옆면의 줄무늬는 조금씩 달랐다. 줄무늬도 한 줄 또는 두 줄, 세 줄 등 여러 종류였다. 거리를 오가는 사람들은 질서정연했고 평온한 모습이었다. 더군다나 하나같이 밝은 미소를 띠었다. 알통은 천계에 있는 것처럼 마음이 편안해졌다.

"이곳은 정말 천국 같군요."

알통은 벅차오르는 감동을 느꼈다.

"그렇습니다. 이곳처럼 완벽한 도시는 더 이상 없을 겁니다."

카린 박사가 싱긋 웃으며 말했다.

"이곳 사람들은 어떻게 지내나요?"

루시피아가 물었다.

"저희 유토피아 왕국은 국민들이 원하는 일을 할 수 있도록 최선을 다해 도와주고 있습니다."

카린 박사는 도시에 있는 공원을 가리켰다. 벤치에는 수많은 사람들이 한가로이 쉬고 있었다.

"대부분 하루 6시간 정도 일하며 틈틈이 일광욕을 즐기고 있습니다."

루시피아는 그들의 여유로운 일상이 한없이 부러웠다. 지옥은 하루 종일 일해도 제대로 된 보상은커녕 마땅히 쉴 곳도 없었다. 그나마 레벨이 높아질수록 살기 좋아졌지만 대부분 힘든 삶을 영위했다. 루시피아 가족은 중상위 레벨에 속했어도 마계에서의 생활은 형편없었다.

카린 박사는 물방울 모양의 유선형 집들과 숲속의 아름드리나무 위에 지어진 집들도 보여주었다. 전부 동화 속에나 나올 법한 아기자기한 집들이 계속 눈에 들어왔다.

"유토피아 왕국에 정착하면 원하는 집을 마음대로 소유할 수 있습니다."

카린 박사는 마음에 드는 집이 없으면 원하는 형태로 만들어 준다는 말까지 곁들였다.

"어떻습니까, 우리 유토피아 왕국이 마음에 드시나요?"

카린 박사가 왕국을 안내하다 말고 물었다.

"너무나 완벽한 도시예요."

알통이 감격에 겨워 외치자 카린 박사가 미소를 띠었다.

"그렇죠, 이 도시에 머물고 싶지 않나요?"

"네, 너무나 마음에 들어요."

알통의 밝게 웃는 모습을 흐뭇하게 지켜보던 카린 박사는 도진에게 물었다.

"도진 군도 이곳이 마음에 드나요?"

"네, 무척 인상적입니다."

도진은 입가에 미소를 띤 채 대답했다. 하지만 속마음은 전혀 달랐다. 모든 사람들이 밝게 웃고 있지만 행동은 자연스럽지 않았다. 사람들의 동선이 한 치의 오차 없이 움직이는 기계처럼 군더더기 없이 아주 정확했다. '나도 저렇게 움직일 수 있을까?' 하는 두려움마저 생길 지경이었다.

"루시피아 양도 그렇게 생각하나요?"

카린 박사가 루시피아에게 물었다.

"저는 이곳이 불편해요."

루시피아는 자신이 살아온 환경과 너무 달라 적응이 안 되었다. 조용하고 깨끗한 모습이 좋긴 했지만 오히려 시끄럽고 지저분한 마계가 그리웠다.

카린 박사의 입술이 부르르 떨렸다. 그러나 곧바로 웃는 얼굴로 바뀌어 아무도 눈치채지 못했다.

"그럼, 이곳이 싫다는 말인가요?"

"그런 것은 아니지만 계속 머물지는 못할 것 같아요."

루시피아가 고개를 저으며 대답했다. 말 그대로 인공태양이나 풍족한 물자만큼은 마음에 들었다.

"어디 마음에 안 드는 곳이라도…."

카린 박사가 되물었다.

"저는 누군가를 찾기 위해 여행 중입니다."

루시피아가 미소를 띠며 답했다.

"그럼 도진 군은 어떤가요?"

카린 박사가 퀭한 눈으로 도진을 뚫어져라 쳐다보았다.

"저도 사부님을 찾아 이곳에 왔어요. 이곳에 안 계시면 머무를 수가 없어요."

도진의 말에 알통이 크게 외쳤다.

"뭐, 이 좋은 곳을 떠난다고! 저는 여기에 남고 싶어요, 카린 박사님."

카린 박사는 알통을 보며 잠시 웃었지만 이내 도진에게 물었다.

"정말, 이곳을 떠나고 싶은가요?"

"저에겐 사부님을 찾는 게 제일 중요해요."

도진의 말에 카린 박사는 입술을 움찔거렸다. 그리곤 루시피아를 향해 물었다.

"루시피아 양도 그런가요?"

"저희는 이곳에 오래 머물지 못할 것 같네요."

루시피아가 알통을 가리키며 대답했다.

알통은 카린 박사의 얼굴이 하얗게 변했다 돌아오는 모습에 말을 하려다 우물쭈물했다. 카린 박사는 몹시 화가 난 듯 퉁명스럽게 말했다.

"유토피아 왕국이 마음에 안 드는 모양이군요?"

"꼭 그런 건 아니에요. 저희들도 어쩔 수 없답니다."

루시피아는 괜스레 난감했다.

"어쨌든 좋습니다. 나의 왕국을 좀 더 꼼꼼히 둘러보시기 바랍니다."

카린 박사가 나지막이 말했다.

유토피아 왕국

카린 박사는 통로가 여러 갈래로 길게 나 있는 원통형 건물로 안내했다. 긴 통로에서 둥근 모양의 건물로 올라가는 구조라 흡사 문어가 발을 가지런히 내린 채 서 있는 모습처럼 보였다. 건물 안에는 똑같은 일체형 슈트를 입은 사람들이 부지런히 움직였다. 유토피아 왕국에 필요한 각종 기계를 연구하고 실험하는 곳이었다. 카린 박사는 유리창 너머로 사람들이 둥둥 떠다니는 방을 보여주었다.

"반중력 장치를 실험하고 있습니다."

알통은 실험실 안으로 들어가려고 출입문 손잡이를 당겼다. 하지만 카린 박사는 중력을 없애 무중력을 만드는 방법에 대해 설명하며 계속 걸어갔다. 도진과 루시피아는 카린 박사의 곁에 바짝 붙어 궁금한 것을 물었다. 문을 열어보려던 알통은 멀어지는 카린 박사와 일행을 보고 마음이 급해졌다. 손잡이를 힘껏 돌려봤지만 문이 열리지 않자 벽에 양발을 올리고 온몸으로 손잡이를 잡아당겼다. 그러는 동안 카린 박사와 일행이 점점 멀어지자 알통은 허겁지겁 쫓아갔다.

알통이 멀리 사라진 후, 실험실 안에서 빨간 경고등이 깜빡이다 요란한 사이렌이 울렸다.

"왱 왱 왱."

둥둥 떠다니던 사람들은 경보음 소리에 놀라 급히 내려오다 반중력이 풀려 바닥에 마구 떨어졌다.

카린 박사는 신형 바크로를 보여주기 위해 실험실로 안내했다. 앞은 돌고래처럼 뭉뚝했지만 뒤는 날렵한 빨간색 바크로가 수조에 반쯤 잠긴 상태로 몸체를 부르르 떨었다. 두 개의 바퀴가 몸체 안으로 쏙 들어가자 바퀴가 있던 자리가 완전히 밀폐되었다. 하늘은 물론 물속까지 잠수할 수 있는 공수겸용 바크로였다. 도진은 입을 헤벌린 채 바크로를 바라보았다.

"저도 저런 멋진 바크로를 탈 수 있나요?"

"당연하지요. 이곳에 정착하면 저 바크로를 선물로 드리겠습니다."

카린 박사의 말에 도진은 좋아서 어쩔 줄 몰랐다. 그사이 알통은 바크로에 올라타려다 미끄러져 수조에 빠졌다.

"푸왓 차차."

물속에서 허우적거리던 알통은 간신히 바크로를 붙잡았다.

여러 산업시설을 더 둘러본 후 카린 박사는 통통한 버섯 모양의 집들이 쭉 늘어서 있는 곳으로 안내했다. 그 크기나 모양이 제각각이지만 아담한 크기의 집들은 모두 앙증맞았다. 집집마다 커다란 창문 너머로 옷을 만드는 모습이 보였다. 그들은 몇 명씩 모여 유토피아 왕국 사람들이 입고 있는 일체형 슈트나 검은색 옷을 만들었다. 대부분 위아래가 한 벌인 옷들이었다. 카린 박사는 알통 일행을 집 안으로 안내했다.

"필요한 만큼 일일이 수작업을 하고 있습니다."

카린 박사가 말했다.

"똑같은 옷을 만드는 게 아닌가요?"

색상과 줄무늬 개수만 다를 뿐 똑같아 보이자 도진이 물었다.

"아닙니다. 전부 다릅니다."

카린 박사가 설명했지만 도진은 다른 점을 찾을 수 없었다.

"저곳을 보시지요."

카린 박사가 가리킨 곳에는 금속으로 옷을 만들고 있었다. 갑옷처럼 딱딱해 보였지만 실제론 솜털처럼 부드러웠다. 기억형상합금 소재로 손이 닿으면 특수강철이 수만 다발의 잔털처럼 흩날렸다. 알통이 입어보려 하자 카린 박사가 막아섰다.

"아직 미완성인 제품입니다."

카린 박사는 눈가에 이슬을 담은 듯 촉촉해진 알통을 달래며 다른 곳을 보여주었다.

"인공지능 슈트를 개발하는 곳입니다."

카린 박사가 목에서부터 발끝까지 몸에 착 달라붙은 검은 슈트를 입은 사내를 가리켰다.

"저 슈트는 근력을 다섯 배 이상 향상시켜 힘든 건설현장이나 구조작업에 사용할 수 있습니다."

카린 박사가 신호를 보내자 검은 슈트의 사내가 자신보다 더 큰 맷라인을 들어 보였다. 그리곤 한 손가락으로 물구나무도 섰다.

"자동으로 균형을 잡아주기도 합니다."

카린 박사가 뽐내듯 말했다.

"화염에서도 일정 시간 견딜 수 있답니다."

사내는 파란 불꽃을 내뿜는 화염 방사기 앞으로 걸어갔다. 불꽃에 닿기도 전에 사내의 목뒤부터 얼굴까지 투명한 가리개가 씌워졌다. 사내는 불구덩이 속을 태연히 지나갔다.

"카린 박사님이 만드신 거죠? 정말 대단해요."

도진이 불 속을 통과하는 사내를 보며 감탄하자 카린 박사는 어깨를 들먹이며 우쭐댔다. 그 모습을 본 도진이 다시 물었다.

"군사용으로 쓰면 굉장하겠네요?"

"아직 생각해 본 적이 없답니다."

카린 박사가 미소를 지으며 바로 대답했다.

"이 옷도 그런 기능이 있나요?"

알통은 구경하던 옷을 잡아당겼다.

"당기지 마세요, 늘어납니다."

카린 박사는 정색을 하며 옷을 잡고 있는 알통의 손을 탁 쳤다. 카린 박사의 급작스러운 행동에 모두 어안이 벙벙했다.

"죄송합니다. 옷을 입어볼 수 있는 곳으로 안내하지요."

카린 박사는 미소를 짓고 나서 물수건을 꺼내 알통을 쳤던 손을 박박 닦았다.

카린 박사는 여러 집들을 거쳐 손바닥만 한 옷이 가득한 곳으로 안내했다. 알통은 작은 옷에 손을 넣었다.

"박사님, 장갑 대용으로 만든 건가요?"

알통은 손에 끼운 옷을 흔들며 물었다.

"아닙니다. 새로운 옷감으로 만든 것입니다."

카린 박사는 옷을 잡아당겨 보라는 시늉을 했다. 알통이 옷을 힘껏 잡아당기자 쭉 늘어났다.

"이 옷은 고릴라가 입어도 될 정도로 잘 늘어납니다. 한번 입어 보세요."

카린 박사의 말이 떨어지기 무섭게 알통은 옷 속에 다른 손을 밀어 넣었다. 그리곤 양손을 쫙 벌리자 옷이 쭉 늘어났다. 다시 양손을 붙이자 옷이 줄어들었다. 그 사이 카린 박사는 진열되어 있는 날개옷을 꺼내 루시피아에게 권했다. 새하얀 드레스에 날개 달린 옷은 바라만 봐도 눈부셨다.
"입어보세요, 루시피아 양. 아주 잘 어울릴 것 같군요."
루시피아는 카린 박사에게 옷을 건네받아 몸에 걸쳐보았다. 루시피아와 날개옷은 너무나 잘 어울려 천사처럼 보였다. 그 모습에 반한 카린 박사는 침을 꿀꺽 삼켰다.

알통은 손을 벌렸다 오므렸다 하면서 신기한 듯 옷을 계속 늘려 보았다. 루시피아 곁에 있던 도진이 그 모습을 보고 물었다.
"박사님, 저 옷은 어떤 소재로 만든 것인가요?"
"거미줄의 성분인 글라이신과 바퀴벌레의 등껍질에서 추출한 아미노산을 합성하여 만든 것입니다."
카린 박사는 도진을 보며 바퀴벌레가 기어가는 모습을 흉내 냈다.
도진은 카린 박사의 갑삭스러운 행동에 잔뜩 얼어붙었다. 루시피아는 바퀴벌레라는 소리에 입안 가득 침이 고였다. 그리곤 입가에 흘러나온 침을 닦으려고 고개를 돌렸다. 카린 박사는 루시피아가 손으로 입을 가린 채 돌아서자 말했다.
"아이쿠, 숙녀 분에게 실례를 했군요. 비위가 상했더라도 너그럽게 용서해 주시기 바랍니다."
카린 박사가 정중히 사과했다.
"아닙니다, 박사님. 저는 괜찮습니다."
루시피아는 침을 꿀꺽 삼킨 후 말했다. 인간들이 바퀴벌레를 싫어한다는 것을 알고 있기에 싫은 척 얼굴을 찡그린 것이다.

"그럼 어서 입어보세요."

카린 박사가 다시 피팅을 권할 때 알통의 비명소리가 들렸다.

"우갸갸."

카린 박사가 돌아서니 알통이 목을 움켜쥐고 있었다.

"박사님, 카린 박사님."

알통이 다급히 외쳤다.

"목 목이…. 숨을 쉴 수가 없어요."

새파랗게 질린 알통에게 달려간 카린 박사는 정색을 하며 말했다.

"거꾸로 입었군요. 그 부분은 옷을 벗지 않고 볼일을 볼 때 쓰라고 만든 곳입니다."

카린 박사는 목이 졸린 알통을 도와 옷을 벗기려 했다. 하지만 목에 꽉 껴버린 옷은 쉽게 벗겨지지 않았다. 카린 박사는 옷이 벗겨지지 않자 '오랑우탄에게 입힐 옷을 괜히 주었나!' 싶었다. 카린 박사가 땀을 뻘뻘 흘리며 간신히 옷을 벗겨주곤 뒤돌아서려고 할 때였다.

"아니야, 루시피아. 정말 잘 어울렸어."

도진의 들뜬 목소리에 카린 박사가 다급히 돌아섰다. 그러자 루시피아가 날개옷을 돌려주며 말했다.

"입어봤지만 저에겐 어울리지 않네요."

카린 박사는 옷을 받아 든 채 아쉬운 얼굴로 알통 일행과 맷라인으로 이동했다.

카린 박사가 다음으로 안내한 곳은 거대한 케이크 모양의 건물이었다. 건물 안으로 들어서자 대형 수족관 안에 갖가지 수중 생물들이 가득 차 있었다. 투명한 수족관은 바닥에서 천장까지 파이프를 감아놓은 듯 빙글빙글 말아 올라갔다.

"이 수족관에는 2만 종에 달하는 물고기들이 살고 있습니다."

카린 박사는 수족관 모양을 따라 손가락으로 가리켰다.

"이 밑에는 심해어도 있습니다."

카린 박사가 바닥을 가리키며 설명하는 동안 거대한 상어가 천천히 다가왔다.

"저놈은 상어의 조상인 메갈로돈으로 성질이 포악하고 다 자란 것은 길이가 21m나 됩니다."

카린 박사의 설명이 다 끝나기도 전에 메갈로돈은 지느러미를 뽐내듯 우아하게 스며 큰 입을 쩍쩍 벌렸다. 이빨 하나하나가 손바닥보다 커서 물리면 한입에 두 동강 날 것 같았다. 알통은 수족관을 톡톡 치며 메갈로돈에게 손을 흔들었다. 메갈로돈이 곁을 지나갈 때 알통이 조용히 속삭였다. 그러자 메갈로돈이 쏜살같이 되돌아와 알통이 서있는 벽을 들이받았다.

"쾅."

요란한 소리에도 불구하고 투명한 벽은 흠집 하나 없었다. 하지만 메갈로돈은 큰 충격을 받은 듯 뒤집어져 허연 배를 드러냈다.

"어떻게 이런 일이…."

카린 박사가 당황하여 외쳤다.

"메갈로돈이 흥분했나 봐요."

루시피아가 말했다.

"그럴 리가 없습니다. 이런 행동을 보이다니 이상하군요."

카린 박사가 벌러덩 나자빠진 메갈로돈을 살피며 말했다.

"충격이 아주 큰 것 같은데 저 안에서 죽으면 어떻게 되나요?"

도진이 물었다.

"그런 일은 결코 없습니다."

카린 박사는 메갈로돈을 노려보며 말했다.

"여기가 깨지는 건 아니겠죠?"

알통은 메갈로돈이 들이받은 벽을 툭툭 치며 말했다.

"그렇습니다."

카린 박사는 서둘러 다른 곳으로 안내했다.

알통은 뒤집어진 메갈로돈을 흘기며 투덜거렸다.

"캐비어 맛 좀 보자니까, 성질머리 하곤…. 암컷이 아니라 수컷이었나?"

카린 박사는 몇 개의 문을 지나 상자가 겹겹이 쌓여 있는 곳으로 안내했다. 상자 안에는 닭이나 토끼, 돼지, 소는 물론 여러 종류의 가축이 한 마리씩 들어 있었다. 다양한 크기별로 상자가 쌓여 있어 흡사 사육장을 연상케 했다. 하지만 가까이 가보니 살아 있는 동물이 아닌 유리문에 비친 정교한 홀로그램이었다. 마치 전자레인지 안에 닭이 들어 있는 것처럼 보였다.

"이곳은 유토피아 왕국의 식재료를 만드는 곳입니다."

카린 박사는 닭이 든 상자를 가리켰다.

"이곳에서 닭을 키우나요?"

루시피아가 물었다.

"아닙니다. 여기는 단지 식자재실입니다."

카린 박사가 닭이 보이는 상자의 유리문을 열어 보였다. 안에는 텅 비어 있지만 유리문을 닫자 다시 닭의 모습이 보였다.

"세포를 증식시켜 원하는 부위를 만들 수 있습니다."

카린 박사가 상자에 빈 접시를 넣고 유리문을 닫자 닭의 부위별로 이름이 나타났다. 닭가슴살, 닭다리살, 닭날개살, 닭넓적다리살, 닭발, 닭근위, 닭껍질, 염통 등이 죽 나열되었다.

카린 박사는 그중 "닭가슴살"을 외쳤다. 그러자 홀로그램이 닭가슴살로 바뀌며 차곡차곡 쌓이는 모습을 보여주었다. 홀로그램이 멈추자 카린 박사가 유리문을 열어 접시에 담긴 닭가슴살을 꺼냈다. 소나 돼지가 보이는 상자도 똑같은 방식으로 고기를 만들 수 있었다. 다만 꺼내기 쉽게 상자 크기에 맞게 유리문이 더 컸을 뿐이다.

"한곳에서 다 만들 순 없나요?"

루시피아는 유리창에 보이는 동물의 고기만 만들 수 있는지 궁금했다. 설령 다른 종류의 고기를 만들지 못해도 한두 개 정도는 갖고 싶었다.

"같은 종이라면 가능합니다. 종류별로 빠르게 생산하기 위해 구분한 것입니다. 게다가 굽는 정도의 간단한 조리는 얼마든지 가능합니다."

카린 박사는 "배양액이 모두 달라 다양한 종을 한 번에 만들 순 없고 비슷한 종끼리는 만들 수 있다."고 설명했다.

카린 박사가 식당으로 안내하는 동안 벽에선 각종 식재료와 다양한 요리들이 홀로그램으로 나타났다 사라졌다. 식당 안으로 들어서자 커다란 벽면에 온갖 음식들이 메뉴판마냥 끊임없이 나타났다.

"1만 가지의 기본요리와 10만 가지의 퓨전요리를 즐길 수 있습니다."

카린 박사는 걷는 내내 친절하게 설명했다.

알통은 입안 가득 침이 고였다. 맛있는 음식을 먹을 수 있으리란 기대감으로 온몸이 떨렸다. 루시피아는 커다란 식당 안을 유심히 둘러보았지만 다른 사람들은 보이지 않았다. 그 넓은 식당 안에 넷만 덩그러니 앉아 있었다.

"어떤 음식을 좋아하나요?"

카린 박사가 알통에게 물었다.

"저런 것도 먹을 수 있나요?"

알통은 오리가 뒤뚱뒤뚱 걸어가 부리에 진흙을 잔뜩 묻히는 모습이 나타난 영상을 가리켰다.

"물론입니다. 그뿐 아니라 어떤 음식이라도 원하는 것을 먹을 수 있습니다."

카린 박사가 자랑하듯 말했다.

"그럼, 생후 40일 된 오리를 황토에 싸서 장작불로 구워 캐비어를 곁들인 상어 등지느러미 소스에 찍어 먹을 수 있나요?"

알통은 뒤로 자빠진 메갈로돈을 생각하며 입맛을 다셨다. 카린 박사는 알통의 말을 들으며 고개를 끄떡였다.

"물론입니다. 준비하도록 하겠습니다. 루시피아 양은 어떤 음식을 좋아 하나요?"

카린 박사가 자신 있게 말했다. 루시피아는 알통처럼 자세히 주문해야 하는 줄 알고 잔뜩 긴장했다.

"저는…. 90일 된 통돼지 바비큐의 가브리살에 새우젓을 곁들인 소스를 찍어 먹고 싶어요."

루시피아는 마계에서 배웠던 기억을 더듬어 가며 말했다.

카린 박사는 이번에도 껄껄 웃으며 고개를 끄떡였다.

"도진 군은?"

"콩나물국밥 한 그릇이면 돼요."

도진은 소머리국밥이 먹고 싶었지만 미노타우로스 생각에 마음을 바꿨다. 알통과 루시피아는 아주 간단하게 주문한 도진을 쳐다봤다. 자세하게 말하지 않아도 된다는 사실을 깨달았다.

"오리 진흙구이, 통돼지 바비큐, 콩나물국밥."

카린 박사가 식탁에 대고 외쳤다. 그러자 식탁 한가운데에 주문한 음식이 홀로그램으로 나타났다. 카린 박사는 각각의 메뉴를 선택해 각자 요구한 대로 일일이 수정했다. 식탁에 앉아 음식을 기다리는 동안 알통과 루시피아는 천장을 흘끗흘끗 쳐다봤다.

얼마 지나지 않아 둥근 원통형 금속몸체에 바퀴 달린 로봇이 나타났다. 모두 처음 보는 로봇의 모습에 신기한 듯 훑어보자 카린 박사가 말했다.

"서빙 로봇입니다."

두 개의 팔이 달린 로봇의 머리에는 뚜껑을 덮은 커다란 쟁반이 놓여 있었다. 로봇은 머리 위의 쟁반을 두 팔로 집어 식탁 위로 옮겼다. 그러자 로봇의 평평한 민자 머리가 모습을 드러냈다. 알통은 로봇의 민자 머리를 살살 만졌다. 그 순간 로봇의 상단에서 표정을 보여주듯 기호가 차례로 나타났다.

'⊙.⊙' '-.-' ') ('

기호가 없어지기도 전에 로봇이 황급히 도망치듯 가버리자 알통은 이내 침을 꿀꺽 삼키며 뚜껑을 열었다. 세 개의 접시에 콩알만 한 음식이 한 개씩 들어 있었다. 알통은 '또 세 개.'라는 생각에 실망이 가득했다.

"각자 주문한 음식을 찾아 드시면 됩니다."

카린 박사의 말에 모두 가슴이 덜컥 내려앉았다. 콩 한 쪽도 나눠 먹는다지만 간에 기별도 오지 않을 것 같았다.

"어느 것이 제 것인가요? 카린 박사님."

알통은 접시를 들어 보이며 물었다.

"잘 보세요. 다 써 있답니다."

카린 박사가 돋보기를 꺼내 음식을 확대시켜 주자 오리구이라는 글자가 선명히 보였다.

"모든 음식을 이렇게 압축해서 만들 수 있습니다. 보관이나 관리가 무척 용이합니다."

카린 박사의 말에 알통은 시답지 않은 얼굴로 음식을 쳐다보았다.

"물을 조금 부어주면 부풀어 오를 겁니다."

알통의 마음을 눈치챈 듯 카린 박사가 말했다. 그러자 약속이나 한 듯 셋 다 천천히 물을 부었다. 콩알만 한 음식이 부풀어 올라 달걀만큼 커졌다.

"압축한 음식이라 양이 부족하진 않을 겁니다."

"잘 먹겠습니다."

도진과 루시피아는 충분히 커졌다고 생각하자 크게 외쳤다. 하지만 알통은 더 크게 만들려고 계속 물을 부었다. 접시에 물이 가득 차서 흘러넘쳤지만 음식은 더 이상 커지지 않고 둥둥 떠다녔다. 알통은 도진과 루시피아가 식사를 마칠 때까지 음식이 더 커지기만을 기다렸다.

카린 박사가 건물 밖으로 나와 큰길로 안내하는 동안 뒤처진 알통은 길옆의 좁은 골목으로 들어갔다. 그 모습을 본 루시피아와 도진이 황급히 쫓아갔다. 앞서가던 카린 박사는 끊임없이 설명하며 앞으로 나아갔다.

"이번에는 위락시설을 보여드리겠습니다. 그리고 압축요리가 마음에 안 드셨다면 저녁에는 일반식…."

한참 설명하던 카린 박사는 너무나 조용하자 뒤돌아보았다. 그동안 혼자 떠들었던 것을 깨닫곤 급히 알통 일행을 찾아 나섰다.

알통 일행이 골목길을 누비며 도시를 구경하는 동안 유토피아 왕국 사람들은 그들을 전혀 의식하지 않았다. 루시피아는 곁을 지나가는 제법 잘생긴 젊은 남자에게 미소를 지어 보이며 물었다.

"여기가 어디죠?"

"유토피아 왕국입니다."

남자는 미소를 띤 채 짧게 대답한 후 제 갈 길을 갔다. 루시피아가 입을 삐쭉 내밀곤 다시 물어보려 하자 막 쫓아온 카린 박사가 끼어들었다.

"이곳은 여러 구역으로 관리되고 있습니다. 궁금한 것이 있으면 저에게 물어보세요."

이때 머리 위로 한 뼘 정도 안테나가 달린 사람이 지나갔다. 루시피아는 고개를 갸웃거리며 그것을 가리켰다.

"머리에 저건 뭔가요?"

"별것 아닙니다."

웃으며 대답하던 카린 박사는 교정기를 부착한 사람들은 골목길로 다니도록 조치한 게 생각났다.

"장식품은 아닌 것 같은데요?"

루시피아가 다시 묻자 카린 박사가 마지못해 대답했다.

"인간은 충동을 조절하지 못하는 경우가 있습니다. 그럴 경우, 교정을 해야 하지만 과학의 힘을 빌려 해결했습니다. 일반적으로 뇌의 전두엽피질과 미상핵을 활성화시켜 주면 충동을 조절할 수 있답니다. 충동 장애를 미연에 방지하기 위해 뇌파를 조절하는 교정기를 부착한 것입니다."

"저런 건 본인이 직접 붙이는 건가요?"

루시피아가 머리에 손을 얹으며 물었다.

"아닙니다. 필요한 자들에게만 부착해 주는 것입니다."

카린 박사는 조용히 미소 지으며 말했다.

"그럼 강제로 부착한다는 말인가요?"

도진이 깜짝 놀라 물었다.

"물론, 본인이 원하지 않으면 부착하지 않습니다. 아무래도 미관상 보기 좋지 않으니까요."

카린 박사가 도진을 보며 씩 웃었다.

"어쨌든, 저런 거추장스러운 것을 매일 달고 다닐 순 없겠죠?"

루시피아가 말했다.

"구형 교정기는 충동을 완전히 조절할 수 있을 때까지 임시로 부착한 것입니다."

카린 박사는 말이 끝나기 무섭게 알통 일행을 둘러보며 조용히 속삭였다.

"고치고 싶은 나쁜 습관이 있다면 저에게 얘기해 주세요."

카린 박사의 말에 알통 일행은 깜짝 놀라 서로 쳐다보았다. 알통과 루시피아는 바꾸고 싶은 습관이 있긴 했지만 망설였다.

"박사님은 충동을 완벽하게 조절할 수 있나요?"
도진이 조심스럽게 물었다.
"물론입니다. 교정기는 게으르거나 나쁜 습관이 있는 자들이나 필요한 것이지요!"
카린 박사가 눈을 살짝 치켜뜨며 말했다.
"나쁜 습관이 많으면 말뚝만 한 것이 필요하겠네요?"
알통은 루시피아를 흘깃 쳐다보며 머리 위로 양손을 올려 뾰족하게 만들었다. "못된 송아지 엉덩이에 뿔난다."는 속담처럼 악마들 또한 예의 없고 성격이 못돼서 머리에 뿔이 돋아난 것이라 생각했다.
"하하하, 아닙니다. 더 클 필요는 없습니다."
카린 박사가 웃으며 대답했다. 머리에 심을 수 있는 작은 교정기도 있지만 단지 구분하기 위해 부착한 것이었다.
"그럼, 큰 죄를 지은 사람들은 어떻게 되나요?"
도진이 잔뜩 긴장한 채 물었다.
"이곳 유토피아 왕국에서는 큰 죄는 물론 사소한 실수도 저지르지 않습니다. 죄를 짓기 전에 모두 교정받기 때문입니다."
카린 박사가 다시 자세히 설명했다.
"잘못된 행동은 미리 교정해 주기 때문에 불필요한 행동은 하지 않습니다. 또한 잘못된 일을 하지 않으니 반성할 필요도 없습니다. 보세요, 모두들 행복해하잖아요!"

카린 박사의 말대로 지나가는 사람들은 모두 한결같이 웃는 모습이었다.

"그럼, 교정기가 없으면 행복해지지 않는다는 건가요?"

알통이 물었다.

"그렇습니다. 인간은 아무리 기뻐도 그 감정을 지속할 수 없습니다. 따라서 우리 왕국에서 사용하는 교정기는 행복감을 유지하도록 도와줍니다."

"카린 박사님은 행복하신가요?"

루시피아가 물었다.

"물론, 그렇습니다."

카린 박사는 '너희도 곧 우리 왕국의 일부가 될 것이다.' 하는 생각에 기분이 좋았다.

"안테나가 없는 사람들도 행복해 보이는데요?"

도진이 주변을 둘러보며 물었다.

"그렇지요. 안테나보다는 칩을 선호하는 사람들이 많습니다. 머리에 칩을 삽입하면 여러모로 편리하답니다. 칩이 없는 사람들은 끊임없이 교육시키고 있습니다, 이처럼…."

카린 박사는 곁을 지나가는 여자의 팔목을 잡았다. 그러자 여자는 그대로 딱 멈춰 섰다. 카린 박사는 여자의 눈을 보라고 손짓했다.

"제가 개발한 아이스크린입니다. 전광판에 광고하는 미개한 수준과는 차원이 다릅니다. 망막에 직접 영상을 보여주므로 눈을 감아도 언제나 볼 수 있답니다."

여자의 눈을 자세히 들여다보자 눈동자에 그림과 글씨가 나타났다 사라지는 모습이 반복되었다. 도진은 아이스크린을 보며 여자의 눈에서 절망을 읽었다. 그리고 카린 박사와 달리 생각 없는 꼭두각시처럼 보였다.

카린 박사가 잡았던 손을 놓아주자 여자는 아무 일 없었다는 듯 그대로 걸어갔다.

"하루 종일 영상을 보며 일상생활을 할 수 있는 획기적인 제품입니다."

카린 박사가 멀어지는 여자의 뒤통수를 가리켰다. 도진과 루시피아는 알 수 없는 충격에 어안이 벙벙했다. 알통이 어색한 정적을 순식간에 깨뜨렸다.

"어떤 영상을 보여주나요?"

알통이 신기한 듯 물었다.

"유토피아 왕국에 필요한 모든 정보를 제공하고 있습니다. 일기예보 같은 소소한 정보에서부터 범죄예방 교육까지 다양한 프로그램을 제공합니다."

카린 박사는 자신의 성과를 자랑했다.

"그래서 도시가 아주 조용하군요?"

알통이 활짝 웃으며 말했다.

"네, 범죄를 예방하는 차원을 넘어 사소한 범죄조차 일으킬 수 없기 때문입니다."

카린 박사도 미소로 답했다.

"박사님의 교육효과는 정말 대단하군요."

도진의 말에 카린 박사는 우쭐거렸다.

"그럼에도 불구하고 죄를 저지른 사람들은 어떻게 되나요?"

도진이 다시 묻자 카린 박사는 아직까지 이해하지 못한 도진에게 다시 설명했다.

"그래서 칩을 삽입하는 것입니다. 머리에 칩을 삽입하면 거짓말을 못 합니다."

카린 박사가 자신의 머리를 톡톡 치자 곁에 있던 도진이 잔뜩 긴장한 채 물었다.

"혹여 거짓말을 하게 되면 어떻게 되는데요?"

"아직도 제 말뜻을 정확히 이해하지 못했군요."

카린 박사는 "전두엽"이라는 소리와 함께 도진의 앞이마를 집었다. 그리곤 "측두엽"이라고 할 때는 양쪽 옆머리를 두 손으로, "후두엽"이라고 할 때는 뒷머리를 매만졌다.

"이 부위를 직접 통제시켜 주기 때문에 거짓말 자체를 할 수가 없답니다."

도진은 카린 박사가 머리를 만질 때마다 소름이 쫙쫙 돋았다. 하지만 용기 내어 물었다.

"아까 말씀하신 전두엽피질과 미상핵만 조정해도 충분하지 않나요?"

"안 됩니다. 범죄자들은 생각을 완벽히 정화시킬 필요가 있답니다. 그런 노력 끝에 유토피아 왕국이 가장 행복한 도시로 탈바꿈한 것입니다."

카린 박사는 말을 하는 동안, 도진을 뚫어져라 쳐다보았다. 도진은 카린 박사가 점점 무섭게 느껴졌지만 일부러 태연히 말했다.

"대단한 기술이네요."

"그래도 아직 주민들에게 다 사용하지 못했습니다."

카린 박사는 지나가는 사람을 가리켰다. 그러나 누구의 머리에 칩을 심었는지 구별할 수 없었다.

"내가 이룩한 이 유토피아 왕국에서는 불행하다거나 불평을 늘어놓는 자들이 단 한 명도 없습니다."

카린 박사가 자랑하듯 큰 소리로 말했다.

"그럼, 안테나 칩이 없는 사람들은 어떤가요?"

루시피아가 끼어들었다.

"그들은 교육만으로도 충동을 완벽하게 조절할 수 있는 사람들이지요."

"대단히 훌륭한 사람들이라고 할 수 있겠네요?"

카린 박사의 말에 루시피아가 대답했다.

"부끄럽군요, 저도 칩이 없답니다."

카린 박사가 음흉하게 웃으며 말했다. 도진과 루시피아는 그런 카린 박사의 얼굴을 보곤 잔뜩 긴장했다. 도진은 '박사님은 누가 교육시키나요?' 묻고 싶었지만 입을 꾹 다물었다.

컨트롤 타워

가린 박사는 노시 중앙에 곧게 뻗은 건물로 알통 일행을 안내했다. 하늘을 찌를 듯 높이 솟은 건물 위로 수많은 안테나들이 위용을 자랑했다.

"이곳은 유토피아 왕국의 심장인 컨트롤 타워입니다."

카린 박사가 빌딩 입구에 서자 자동으로 문이 열렸다. 건물 안으로 들어선 카린 박사는 알통 일행을 엘리베이터 앞으로 곧장 데려갔다. 엘리베이터에는 아무런 숫자나 표시도 없었지만 카린 박사가 들어가자 저절로 움직였다. 한참을 올라가던 엘리베이터가 멈춰 서자 카린 박사를 따라 모두 내렸다. 홀에 들어선 것처럼 높은 천장에 아주 넓은 공간이 나왔다. 카린 박사가 안내한 곳은 금속 받침대 위로 기둥 형태의 투명한 원통이 길을 따라 촘촘히 늘어서 있었다. 그 안에는 사람이 한 명씩 들어 있어 끝없는 묘지를 연상케 했다.

알통은 원통형 관 주변을 빙빙 돌다가 카린 박사에게 물었다.

"진짜 살아 있는 사람들 같아요?"

"이곳 유토피아 왕국에서 살았던 사람들입니다."

카린 박사가 대답했다.

"병으로 죽은 사람들인가요?"

관 안에 있는 사람들은 대부분 젊었다.

"곧 알게 될 겁니다."

카린 박사가 씩 웃으며 말했다.

도진은 원통형 관 사이로 다른 사람과 달리 흰 한복을 입은 사내를 발견하곤 화들짝 놀랐다. 분명 슈트가 아닌 사부님이 즐겨 입던 옷차림이었다. 한걸음에 달려가 사부가 아닌 걸 확인하고 나서야 놀란 가슴을 쓸어내릴 수 있었다.

카린 박사는 알통 일행을 넓은 홀로 안내했다. 천장이 높은 홀에는 안이 텅 빈 원통형 관들이 줄지어 놓여 있었다.

"여러분 중 단 한 명만 유토피아 왕국의 주민이 될 수 있습니다."

카린 박사는 알통 일행에게 손가락을 한 개만 펼쳐 보이며 말했다.

"여기에 들어갔다 나오면 되나요?"

알통이 원통형 관을 가리켰다.

"네, 그러면 유토피아 왕국과 함께 영생할 수 있습니다."

카린 박사가 루시피아를 향해 손짓했다. 그사이 알통은 투명한 관을 열어보려고 버둥거렸다.

"저는 사양할래요."

루시피아가 고개를 저었다.

"도진 군은 어떤가요?"

"저도 싫어요."

카린 박사는 도진마저 거절하자 크게 외쳤다.

"도대체 왜, 이런 완벽한 도시를 싫어하는지 도무지 이해가 안 되는군요."

카린 박사는 빨갛게 달아오른 눈으로 루시피아를 노려보았다.

"제가 여러분에게 제대로 설명을 못해준 것 같군요."

카린 박사는 자신의 설명이 부족해 거절당한 것이라 믿었다.

"이 기계는 여러분의 유전자를 검사해 그에 따른…."

루시피아는 카린 박사에게 알 수 없는 위협을 느꼈다.

"이제 저희는 그만 돌아갈게요, 알통!"

루시피아는 큰 소리로 알통을 불렀다. 알통은 원통형 관에 착 달라붙어 있다가 돌아보았다. 카린 박사는 끓어오르는 분노를 참지 못해 얼굴이 붉으락푸르락 변했다.

"오랫동안 이 순간을 기다렸는데…. 어쩔 수 없군요."

카린 박사가 중얼거리며 손뼉을 쳤다.

"짝 짝 짝."

카린 박사의 박수 소리에 원통형 관들이 세 개만 남고 모두 아래로 꺼졌다. 윙세이버가 천장 높이 올라가자 원통형 관의 받침대 옆에서 긴 띠가 솟구쳐 나왔다. 알통은 원통형 관이 흔들리자 깜짝 놀라 뒤로 물러서서 그 모습을 지켜봤다. 긴 띠는 투명한 관의 옆면을 따라 위로 올라갔다. 양옆에서 올라간 띠는 원통형 관의 꼭대기에서 만나 서로 이어졌다. 그 후 사다리꼴 형태의 물체가 받침대 옆에서 튀어나와 띠를 따라 빠르게 올라갔다. 사다리꼴 물체가 꼭대기에 자리 잡자 두 개의 파란불이 들어왔다. 긴 띠는 다시 양쪽 상단에서 똑같이 분리되어 흐느적거리는가 싶더니 부풀어 오르며 둥근 팔이 되었다. 그 끝에는 위로 세 개 아래로 두 개인 둥근 집게 모양의 손이 만들어졌다. 동시에 받침대 아래에도 긴 띠가 나와 부풀어 올라 다리의 모습을 갖췄다. 팔다리가 다 갖춰지자 파란 눈을 가진 로봇이 되었다. 이렇게 순식간에 집게 달린 로봇이 3대나 만들어졌다.

"우리를 어떻게 할 셈이죠?"

루시피아가 로봇들을 경계하며 물었다.

"아주 좋은 질문입니다…. 모두 잡아!"

카린 박사의 말이 떨어지기 무섭게 로봇이 파란 눈을 좌우로 움직이며 받침대 밑의 두 다리를 쭉 뻗었다. 그러자 알통보다 세 배나 되는 커다란 로봇이 되었다. 로봇들이 쿵쾅거리며 움직이자 육중한 발걸음 소리가 사방에 울렸다. 원통형 관 로봇들은 긴 팔을 벌려 한 명씩 에워쌌다.

로봇이 알통을 잡으려고 집게를 뻗자 알통은 호기롭게 로봇의 두 팔을 먼저 잡았다. 그리곤 낑낑거리며 힘을 써보았지만 로봇은 꿈쩍도 하지 않았다. 오히려 로봇이 팔을 들어 올리자 알통은 공중에 대롱대롱 매달렸다. 로봇이 팔을 쫙 벌리자 알통은 더 이상 버티지 못하고 손을 놓았다. 알통이 떨어지자마자 로봇은 알통의 두 팔을 집게로 잡았다. 도진은 로봇이 달려들자 미꾸라지처럼 잽싸게 피했다. 심지어 로봇의 다리 사이로 빠져나가 소매에서 꺼낸 막대로 등을 가격했다. 하지만 로봇의 움직임에는 아무런 변화가 없었다. 도진이 도망치며 계속 공격하자 로봇의 머리에서 안테나가 톡 튀어나와 녹색광선을 길게 뿜었다. 도진은 그 모습에 재빨리 피헸다. 하지만 순식간에 넓게 뻐신 녹색광선이 다시 도진을 쫓았다. 결국, 녹색광선에 맞은 도진이 경련을 일으키다 주저앉았다. 그사이 로봇은 도진의 어깨를 잡았다.

루시피아는 로봇의 움직임을 미리 파악해 한발 먼저 피했다. 그래서 잡힐 듯 말 듯 하면서 아슬아슬하게 잡히지 않았다. 로봇의 머리에서 안테나가 나왔다 들어갔다 반복하며 루시피아를 쫓았다. 안테나가 완전히 톡 튀어나오자 루시피아는 로봇의 몸 뒤로 돌았다. 도진이 녹색광선에 당한 것을 보고 로봇에 바짝 붙었다. 안테나에서 나온 녹색광선은 아래로 넓게 퍼졌으나 몸체에 붙은 루시피아에게는 미치지 못했다. 루시피아는 녹색광선이 닿지 않는 가장 안전한 사각지대를 확보했다. 로봇은 팔을 붕붕 돌려 루시피아를 떼어내려 했으나 고목에 붙은 매미처럼 착 달라붙어 떨어지지 않았다. 그러자 도진을 잡고 있던 로봇이 녹색광선을 발사했다. 루시피아는 뒤에서 맞은 광선에 몸이 둔해져 허리를 잡혔다. 모두 로봇에게 잡히자 멀찌감치 지켜보고 있던 카린 박사가 다가섰다.

"저는 인간의 낙원인 유토피아 왕국에 반하는 자들을 교육시킬 의무가 있답니다. 부디 저의 무례를 용서해 주시기 바랍니다."

카린 박사의 말이 끝나기 무섭게 알통이 외쳤다.

"저는 이곳이 좋아요. 이 도시에서 살고 싶어요."

"네, 여러분 모두 그렇게 될 것입니다."

카린 박사가 말했다.

"우리 중 한 명만 필요하다고 하지 않았나요?"

루시피아가 싸늘한 목소리로 따졌다.

"네, 그랬지요. 우리 유토피아 왕국은 아무나 받아주지 않습니다. 자격이 있는 사람만 살 수 있는 곳입니다. 여러분은 분명 자격이 없습니다. 그러나 자비를 베풀어 유토피아 왕국에 정착할 수 있도록 도와드리겠습니다."

"자격이 안 되는 저희를 왕국 밖으로 추방하면 안 될까요?"

도진이 애처로운 표정을 지었다.

"안 됩니다. 교육을 받아도 자격이 없다는 것은 가치가 없다는 뜻입니다. 그런 가치 없는 인간은 존재할 필요가 없습니다."

카린 박사가 근엄한 얼굴로 말했다. 알통은 깜짝 놀라 자신의 입을 막으려다 손을 움직일 수 없자 고개를 푹 숙였다.

"처음부터 그렇게 했으면 됐잖아요?"

허리를 잡은 로봇의 손가락을 꺾던 루시피아가 냉랭한 목소리로 말했다. 그러자 카린 박사가 실눈을 떴다.

"이처럼 완벽한 유토피아 왕국을 떠나겠다는 생각은 잘못된 판단입니다. 판단력이 떨어지는 만큼 미개한 여러분을 교육시킬 사명감이 생겼습니다."

카린 박사는 서로 유토피아 왕국에 남겠다고 싸울 줄 알았는데 오히려 모두 떠나려 하자 화가 났다.

"앞으로 여러분들은 유토피아 왕국과 함께할 것입니다."

카린 박사가 미소를 지었다.

"이 도시에서 나간 사람이 있나요?"

도진이 급히 물었다.

"한 번도 없답니다."

카린 박사가 음흉하게 웃으며 원통형 관 로봇에게 명령했다.

"모두 집어넣어!"

로봇들은 카린 박사의 명령이 떨어지자 몸통의 투명한 유리문을 양쪽으로 쫙 벌렸다. 그리곤 사로잡은 포획물을 몸속 빈 공간에 넣으려 했다.

알통은 로봇이 팔을 구부려 안으로 밀어 넣으려 하자 발로 차며 저항했다. 카린 박사는 그 광경을 보며 피식 비웃었다. 어깨를 잡혔던 도진은 재빨리 앉듯이 뒤로 굴러 로봇의 손에서 벗어났다. 하지만 로봇은 곧바로 몸을 굽혀 도진을 잡으려 했다. 도진은 일어나며 막대로 로봇의 팔을 쳐냈다. 그러나 "땡강." 하는 요란한 소리만 날 뿐 로봇은 꿈쩍도 하지 않았다. 로봇이 도진을 막 잡으려는 순간, "지직직." 요란한 소리를 내는 로봇의 머리 위로 하얀 연기가 치솟았다.

"마크."

카린 박사의 성난 목소리가 울렸다. 카린 박사가 바라본 곳에는 유토피아 왕국으로 안내했던 마크가 날렵한 바크로를 타고 있었다. 마크는 다른 로봇들에게도 손바닥만 한 둥근 원반을 하나씩 던졌다. 원반은 로봇의 머리 위로 날아가 철컥 붙었다. 그 순간 파란 불꽃이 튀며 "치지지직."거리는 요란한 소리가 났다. 머리에서 하얀 연기가 치솟자 로봇들은 그대로 멈췄다.

"무슨 짓이냐."

카린 박사는 마구 화내며 윙세이버를 조정해 마크에게 다가갔다. 마크는 바크로에서 짧은 막대기를 꺼내 꽉 움켜쥐었다. 그러자 그 끝에서 파란 불꽃들이 길게 일렁거리며 흐트러졌다. 3m가 넘는 불꽃이 흩날리는 전자 채찍이었다. 카린 박사는 채찍으로 위협하는 마크에게 곧장 날아갔다. 마크는 카린 박사를 향해 채찍을 힘껏 휘둘렀다. 불꽃이 휘날리며 윙세이버를 덮치자 요란한 소리가 울렸다.

"치직 치지직."

허공에 파란 불똥이 사방으로 튀었다. 채찍이 윙세이버에 채 닿기도 전에 투명한 보호막에 부딪혀 튕겨 나왔다. 마크는 여러 번 채찍을 휘둘렀지만 그때마다 불똥만 쏟아졌다.

"베리어…."

마크가 중얼거렸다. 카린 박사의 윙세이버 주변에는 보이지 않는 둥근 막이 감싸고 있었다.

"어떻게 날 배신할 수 있지? 마크."

카린 박사의 얼굴은 분노로 가득 일그러졌다. 하지만 이내 마크의 칩을 꺼놓은 것이 생각났다.

"모든 것이 박사님의 뜻대로 되지 않을 겁니다."

마크가 카린 박사를 노려보며 말했다.

"이곳에서 벗어날 수 없다는 것은 누구보다 잘 알겠지, 마크! 지금이라도 나를 따르면 용서해 주지."

"싫습니다. 다시는 칩을 사용하고 싶진 않습니다."

마크의 대답에 카린 박사는 손가락으로 윙세이버에 있는 팔걸이의 버튼을 끌쩍였다.

도진은 로봇의 몸통 속에 갇혀 버둥거리는 알통을 꺼내기 위해 가슴이 벌어진 틈을 찾아 막대를 밀어 넣었다. 하지만 로봇의 가슴이 거의 닫힌 상태라 막대가 잘 들어가지 않았다. 알통은 한쪽 발로 밀고 양손으로 있는 힘껏 로봇의 가슴을 밀었다. 그러자 한쪽 유리문이 벌어져 작은 틈이 생겼다. 알통은 로봇의 가슴이 벌어지기 시작하자 신이 나서 더욱 힘을 냈다. 로봇의 한쪽 문이 완전히 젖혀져 몸이 나갈 만큼 틈이 커지자 급한 마음에 얼굴을 확 내밀었다. 도진이 도와주려는 순간, 알통의 발이 미끄러져 아래로 떨어지는 바람에 로봇의 가슴이 닫혔다. 알통은 급히 빠져나가려다 한쪽 어깨가 끼었다. 어깨를 빼려 했지만 한쪽 팔로 문을 열려고 하니 힘을 쓸 수 없었다. 더 이상, 나가지도 도로 들어가지도 못하는 어정쩡한 자세로 옴짝달싹 못 했다.

루시피아도 로봇의 집게에서 간신히 빠져나와 도진을 도왔다. 루시피아는 밖으로 빠져나온 알통의 팔을 당기고 도진은 로봇의 가슴을 당겨 틈을 더 벌렸다. 그래도 알통의 몸은 좀처럼 빠지지 않았다. 뜻대로 안 되자 루시피아와 도진이 합세하여 로봇을 밀어 넘어뜨렸다.

"콰쾅."

굉음과 함께 로봇이 넘어지자 그 충격을 고스란히 받은 알통이 "꽥." 하고 비명을 질렀다. 로봇의 가슴이 확 열렸다 닫히는 바람에 알통은 오히려 안으로 쏙 들어갔다. 알통은 쭈그려 앉아 목과 가슴을 마구 문질렀다. 둘이 엎어진 로봇의 가슴을 다시 열려고 할 때 마크의 다급한 목소리가 들렸다.

"여기로…."

마크의 손짓에 카린 박사는 루시피아에게 고개를 돌렸다. 마크는 카린 박사가 빈틈을 보이자마자 윙세이버 밑으로 연막탄을 던졌다. 순식간에 흰 연기가 윙세이버의 주위를 감쌌다.

마크는 곧장 도진과 루시피아가 있는 곳으로 날아가 외쳤다.

"빨리 타!"

마크는 바크로를 바닥에 긁듯 도진의 옆에 급히 세웠다. 뛰어오른 도진의 뒤로 루시피아가 올라탔다. 3명이 타기에는 비좁아 몸을 바짝 붙였다. 알통은 자신만 남겨둔 채 도망가려 하자 로봇의 몸통을 마구 두들겼다.

"알통은요?"

도진이 마크의 어깨를 잡으며 물었다. 마크는 계기판을 조작 후 스로틀 그립에 있는 버튼을 눌렀다. 바크로 뒤에서 줄이 달린 창이 날아가 로봇의 투명한 관에 꽂혔다. 끝이 뾰족한 창은 원통형 관에 박히자마자 세 개의 발톱이 튀어나와 갈고리가 되었다.

"꽉 잡아."

마크는 카린 박사가 쫓아오자 급히 액셀을 밟았다. 굉음과 함께 바크로가 앞으로 튀어 나가는 바람에 도진은 뒤로 나가떨어질 뻔했다. 하지만 바크로를 단단히 붙잡은 루시피아의 가슴에 부딪혀 오히려 앞으로 튕겼다. 도진이 물컹하고 탱탱한 감촉에 묘한 감정을 느낄 사이도 없이 루시피아가 도진을 꽉 잡았다. 느슨한 줄이 팽팽해지며 날아가는 바크로에 로봇이 딸려 왔다. 그 충격으로 바크로가 또다시 출렁댔지만 루시피아가 떨어지지 않게 단단히 잡았다.

로봇이 갑자기 끌려가자 알통은 원통형 관 벽에 부딪혀 얼굴이 찌부러졌다. 그 와중에 카린 박사가 바크로를 쫓아오는 모습을 보았다. 로봇이 끌려가며 바닥에 마구 튕기자 알통은 원통형 관 속에서 이리저리 굴러다녔다. 바크로의 속도가 확연히 줄어든 사이, 카린 박사의 윙세이버가 무서운 속도로 다가왔다.

"잡히겠다."

마크는 카린 박사가 바로 뒤까지 쫓아오자 바크로에 걸려 있는 갈고리 줄을 분리시켰다. 줄 끝이 뱀처럼 꿈틀대며 날아가 윙세이버 옆을 세차게 스치자 카린 박사는 급히 피했다. 그 바람에 바크로를 놓친 카린 박사는 눈알을 부라리며 중얼거렸다.

"벨라, 보안시스템을 가동해."

카린 박사의 말이 떨어지기 무섭게 컨트롤 타워의 창문에 두터운 차단막이 내려왔다.

마크는 차단막이 내려오자 스로틀 그립 안쪽에 있는 뚜껑을 열고 빨간 버튼을 눌렀다.

"슈웅."

요란한 소리와 함께 바크로 앞에서 소형 미사일이 날아갔다.

"콰쾅."

미사일이 터져 컨트롤 타워의 외벽과 창문이 박살 났다. 절반 이상 내려온 차단막이 우그러진 채 창틀에 걸려 멈췄다. 마크는 전속력으로 달리다 바크로를 옆으로 뉘었다. 기울어진 바크로의 바닥이 창틀에 부딪혀 불꽃이 튀었다. 바크로는 날아가던 힘 그대로 미끄러져 좁은 창틀을 통과했다. 하지만 창틀에 걸려 튕겨 나가듯 뒤집혔다. 그 충격으로 도진과 루시피아가 바크로에서 떨어졌다. 마크도 거꾸로 떨어졌지만 손잡이를 끝까지 놓지 않고 바크로에 간신히 올라탔다. 그리곤 도진과 루시피아가 바닥에 떨어지기 직전에 다시 태웠다.

카린 박사는 컨트롤 타워를 빠져나가는 마크를 노려보며 "뿌드득." 이를 갈았다. 그리곤 윙세이버를 돌려 해롱거리는 알통의 모습을 물끄러미 내려다보았다. 알통은 끌려가던 로봇 안에서 이리저리 부딪혀 아직 정신을 못 차렸다.

알통이 정신을 차릴 무렵, 검은 제복을 입은 사내들이 하나둘 몰려들었다. 옷깃에는 카린 박사의 형상이 금박으로 새겨져 있었다. 이들은 카린 박사의 직속 친위대였다.

"저는 여기 얌전히 있을게요!"

알통은 투명한 관 속에서 손끝을 살랑살랑 흔들며 카린 박사에게 말했다. 카린 박사는 알통을 쏘아본 후 부하들에게 명령했다.

"이자를 가두고 마크를 잡아 와."

친위대원 둘이 알통을 데려가는 동안 나머지 사내들은 뿔뿔이 흩어졌다.

마크가 컨트롤 타워에서 빠져나가는 순간, 건물 외벽과 지나가는 맷라인에 이르기까지 모든 카메라가 마크의 바크로를 향해 고개를 쳐들었다. 평상시엔 보이지 않던 감시 장치마저 속속들이 모습을 드러내 마크를 추적했다. 얼마 지나지 않아 날렵한 맷라인들이 경광등을 번쩍이며 마크의 바크로에 따라붙었다. 가까이 접근한 맷라인 밑에서 작은 구체들이 쏟아져 나와 은빛 날개를 폈다. 목표물을 쫓아가 폭발하는 천공기뢰였다. 날개를 세차게 떠는 천공기뢰들은 매우 빠르게 마크를 뒤쫓았다. 바크로의 계기판에 붉은 불빛과 함께 요란한 경고음이 울리며 천공기뢰가 입체적으로 구현되었다. 마크는 영상이 뜨자마자 급상승과 급강하를 반복하며 곡예비행을 시작했다. 백여 개의 빼곡한 점들로 표시된 천공기뢰는 바크로를 끈질기게 쫓았다. 어느새 계기판의 화면이 붉게 물들며 요란한 소리를 냈다. 바크로가 위험을 알리는 긴급 신호였다. 그와 동시에 바크로 뒤에서 유도방어탄들이 부챗살처럼 방사상으로 쏟아졌다. 뒤따르던 천공기뢰들은 강하게 뿜어져 나온 발광체를 쫓아가 연속으로 폭발했다.

"콰 콰 쾅 쾅, 콰쾅."

바크로의 계기판에 있던 점들이 절반 이상 줄었다. 유도방어탄을 미처 따라가지 못한 천공기뢰들이 뒤늦게 쫓아오자 다시 한번 유도방어탄을 쐈다. 또다시 굉음과 함께 계기판의 점들이 대부분 사라졌다. 하지만 천공기뢰를 전부 파괴하진 못했다. 마크는 유도방어탄을 다 쏘자 높은 건물 사이로 날아갔다. 유토피아 왕국에서는 볼 수 없었던 투박하고 낡은 건물들이었다. 10여 기의 천공기뢰가 바짝 따라붙어 점점 더 가까워졌다. 마크가 건물의 커다란 창문을 뚫고 들어가자 도진과 루시피아는 쏟아지는 유리 파편에 고개를 푹 숙였다. 기둥 사이를 아슬아슬하게 피해 갈 때 천공기뢰 하나가 파편 사이로 날아들어 고슴도치마냥 뾰족한 가시를 쭉 빼냈다. 마크가 급히 방향을 틀자 천공기뢰는 그대로 날아가 기둥에 박혔다.

"콰쾅, 쾅 쾅."

폭음과 함께 뒤따르던 몇 기의 천공기뢰들이 연달아 터졌다. 마크는 천공기뢰가 다 사라질 때까지 건물 사이를 쉬지 않고 이리저리 헤집고 다녔다.

계기판의 점이 완전히 사라지자 마크는 바크로의 속도를 줄였다. 도진과 루시피아는 우뚝 솟은 건물 안에 사람이 보이지 않아 의아해했다. 마크는 가쁜 숨을 가라앉힌 후 지금은 버려진 도시의 한 구역이라고 알려주었다. 모두가 방심한 사이, 천공기뢰 하나가 바크로의 밑에서 툭 솟구쳤다. 루시피아가 본능적으로 힘을 끌어모으자 손바닥에 검붉은 빛이 서로 휘감겼다. 검붉은 빛에 휩싸인 천공기뢰는 가시를 뽑다 말고 멈춰 섰다. 검붉은 빛이 겹겹이 에워쌀수록 천공기뢰는 힘을 잃고 천천히 바닥으로 떨어졌다. 위험이 사라진 것을 느낀 루시피아는 손바닥에 남아 있는 마력을 슬며시 없앴다. 아무도 모르게 몸 안의 에너지를 짜내듯 소모한 탓에 탈진할 지경이었다. 에너지를 마구 방출하는 것보다 미세하게 컨트롤하는 것이 몇 배는 더 힘들었다.

 버려진 도시를 빠져나온 마크는 가급적 멀리 돌아 울창한 숲으로 들어갔다. 뒤를 밟히진 않았지만 흔적을 지우기 위해 바크로를 숨겼다. 마크는 뒤따르는 자가 없는지 다시 확인하고 나서야 길을 재촉했다. 얼마나 갔을까! 커다란 바위 앞에 멈춰 섰다. 주변에도 비슷한 바위가 있어 별다른 특징은 없었다. 하지만 손바닥으로 바위를 밀자 마크의 손 모양 그대로 바위 속으로 쑥 밀려 들어가며 옆에 작은 통로가 생겼다.
 셋이 안으로 들어가자 문이 닫히고 천장에 불이 켜졌다. 좁은 공간이었지만 많은 장비가 빼곡히 차 있었다. 오랜 기간 은밀하게 준비한 듯 전열기와 침구류, 비상식량과 화장실까지 갖춰놓았다.

 카린 박사는 검은 제복의 사내들에게 둘러싸여 대형스크린으로 유토피아 왕국을 샅샅이 훑어보았다.
 "분명, 멀리 가지 못했다."
 "네, 카린 박사님. 하지만 그들의 흔적을 찾을 수 없습니다."
 벨라가 대답했다.
 "어떻게 내 왕국에서 흔적도 없이 사라질 수 있지? 벨라!"
 카린 박사가 다그쳤다.
 "감시시스템에 버그가 생겼습니다."
 벨라는 마크가 천공기뢰를 피해 도망가는 모습을 떠우며 말했다. 동영상에는 "지지직."거리는 소리와 함께 마크가 바크로를 타고 가는 모습이 계속 반복되었다.

카린 박사는 잠시 생각한 후 말했다.

"반드시 흔적을 남겼을 테니 소소한 전력이라도 빠져나가는 곳은 모두 체크해."

"네, 카린 박사님."

카린 박사는 대형스크린으로 도시 구석구석을 다시 살폈다. 그 사이 인공지능 슈트로 무장한 건장한 사내들이 속속 모여들었다. 전부 카린 박사의 친위대에 속한 자들이었다.

"마크가 나에게 반기를 들었다. 보이는 즉시 생포해."

카린 박사의 명령에 검은 제복의 사내가 인공지능 슈트를 입은 사내들에게 끝이 뾰족한 바이오 권총을 한 정씩 나눠주었다. 바이오테크놀로지 기술을 이용해 타깃의 특정 DNA를 공격하는 무기였다. 고압액체가 피부를 뚫고 혈관에 침투해 극심한 통증을 유발했다. 해독제를 맞아야만 통증에서 벗어날 수 있어 자발적으로 투항하도록 만든 무기였다. 비살상용 무기지만 일정 시간 안에 해독제를 맞지 않으면 쇼크로 사망할 수도 있다. 인공지능 슈트를 입은 사내들은 총을 받아 들자 순식간에 사라졌다.

카린 박사는 인공지능 슈트를 입은 사내들이 다 나가자 알통을 불러들였다. 알통은 검은 제복의 사내들 사이로 태연히 주위를 둘러보았다.

"알통! 근육만큼 멋진 이름이군요."

카린 박사는 알통의 근육을 만지며 말했다. 사실 '품위 없는 이름.'이라는 생각이었지만 속내를 감췄다.

"이곳이 마음에 들면 나와 함께 지내도록 하세요."

"정말이요."

알통은 신이 나서 펄쩍 뛰었다.

"마크란 자가 나를 배신해서 앞으론 충실한 사람을 곁에 두고 싶군요."

카린 박사는 '좀 모자라도 자신을 배신하지 않을 충실한 부하가 낫겠다.' 생각했다.

"감사합니다, 카린 박사님."

알통은 연신 굽실거리며 대답했다.

"알통 군은 내 원대한 꿈을 이해할 거라 믿고 싶군요."

카린 박사는 '어디에 칩을 이식하는 것이 좋을까?' 하고 무의식적으로 적당한 위치를 찾기 위해 알통의 머리를 꼼꼼히 어루만졌다. 알통은 카린 박사가 자신의 머리를 만지자 왠지 모르게 기분이 좋아졌다.

카린 박사는 가만히 고개를 숙이고 있는 알통을 지긋이 보며 말했다.

"인간의 모든 역사는 탐욕으로 일그러져 있지요. 나는 그 어떤 부조리도 용납할 수 없답니다."

"…"

"그런 나를 이해할 수 있나요?"

"그럼요, 박사님."

알통은 카린 박사의 마음이 그대로 전해지는 것을 느꼈다. 실제로 알통은 한 치의 가감 없이 카린 박사를 이해하고자 했다. 카린 박사는 알통이 말할 때마다 팔걸이에 있는 장치를 확인했다. 부하들의 칩이 고장 나거나 만일의 사태에 대비해 거짓말 탐지기능이 있었다. 알통이 말하는 동안 한 번도 붉은 표시가 들어오지 않았다. 즉 한 치의 거짓 없이 진실만을 말하는 것을 알 수 있었다.

알통은 카린 박사의 뒤를 졸졸 따라다니며 갖은 아양을 떨었다. 카린 박사는 그런 알통이 점차 마음에 들었다. 유토피아 왕국 사람들은 거짓과 위선으로 가득했다. 칩을 달면서 규율을 잘 지키고 카린 박사의 결정에 반하는 일이 없었다. 그럴수록 카린 박사는 점점 더 고독해졌다. 자신이 아끼는 마크의 칩을 꺼놓은 것도 허심탄회하게 대화할 상대가 필요했기 때문이다. 하지만 결과는 배신으로 이어졌다.

카린 박사는 유토피아 왕국이 내려다보이는 곳에서 부드러운 목소리로 말문을 열었다.

"내가 왜 유토피아 왕국을 만들었는지 궁금하지 않나요?"

"박사님께서는 인간을 구제하기 위해 이 도시를 만든 것 아닌가요?"

알통이 주위를 둘러보며 대답했다.

"맞아요. 내가 유토피아 왕국을 건설하려 했던 것은 일종의 사명감 때문입니다."

"칩을 삽입한 것도 박사님의 어쩔 수 없는 선택이었죠?"

"그래요. 하지만 뇌에 칩을 심은 이유는 따로 있답니다."

카린 박사는 자신의 방으로 알통을 데려갔다. 카린 박사의 방은 과학자답게 많은 장비와 기구로 가득 차 있었다. 책상 위에는 작은 액자가 뉘어 있었다. 알통이 액자를 바로 세우자 아이와 함께 다정히 서 있는 젊은 사내가 보였다.

"박사님이신가요?"

알통이 사진을 들어 보이며 물었다. 카린 박사는 대답 대신 미소를 지으며 말했다.

"오래전, 손상된 뇌를 복원하는 DNA 치료술을 연구한 적이 있답니다. 손상된 부위를 스스로 복원하는 '자가증식' 기술은 좋은 성과를 얻었지만 잃어버린 기억은 되찾을 수 없었지요. 더욱이 손상된 부위가 크면 클수록 그런 현상은 더욱 심했답니다. 그 해결책으로 틈틈이 뇌를 스캔하고 자가증식 기술을 병행했지요."

카린 박사는 원통형 기계가 주렁주렁 달린 긴 의자를 향해 손짓했다. 알통은 그 뜻을 알아채고 의자 위로 붕 뛰어올라 누웠다.

"이 기계가 뇌를 스캔하는 건가요?"

알통은 머리 위에 주렁주렁 달린 기계들을 만져보며 물었다.

"그 당시 나는 많은 고민을 했습니다. 가령, 뇌의 기능이 얼마나 남아야 인간으로서의 존엄성이 남아 있는 것인가? 혹여 뇌를 모두 잃은 인간을 다시 살려내면 '죽은 시체를 살려낸 프랑켄슈타인 박사와 같을까?' 하고 말이죠."

카린 박사가 씁쓸하게 웃었다.

"카린 박사님과 프랑켄슈타인 박사는 완전히 다르죠."

알통이 말했다.

"어떤 점에서 다르다고 생각하나요?"

카린 박사는 뇌 스캔기를 알통의 머리 위로 씌우려다 멈췄다.

"박사님은 죽어가는 뇌를 복원하는 것이고 프랑켄슈타인 박사는 죽은 뇌를 재활용한 것이잖아요."

알통의 말에 카린 박사는 잠시 생각한 후 말했다.

"뇌를 심하게 다친 경우, 복원의 범위를 명확하게 구분하기가 힘들었습니다. 죽은 세포를 끊임없이 복원시켜 원래의 세포가 하나도 없다면 과연 인간이라 할 수 있을까? 아니면 클론이라고 해야 할까? 둘의 차이가 없다면 인간의 몸에 인공두뇌를 이식하는 것이나 인공두뇌에 인간의 몸을 이식하는 행위는 같다고 봐야 할 것인가? 하고 말이죠."

"박사님은 이미 알고 계시잖아요."

알통은 카린 박사를 올려보았다.

"그러면 인간과 한 치의 오차 없이 완벽히 복제한 클론은 인간의 존엄성도 그대로 남아 있을까요? 클론을 또 복제할 경우 원래의 클론과 재복제된 클론, 그리고 원본이었던 인간은 똑같이 동등할까요?"

"똑같지만 다 다르죠."

알통은 거침없이 대답했다.

"어째서 그런가요."

카린 박사가 굳어진 얼굴로 물었다.

"DNA가 아무리 똑같아도 생각이나 습관까지 똑같이 만들 수는 없잖아요."

알통의 말에 박사는 혼잣말을 하듯 중얼거렸다.

"그럼 뇌 스캔은 필요 없겠군요."

카린 박사는 알통을 일으켜 세웠다.

마크는 어느 정도 숨을 돌리자 손목에 찬 밴드를 조작해 영상이 나오게 했다. 손목밴드에서 나온 3차원 홀로그램이 방 안 가득 퍼졌다. 영상은 컨트롤 타워 입구부터 최상층까지 이어졌다.

"이곳이 바로 벨라가 있는 곳입니다."

마크는 컨트롤 타워의 최상층을 보여주었다.

"벨라는 유토피아 왕국의 모든 기능을 컨트롤하는 메인컴퓨터입니다. 카린 박사님 또한 벨라에게 조종당하고 있습니다. 우리는 반드시 벨라를 파괴해야 합니다."

마크는 도진과 루시피아에게 다짐하듯 말했다.

"그냥 전원을 차단하면 되지 않나요?"

도진이 물었다.

"그게 쉽지 않습니다. 3세대 인공지능을 갖춰 스스로 보호하도록 설계되어 있습니다."

"3세대라면 어떤 특징이 있나요?"

"1세대는 스스로 학습하는 기능을, 2세대는 학습한 자료를 응용하는 기술을 갖게 되었습니다. 그리고 3세대는 스스로 보완하고 개량하는 기능이 있습니다."

마크의 설명에 도진이 다시 물었다.

"무슨 뜻이죠? 쉽게 설명해 줄 순 없나요?"

"자기 스스로 개량하고 발전시켜 원래의 특성이 완전히 바뀌었습니다."

"그럼 처음보다 얼마나 바뀌었다는 건가요?"

"그건 아무도 모릅니다."

마크는 말이 끝나기 무섭게 다른 영상을 보여주었다.

"컨트롤 타워에 들어가면 엘리베이터는 물론 일반 계단도 사용할 수 없습니다. 벨라가 모든 구역을 감시하고 있어 잠입하는 순간, 모든 통로가 폐쇄되고 방어 장치가 가동됩니다. 붉은 표시는 모두 감시시스템입니다."

마크가 길목마다 붉게 나타난 곳을 가리켰다.

"더군다나 외벽으로의 침입도 사실상 불가능합니다. 외부 방어 장치가 가동되면 피할 곳이 전혀 없습니다."

"감시시스템이 거미줄처럼 깔려 있는데 어떻게 침입하죠?"

루시피아가 붉은 표시의 감시시스템을 세어보며 물었다.

"방법이 전혀 없는 것은 아닙니다."

마크는 케이블이 쭉 늘어선 영상을 보여주었다.

"이미 바이러스를 침투시켜 감시시스템을 교란시켜 놓았습니다. 다만, 주전원이 차단되어 예비전력으로 교체될 때 완벽히 실행됩니다. 벨라는 자정기능이 있어 오랫동안 교란시킬 수는 없습니다."

마크는 감시시스템을 피해 벨라가 있는 금지구역으로 가는 길을 알려주었다. 벨라를 없애기 위해 많은 준비를 한 듯 보였다. 하지만 얼마나 많은 세력이 마크를 돕는지 알 수 없었다.

"메인컴퓨터인 벨라도 문제지만 카린 박사님이 눈치채지 못하게 해야 합니다. 박사님의 행동은 전혀 예측할 수 없습니다."

마크는 설명을 다 마치자 벽 속에 숨겨두었던 가방을 꺼내 무기들을 보여주었다. 원통형 관 로봇에게 사용했던 원반형 EMP 폭탄과 기관총, 권총 등 크고 작은 여러 가지 무기가 들어 있었다. 마크는 루시피아에게 총기 사용법을 가르쳐 주었다. 루시피아가 가장 큰 기관총을 만지작거리자 마크는 가장 작은 권총을 집어 들었다.

"위급할 때만 쓰세요."

마크는 권총의 안전장치를 잠근 후 루시피아에게 건네며 말했다. 루시피아는 권총을 손가락으로 높이 집어 흘겨보았다. 애들 장난감 같아 도무지 성에 차지 않았다.

도진은 짧은 손잡이만 있는 물건이 궁금했다.

"조심하세요. 전자나이프입니다."

마크는 도진이 잡은 손잡이를 조심스럽게 넘겨받아 전자나이프의 스위치를 켰다. 투명한 칼날이 점차 커지며 조용히 떨렸다.

"진동을 이용해 쇠도 자를 수 있는 위험한 물건입니다."

마크는 설명을 끝내자 스위치를 끄고 자신의 허리춤에 꽂았다. 그리곤 도진에게는 작은 봉을 보여주었다.

"이건 뭔가요."

"전기 충격기입니다."

마크는 손잡이의 스위치를 켰다 껐다 하며 사용법을 가르쳐 주었다. 고전압을 이용해 상대를 제압하는 무기였다.

"컨트롤 타워에 무엇이 있든 무엇을 보든 반드시 파괴해야 합니다."

마크는 루시피아와 도진의 손을 꼬옥 잡으며 말했다.

"벨라가 파괴되면 유토피아 왕국은 어떻게 되나요?"

도진은 마크가 잡은 손을 빼내며 물었다. 갑작스러운 질문에 마크는 당황했다. 미처 생각지 못한 의외의 질문이었다.

"도시의 기능이 마비될 겁니다."

'도시뿐 아니라 모든 사람들이 위험해지지 않나요?' 도진은 마크에게 물어보려다 꾹 참았다. 마크는 인공태양이 떨어진다 해도 절대 포기하지 않을 것 같았다. 전력 공급이 원활하지 않은 듯 천장의 불빛이 깜빡였다. 마크는 손목밴드를 살피며 말했다.

"이곳에 머무를 시간이 얼마 남지 않았습니다."

거미줄처럼 깔려 있는 감시시스템은 피했지만 미세한 변화까지 찾아낼 수 있는 벨라에게 발각되는 것은 시간문제였다.

"벨라가 우리를 찾고 있습니다. 발각되기 전에 움직여야 합니다."

마크가 손목밴드를 누르자 둥근 원통형의 컴퓨터가 홀로그램으로 나타났다.

"이것이 벨라의 모습입니다."

오래전 설치되었던 1세대 컴퓨터의 모습이었다. 하지만 그 규모나 성능 면에서 유토피아 왕국 최고의 컴퓨터였다.

카린 박사

카린 박사는 마크가 사용했던 원반형 EMP 폭탄에 의문을 품었다. EMP 폭탄은 전자기 충격파로 주변에 있는 전자기기를 손상시키는 무기였다. 마크의 칩이 아무리 꺼져 있다 해도 손상될 수 있기에 마음껏 쓸 수 있는 무기가 아니었다. 더군다나 마크의 행동을 예측하지 못한 것도 마음에 걸렸다. 누군가의 조력 없이는 이 모든 일이 불가능하다고 여겼다.

카린 박사는 벨라를 불렀다.

"마크의 칩이 언제부터 고장 났지?"

"칩이 손상되었다는 데이터는 없습니다."

벨라가 대답했다.

"벨라, 그것이 사실이라면 당장 너의 본체를 확인해 봐야겠다."

카린 박사는 오류가 발생한 메인컴퓨터를 점검하고 싶었다. 자신이 마크의 칩을 꺼냈지만 그것은 별개의 문제였다.

"카린 박사님, 저의 시스템은 완벽합니다."

벨라가 대답했다.

"어쨌든 너의 본체가 있는 곳으로 가겠다."

카린 박사가 단호히 말했다.

"죄송합니다. 카린 박사님, 박사님이라 해도 예외는 없습니다."

"지금은 비상사태다, 벨라."

"저에 대한 직접 접촉은 허락할 수 없습니다. 박사님이라 해도 예외는 아닙니다."

벨라의 거절에 카린 박사는 당황스러우면서도 매우 불쾌했다. 카린 박사는 유토피아 왕국이 자신이며 자신이 유토피아 왕국이라고 생각했다. 벨라의 시스템에 문제가 없다면 마크가 감시시스템을 피해 달아날 수 없었다. '보안시스템을 강제로 해제시켜서라도 직접 확인해야겠다.'는 생각뿐이었다. 카린 박사는 검은 제복을 입은 친위대의 호위 아래 최상층으로 향했다. 친위대는 둘씩 짝지어 카린 박사의 앞과 뒤에서 일정한 간격으로 호위했다.

마크와 루시피아, 도진은 미리 확보해 둔 비상통로를 따라 컨트롤 타워로 접근했다. 전력선이 연결된 곳에 폭탄을 설치하고 타이머를 가동했다. 1시간 뒤, 폭탄이 터지기 직전에 벨라에게 도달하기 위해 환기구로 접근했다. 마크는 무기가 담긴 가방을 환기 닥트에 밀어 넣고 들어갔다. 그 뒤를 따라 도진과 루시피아가 들어갔다. 환기닥트는 도진이 양팔을 벌려도 닿지 않을 정도로 넓었다. 셋은 가방에서 꺼낸 빨판을 손과 발에 부착했다. 미세한 섬모를 응용해 만든 빨판은 자유자재로 벽에 붙었다 떨어져 수직의 벽도 손쉽게 오르내릴 수 있었다.

마크는 손목밴드에서 빨간 불빛이 번쩍일 때마다 작은 리모컨을 눌렀다. 그때마다 방해전파를 송출해 환기구에 설치된 감시시스템을 교란시켰다. 환기구는 꼭대기까지 바로 연결되었지만 감시시스템을 피해 위로 올라가다 옆으로 이어진 통로를 거쳐 갔다. 감시시스템은 컨트롤 타워의 꼭대기로 올라갈수록 점점 줄어들었다. 갑자기 멈춰 선 마크가 뒤를 향해 손짓했다.

"쉿."

마크의 손목밴드에서 빨간 불빛이 계속 깜빡였다. 마크는 급히 리모컨을 눌렀지만 경보 불빛은 사라지지 않았다. 불빛이 점점 더 빠르게 깜빡거리는 동안 머리 위에서 "스르륵." 거리는 소리가 들렸다. 작은 소리였지만 금속을 긁는 듯 날카로웠다. 마크는 기분 나쁜 소리가 점차 가까워지자 옆으로 나누어진 분기 닥트로 들어갔다. 옆으로 뻗은 닥트도 허리를 숙이면 걸어갈 수 있을 만큼 넓었다. 도진과 루시피아가 뒤따라가는 동안 기분 나쁜 소리는 계속 가까워졌다.

서둘러 가는 마크의 눈앞에 커다란 집게가 나타났다. 양손마냥 두 개의 집게로 위협하는 로봇은 지네처럼 긴 몸통에 수십 개의 발이 달려있어 움직일 때마다 스르륵거리는 소리가 들렸다. 그 소리가 소름이 돋을 만큼 신경을 자극했다. 긴 몸통을 이용해 통로를 빙 돌아 천장을 타고 순식간에 머리 위로 내려왔다. 마크는 전자 채찍을 꺼내 휘둘렀다. 출력을 줄였지만 일렁이는 채찍 끝이 로봇에 닿기도 전에 천장에 부딪쳤다.

"치직 치지직."

파란 불똥이 튀어 마크의 등으로 날아들었다. 날아든 불똥은 마크의 옷을 뚫고 살을 태워 노릿한 역겨운 냄새를 풍겼다. 마크는 가느다란 신음소리를 냈다. 바로 뒤에 있던 도진의 머리에도 불똥이 튀었다. 도진의 머리에서 흰 연기가 피어오르자 루시피아가 등을 툭툭 쳤다. 도진은 뒤돌아보다 집게 로봇을 발견하곤 외쳤다.

"위험해."

머리에 불꽃이 핀 도진이 오히려 루시피아에게 손짓했다. 루시피아가 돌아보니 소리 없이 다가온 집게 로봇이 발을 집으려 했다. 루시피아는 발로 집게를 차냈지만 로봇은 더 위협적으로 달려들었다. 도진은 노릿한 냄새에 이리저리 둘러보다 펄쩍 뛰었다.

"앗 뜨거."

도진은 양손으로 급히 머리를 두드려 불꽃을 껐다.

마크는 채찍을 아래서 위로 휘둘러 공격했지만 천장에 부딪혀 공격범위가 좁았다. 집게 로봇이 점점 더 몰려들자 가방에서 원반형 EMP 폭탄을 꺼내 던졌다. 원통형 관 로봇에게 사용했던 전자기펄스 폭탄이었다. 원반은 로봇의 머리에 닿기도 전에 큰 집게에 잘려 두 동강이 났다. EMP 폭탄이 잘리며 파란 불꽃이 일자 집게 로봇의 움직임이 현저히 둔해졌다. 순식간에 조용해진 환기구에 스르륵거리는 소리가 다시 울렸다. 다른 집게 로봇들이 몰려오는 소리였다. 마크는 전자나이프를 꺼내 환기구 바닥을 둥글게 잘라 철판을 떨어뜨렸다.

"여기로!"

마크가 가방을 던지고 구멍 밑으로 뛰어내렸다. 집게 로봇은 천장을 타고 올라 커다란 집게로 루시피아의 목을 노렸다. 하지만 움직임이 둔해진 탓인지 그다지 위협적이지 않았다. 루시피아는 집게 로봇을 단번에 잡아 앞으로 힘껏 던졌다.

"콰 쾅."

날아간 집게 로봇은 쫓아오던 다른 집게 로봇과 부딪혀 바닥에 나뒹굴었다. 집게 로봇이 점점 불어나자 도진과 루시피아는 재빨리 구멍으로 뛰어내렸다. 집게 로봇들은 구멍 밖으로 집게만 내밀 뿐 내려오진 못했다.

마크는 도진과 루시피아가 내려오자 주변을 경계하며 앞으로 나아갔다. 이때 카린 박사의 목소리가 울렸다.

"설마 내 손에서 벗어날 수 있다고 생각한 건 아니겠지?"

모퉁이에서 카린 박사가 모습을 드러내자 검은 제복의 부하들이 앞으로 나왔다. 마크는 그들을 보자 팔을 펴서 도진과 루시피아를 자신의 등 뒤로 가라는 신호를 보냈다.

"마크, EMP 폭탄을 사용할 줄 몰랐다. 그렇다면 너의 칩은 이미 망가졌다는 얘기겠지?"

카린 박사가 자신의 머리를 손가락으로 톡톡 치며 말했다. 마크는 대답 대신 손바닥보다 긴 통을 꺼내어 비틀었다. 그러자 통에서 빨간 불빛이 깜빡이며 회전했다. 마크는 불빛이 번쩍이는 통을 들이밀었다. 카린 박사는 그 통을 보자마자 인상을 찌푸렸다.

"마크, 성공할 수 없다는 것을 누구보다 잘 알고 있지 않나?"

카린 박사는 비웃는 투로 말했다.

"그럴지도 모르죠. 하지만 오랜 시간을 기다려야 할 겁니다!"

마크가 이를 악물었다.

"나에겐 시간이 무의미하다는 것을 잘 알고 있을 텐데."

"이 사람들은 다르죠."

"과연 너의 뜻대로 될까."

"박사님의 뜻대로 되지도 않을 겁니다."

"마음대로 해보시지."

카린 박사가 손짓하자 뒤에 있던 검은 제복의 사내들이 앞으로 나섰다. 이때 알통이 카린 박사 앞으로 뛰쳐나왔다.

"박사님, 제가 도울 일은 없나요."

카린 박사는 갑작스레 나타난 알통을 보자 얼굴이 일그러졌다.

"멈춰."

카린 박사의 명령에 검은 옷의 사내들이 멈춰 섰다. 하지만 알통은 자신에게 한 말인 줄 알고 박사에게 들이밀었던 얼굴 그대로 멈춰 섰다.

"마크, 운이 좋군!"

카린 박사가 이죽거렸다.

"박사님께서도 오염된 샘플을 갖고 싶지는 않겠죠?"

마크는 도진과 루시피아에게 뒤로 도망가라는 신호를 보냈다. 도진과 루시피아가 도망치자 마크도 천천히 뒷걸음질 쳤다. 알통이 어리둥절한 표정으로 루시피아를 쫓아가려 하자 카린 박사가 알통을 막아섰다. 카린 박사는 멀어지는 마크 일행을 보며 부하들에게 명령했다.

"가서 잡아 와."

카린 박사의 말이 떨어지기 무섭게 검은 제복의 사내들이 마크를 뒤쫓았다.

"어떻게 여기까지 왔지?"

카린 박사가 알통에게 물었다.

"저야 박사님의 보좌관 아닙니까!"

알통은 줄곧 카린 박사의 뒤를 졸졸 따라다녔다. 카린 박사는 어쩔 수 없이 알통과 함께 곧장 최상층에 있는 벨라에게 향했다.

마크는 도진과 루시피아를 쫓아가며 계속 뒤돌아봤다. 멀리 검은 형체가 어렴풋이 보이자 손가락 사이에 동전같이 생긴 소형 폭탄을 하나씩 끼웠다. 그리곤 모퉁이를 돌자마자 손을 뿌리치듯 벽에 흩뿌렸다.

"타닥. 타다닥."

폭탄은 벽에 닿자마자 자석처럼 "찰칵." 달라붙어 이내 투명하게 변했다. 빛을 투과시켜 순식간에 사라진 것처럼 보였다. 검은 제복의 사내들이 마크를 쫓아 모퉁이를 돌자마자 폭탄이 터졌다.

"콰콰쾅."

앞서 뛰던 두 사내가 먼저 꼬꾸라졌다. 하지만 다른 사내들은 멈추지 않았다. 두려워하는 기색조차 없었다. 마크는 그때마다 폭탄을 던져 멀찌감치 도망칠 수 있었다. 그들이 더 이상 쫓아오지 않는 것을 거듭 확인한 마크는 숨을 곳을 찾았다.

잡다한 물품이 가득한 창고를 발견한 마크는 안을 살핀 후 문 밖에 손바닥만 한 위장장치를 부착했다. 순식간에 문이 사라지고 벽이 되었다. 위장장치가 사방에 영상을 쏘아 주위의 벽과 똑같이 보이도록 만들었다. 숨을 돌린 마크는 품 안에서 긴 통을 꺼내 들었다. 깜빡이는 불빛은 언제 사라졌는지 보이지 않았다.

"그것은 뭔가요?"

도진이 통을 보며 물었다.

"별것 아닙니다."

마크는 창백한 얼굴로 꼭 쥐고 있던 통을 도로 집어넣었다. 마크는 중앙컴퓨터인 벨라와 감시시스템만 신경 썼지 경비로봇은 예상하지 못했다. 벨라가 만든 경비로봇은 독자적으로 움직여 정확한 위치를 파악할 수 없게 되었다. 더 이상 경비로봇을 피해 벨라에게 접근할 방법이 떠오르지 않았다. 더군다나 카린 박사마저 컨트롤 타워에서 만나 곤혹스러웠다. 벨라에게 발각된 것은 물론 카린 박사의 정예부대가 언제라도 들이닥칠 것 같았다.

창고 밖에서 경비로봇들이 돌아다니는지 이상한 소리가 들렸다. 잔뜩 긴장한 마크가 다시 긴 통을 꺼내 들었다.

"왜 그러세요?"

루시피아가 창백한 마크의 얼굴을 보며 물었다.

"당신들을 볼 낯이 없습니다."

마크는 긴 통을 돌릴 듯 말 듯 주저하며 말했다. 이때 누군가 방문을 건드렸는지 덜컥하는 소리가 들렸다. 마크의 얼굴이 일순 하얗게 변했다. 몇 빈 더 딜거딕거렸지만 잠가둔 문은 열리시 않고 이내 조용해졌다. 도진과 루시피아도 잔뜩 긴장했다 안도의 숨을 내쉬었다.

카린 박사가 겹겹이 닫힌 보안구역을 통과할 때마다 알통은 여기저기 기웃거렸다. 몇 겹의 두껍고 육중한 철문은 약간의 시차를 두고 계속 열렸는데 그 모양이 조금씩 달랐다. 맨 앞의 철문은 양옆으로 열리고 다음은 위아래로 열리고 그다음은 대각선으로 열리기도 했다. 마지막 철문은 소용돌이 모양으로 열렸다. 이렇게 열린 철문을 통과하면 바로 닫혔다. 이런 철문을 여러 곳 지나자 막다른 길이 나왔다. 카린 박사가 벽에 손을 대자 엘리베이터가 나타났다. 벨라에게 향하는 유일한 통로였다.

카린 박사가 도착한 곳은 중앙에 둥근 쇠기둥이 우뚝 솟아 있는 넓은 방이었다. 카린 박사가 다가가자 기둥 표면에서 붉은빛이 나왔다. 알통은 카린 박사의 등 뒤에서 고개만 내민 채 주위를 살폈다.

카린 박사의 앞에 이목구비가 뚜렷한 아름다운 금발 여성의 홀로그램이 나타났다.

"카린 박사님, 이곳은 어느 누구도 들어와서는 안 되는 곳입니다."

벨라는 웃는 얼굴과 달리 경고하는 말투였다.

"내 왕국을 내 마음대로 출입할 수 없단 말인가?"

카린 박사가 쏘아붙였다.

"기분이 상하셨다면 죄송합니다, 카린 박사님. 저는 보안 프로그램에 따라 움직일 뿐입니다."

"그럼, 내가 너의 허락을 받아야 한다는 말이냐?"

카린 박사가 노여운 목소리로 물었다.

"저의 보안시스템이 경고를 하고 있어 박사님일지라도 공격할 수 있기 때문입니다."

벨라가 말했다.

"그 실행조건은?"

카린 박사는 화를 누그러뜨렸다.

"첫째, 유토피아 왕국의 국민을 지켜야 할 때입니다.

둘째, 유토피아 왕국을 외부의 위협으로부터 지켜야 할 때입니다.

셋째, 모든 위험으로부터 저를 지켜야 할 때입니다."

벨라가 대답했다.

"나는 그 세 가지 조건 중 어디에 해당하는 건가?"

카린 박사가 따지듯 말했다.

"박사님, 지금은 셋 다 해당됩니다."

벨라가 대답했다.

"벨라, 네가 감히 나를 의심한다는 말인가?"

카린 박사가 노여움에 가득 찬 목소리로 말했다.

"아닙니다, 카린 박사님. 지금 당장, 왔던 길로 되돌아가시면 아무 문제 없을 겁니다."

벨라가 위협하듯 밀했다.

"벨라, 너는 나의 명령에 무조건 복종해야 하지 않나?"

카린 박사의 목소리가 미세하게 떨렸다.

"저는 유토피아 왕국을 지키기 위해서는 카린 박사님의 명령에 복종해야 할 의무가 없습니다."

벨라가 딱 잘라 말했다.

카린 박사와 벨라가 대화를 나누는 동안, 둥근 기둥 형태의 컴퓨터 표면에 생긴 붉은빛이 좌우로 이동하며 깜빡였다. 붉은빛은 위협하듯 점점 더 짧고 강해졌다. 이윽고 수많은 붉은 줄들이 상하좌우로 생겨났다. 줄무늬들은 서로 교차하여 바둑판처럼 격자 모양으로 변했다. 격자무늬는 다시 소용돌이치듯 사라진 후 수많은 구멍에서 뾰족한 쇠꼬챙이가 튀어나왔다. 순식간에 벨라의 표면이 고슴도치마냥 뾰족한 꼬챙이로 뒤덮였다.

"카린 박사님, 이제 그만 되돌아가요."

알통이 카린 박사를 뒤에서 잡아끌었다. 카린 박사는 못 이기는 척 윙세이버를 돌려 나가며 팔걸이의 버튼을 슬쩍 눌렀다. 그러자 윙세이버 밑으로 미세한 칩들이 떨어졌다. 칩들은 너무 작아 보이지도 않고 소리조차 없었다. 알통은 문밖으로 나가자마자 말했다.

"카린 박사님, 너무 위험하지 않나요?"

"무슨 말인가?"

카린 박사는 알통의 말에 깜짝 놀랐다. 눈에 띄지도 않고 소리도 나지 않는 초소형 나노봇을 어떻게 눈치챘나 싶었다. 하지만 알통은 벨라의 위협에도 불구하고 안에서 머뭇거렸던 것을 채근한 것이다.

"벨라가 박사님을 해칠 수 있다는 생각이 들었습니다. 지금 이 순간에도…."

알통은 감시당하고 있는 생각에 소곤거렸다.

"그럴지도…. 하지만 이제는 끝을 봐야겠네!"

카린 박사는 결심한 듯 말했다.

"박사님, 그 끝이 보이지 않으면 어떡하죠?"

"그래도 가봐야지. 가보지 않으면 그 끝이 무엇인지 알 수가 없잖나?"

카린 박사는 벨라가 무엇을 감추려 했는지 궁금했다. 벨라는 자신이 직접 설계한 컴퓨터가 아니었다. 버려진 도시에서 부서진 벨라를 발견해 수리한 것이다. 발견 당시, 벨라의 데이터는 텅 비어 있었다. 유토피아 왕국을 건설할 때만 해도 벨라의 데이터는 채워지지 않았다. 인간처럼 학습할 수 있는 인공지능 컴퓨터였기에 초기엔 카린 박사가 직접 가르쳤다. 하지만 카린 박사도 모르는 사이 벨라 스스로 끊임없이 진화했다.

벨라는 자신의 영역을 침범한 카린 박사를 경계하느라 일거수일투족을 낱낱이 감시하고 있었다. 벨라는 방을 나서는 카린 박사의 행동을 하나하나 분석했다. 데이터베이스에 저장된 자료 중 카린 박사의 행동패턴을 통해 미심쩍은 부분을 찾았다. 그것은 카린 박사가 윙세이버에 달린 팔걸이의 버튼을 슬쩍 누르는 장면이었다. 벨라는 바닥을 탐지해 미세한 진동을 포착했다.

마크 일행을 찾기 위해 인공지능 슈트를 입은 친위대가 컨트롤타워 곳곳을 돌아다니며 구석구석을 수색했다. 이들은 각 층마다 똑같은 모습으로 일사불란하게 움직였다.

"우리는 이미 실패한 것 아닌가요? 보안시스템을 뚫지 못했잖아요?"

도진이 난처한 얼굴로 마크를 바라보았다.

"그렇다고 물러설 수도 없습니다."

마크는 비장한 각오로 말했다.

"카린 박사님은 왜 우리들을 정착시키려 했던 거죠?"

루시피아가 물었다.

"인간의 낙원이라는 이 유토피아 왕국에 온전한 인간이 한 명도 없기 때문입니다."

"그게 무슨 뜻이죠?"

루시피아가 의아한 듯 물었다.

"이곳에 칩이 없는 인간은 단 한 명도 남아 있지 않습니다."

마크가 자신의 머리를 가리키며 말했다.

"하지만 마크, 당신에게 칩이 있다면 어떻게 우릴 도울 수 있었던 거죠?"

도진이 물었다.

"카린 박사님이 칩을 꺼놓았습니다."

"왜 그랬을까요?"

"인간은 혼자 살 수 없기 때문입니다."

마크는 카린 박사만큼 '고독'이 무엇인지 뼈저리게 느꼈다. 칩이 꺼지자 다른 세계에 혼자 남겨진 것처럼 보이지 않는 장벽을 느꼈다. 유토피아 왕국에서 자신의 생각으로 대화를 나눌 수 있는 인간은 오로지 자신과 카린 박사뿐이었다. '절대 고독', 그 후

유증 때문에 한동안 자신의 칩을 다시 켜주길 원했다.

"칩이 있다고 인간이 아니라고 할 수도 없잖아요?"

도진이 다시 물었다.

"…."

마크가 말을 잇지 못하자 루시피아가 끼어들었다.

"칩만 이식한 것이 아니군요?"

"그렇습니다. 이곳 사람들은 강인한 육체를 갖기 위해 장기를 바이오 메탈로 다 바꾸었습니다."

마크가 자신의 심장을 가리키며 말했다.

"이곳에선 아이나 노인을 볼 수 없던데 그런 이유 때문인가요?"

도진이 다시 묻자 마크가 고개를 끄덕였다.

"단순히 인공 장기로 바꾸었다고 문제라 할 수 있나요?"

루시피아의 말에 마크가 다시 대답했다.

"그렇지요, 단순한 이식 정도라면 문제라 할 수도 없지요."

"그럼 장기교환 그 이상을 했다는 말인가요?"

루시피아가 되물었다.

"그렇습니다. 더군다나 뇌를 인공두뇌로 바꾼 사람도 있습니다."

"인공두뇌라구요?"

마크의 말에 둘은 깜짝 놀랐다. 마크는 침울한 얼굴로 말했다.

"카린 박사님는 뇌의 기능을 극대화시키려고 칩을 삽입했습니다. 사람들은 향상된 뇌 기능과 더불어 완벽한 육체를 원했습니다. 그래서 더 강력한 장기로 바꾸기 시작했습니다. 훗날 육체를 되찾고 싶을 때 필요한 클론도 만들었습니다. 바로 당신들을 잡으려던 원통형 관 로봇 안에 들어 있던 사람들이 클론입니다."

마크의 설명을 듣는 동안 자신들을 공격했던 로봇들이 '프라임 시드'이며 클론을 보존하기 위해 만들어진 용기인 것을 알게 되었다. 즉 살상용 로봇이 아닌 인체 보관용 로봇이라 강력한 무기가 없었다. 카린 박사는 언제부터인지 '완벽한 인간'에 집착했다. 유토피아 왕국은 인간들을 위해 만든 세상이었지만 대다수의 주민은 반 기계인 사이보그나 클론이었다. 그러니 '완벽한 세상엔 사이보그 같은 변종이 아닌 완벽한 인간이 살아야 한다.'고 믿었다.

"뇌에 칩을 넣고 몸을 개량했다고 인간이 아니라고 할 수도 없잖아요?"

도진은 침울해하는 마크의 눈치를 살피며 말했다.

"카린 박사님의 궁극적 목표는 완벽한 세상입니다. 완벽한 세상에는 계량한 인간이 아닌 순수한 인간이 꼭 필요했던 겁니다."

"그렇다면 우리 모두 해당되나요?"

"순수한 인간의 DNA를 가졌다면 그렇겠지요."

마크의 말에 루시피아는 흠칫 놀랐다. 자신과 알통은 인간이 아니니 금세 들통날 것이라 생각했다.

"애초에 카린 박사님은 한 명만 원했잖아요?"

루시피아가 다시 물었다.

"그럴 수도 있지요. 하지만 샘플은 많을수록 좋기에 꼭 그렇지만도 않습니다."

"무슨 뜻인가요?"

"여러분이 필요한 것이 아니라 단지 여러분의 몸이 필요한 것뿐이니까요. 지금껏 적응력이 낮은 인간은 장기 보존에 실패했습니다."

마크는 진실을 다 말하진 않았지만 도진과 루시피아는 카린 박사를 위협했던 긴 통이 무엇인지 짐작할 수 있었다.

"벨라가 모든 열쇠를 쥐고 있습니다. 벨라를 반드시 없애야…."

마크의 말이 떨어지기 무섭게 "콰쾅" 요란한 소리와 함께 문이 부서졌다. 인공지능 슈트를 입은 사내가 문을 걷어찬 것이다. 그 순간, 마크는 전자나이프의 스위치를 켰다. 검은 옷의 사내가 안으로 뛰어들며 마크에게 바이오 권총을 겨누었다. 마크가 단검을 날리는 동시에 인공지능 슈트를 입은 사내도 총을 쐈다. 마크는 외마디 비명과 함께 주저앉았지만 사내는 한 손으로 단검을 잡은 채 그대로 서 있었다. 전자나이프가 진동하며 슈트를 찢어 사내의 손에서 붉은 피가 흘러내렸다. 사내는 전자나이프를 뿌리치듯 바닥에 내던졌다. 이 틈을 놓치지 않고 루시피아가 사내의 얼굴에 권총을 겨누었다. 사내는 권총을 겨눈 루시피아를 노려보았다. 다급한 도진이 전기 충격기로 사내의 뒷머리를 후려쳤다. 사내는 갑작스러운 일격에 정신을 잃었다.

"정말 잘했습니다. 머리를 공격한 것은 정말 천운이었습니다."

마크는 도진이 내민 손을 거절한 채 힘겹게 일어났다.

"다행히 팔에 맞았습니다."

마크는 소매를 찢어 팔뚝을 묶었다. 총에 맞을 때 충격이 왔지만 바이러스가 심장으로 들어가는 것을 조금이라도 늦추려 했다. 앞으로 한두 시간이면 고통이 몰려와 마음껏 움직일 수 없다는 사실을 잘 알고 있었다. 급히 움직일수록 그 시간마저 줄어들 것이다.

사내가 떨어트린 바이오 권총을 도진이 집어 들자 마크가 말했다.

"그 무기는 다른 사람에게는 별 효과가 없습니다."

마크는 카린 박사가 자신을 사로잡기 위해 유전자 총을 사용한 것이라고 설명했다. 마크의 특정 DNA만 공격해 최대의 고통을 주는 무기였다. 카린 박사의 해독제를 맞아야만 고통에서 벗어날 수 있어 스스로 찾아오도록 만들었다.

곧이어 전력선에 설치한 폭탄이 요란한 소리를 내며 폭발했다.

"콰광."

천장의 불빛이 일순 깜빡였다. 폭탄을 설치한지 1시간이 지났기에 벨라의 주 전원이 끊겨 보조전원이 가동된 것이다. 마크는 도진에게 마지막 희망을 걸었다. 자신조차 쉽게 이길 수 없는 사내를 단숨에 쓰러트렸기 때문이다. 마크는 자신의 손목밴드를 풀어 도진에게 건넸다. 도진은 손목밴드의 사용법을 배운 후 마크의 가방에서 필요한 무기를 챙겼다. 마지막으로 마크가 카린 박사를 위협했던 긴 통을 건네받았다.

"이 폭탄은 설정시간과 파괴력을 조정할 수 있습니다."

마크는 빛을 촉매로 사용하는 광자폭탄의 사용법에 대해 설명했다. 광자폭탄은 빛으로 핵을 분열시켜 그 크기에 비해 강력한 파괴력을 지닌 폭탄이었다.

도진은 벨라를 꼭 없애겠다고 약속한 후 루시피아에게 마크를 부탁했다. 루시피아도 벨라를 없애는 데 힘을 보태고 싶었지만 마크를 두고 갈 수 없어 승낙했다. 게다가 인간의 일에 관여할 이유가 없었다.

도진은 출전에 앞서 크게 숨을 가다듬었다. 벨리에게 기기 위해서는 정면 돌파로 승부를 띄울 수밖에 없었다. 최단 시간 안에 최상층으로 가야만 했다. 인공지능 슈트를 입은 카린 박사의 정예부대를 얼마나 만날지 알 수도 없었다. 도진은 전기 충격기를 단단히 쥐고 뛰쳐나갔다. 루시피아는 도진의 뒷모습을 바라보며 떨떠름한 표정을 지었다. '온전한 인간이 없다면 굳이 여기 있을 필요가 없잖아!' 루시피아는 답답한 마음이 용솟음쳤다.

반란

카린 박사는 윙세이버로 이동 중에도 벨라의 움직임을 계속 감시했다. 윙세이버는 카린 박사의 이동수단이자 감시시스템이었다. 카린 박사는 유토피아 왕국의 세세한 상황을 벨라에게 보고받았지만 독자적인 분석시스템도 갖추었다.

카린 박사가 통로를 지나갈 무렵, 벨라로부터 연락이 왔다.

"카린 박사님."

윙세이버 앞에 손바닥만 한 벨라의 영상이 나타나자 알통은 신기해서 훑어보았다.

"무슨 일인가?"

카린 박사는 윙세이버에 앉아 시큰둥하게 대답했다.

"박사님을 구금하겠습니다. 협조해 주시기 바랍니다."

"벨라! 그게 무슨 망발이냐?"

"박사님은 바이러스로 하여금 저에게 위해를 가하려고 했습니다. 그것은 유토피아 왕국에 대한 도전입니다."

"벨라, 내가 바로 유토피아 왕국 그 자체다."

"판별은 제가 합니다."

벨라의 말과 함께 카린 박사가 지나가려는 통로가 막혔다. 그와 동시에 카린 박사의 모든 명령도 묵살되었다.

카린 박사는 문을 열라고 노발대발했지만 소용없었다. 벨라는 카린 박사를 구금하기 위해 필요한 길목만 열어주었다. 카린 박사와 알통은 할 수 없이 벨라가 열어주는 길을 따라갔다. 카린 박사는 벨라가 지시하는 대로 최상층으로 되돌아갔다. 하지만 벨라에게 향하는 길은 아니었다. 메인컴퓨터실로 가는 길목에 다다르자 복도의 벽이 천천히 뒤로 움직이며 숨겨진 방이 나타났다. 카린 박사는 처음 보는 방이라 조심스럽게 다가가자 위로 올라가는 계단이 보였다. 카린 박사와 알통이 계단에 오르자 문이 닫히며 다시 벽으로 변했다. 둘의 흔적이 완전히 사라진 것이다. 계단으로 올라간 카린 박사는 끝없이 펼쳐진 신비한 광경에 압도되어 벨라를 불렀다.

"벨라, 지금 이곳은 어디지?"

"차원의 문입니다. 카린 박사님."

벨라가 담담히 대답했다.

넙치는 부하들을 이끌고 알통과 루시피아의 흔적을 추적했다. 발자국을 놓칠 때마다 애를 먹긴 했지만 결코 포기하지 않았다. 넙치는 작은 발자국이 나란히 찍힌 것으로 도진이 합류한 사실을 알았다. 넙치 일당이 회색 바위에 다다른 때는 한낮이 훨씬 지난 후였다. 날치는 바위 주변을 수색하다 루시피아가 멀리 던진 돌을 찾았다.

"두목, 어떻게 할까요?"

날치가 살며시 다가가 넙치에게 부적이 새겨진 돌을 건네주며 물었다. 넙치는 받아 든 돌을 멀리 던져버렸다. '땅에 묻혀 있는 돌을 지키라고 했지, 굴러다니는 돌을 지키라고 한 것은 아니잖아!' 넙치는 '더 이상 부적을 지킬 의무가 없다.'는 구실을 찾았다. 넙치는 부하들에게 복수하겠다며 큰소리쳤지만 지하도시에 들어갈 자신이 없었다. 지금껏 들어간 인간은 봤어도 나온 인간은 한 번도 본 적이 없어 은근히 걱정되었다.

"그놈들이 영영 나오지 못하게 아예 날려버리자!"

넙치는 고민에 고민을 거듭한 끝에 '바위를 없애버려야겠다.'는 수를 생각해 냈다. 지하도시에 들어가지 않고도 자신의 의지를 보여줄 필요가 있었다.

"얘들아, 바위를 폭파시켜라!"

"두목, 이미 놈들이 죽었을지 모르니 직접 확인해 보시죠."

곰치는 진지한 얼굴로 속내를 숨긴 채 말했다. 이번 기회에 넙치를 확실히 보내고 싶었다.

"오! 그거 좋은 생각이군. 먼저 가서 확인해 봐!"

넙치는 옳다구나 싶어 씩 웃었다. 그들이 아직도 살아 있을지? 정말 궁금했다. 죽었다면 굳이 바위를 폭파시킬 이유가 없었다.

"두목, 제가 어찌 그런 막중한 임무를 해낼 수 있겠습니까!"

곰치가 땀을 뻬질 흘리며 의외의 상황에 난감한 표정을 지었다.

"그래, 그럼 멍텅구리와 둘이 갔다 와!"

넙치의 말에 곰치는 눈알을 슬그머니 굴렸다.

"멍텅구리는 느려 터졌으니 오히려 짐이 될 것 같습니다, 두목."

곰치는 급히 둘러댔다. 멍텅구리마저 없으면 두목이 되어도 날치를 다루기 쉽지 않을 것이라 생각했다.

"그럼 혼자 갈 참이야?"

넙치가 의심의 눈초리로 말했다.

"두목, 이런 중요한 일은 두목님께서 직접 하시는 편이 좋지 않을까요?"

곰치의 말에 넙치가 눈알을 부라리며 말했다.

"네가 내 자리를 차지하려고 환장했구나?"

"두, 두목, 오 오해하지 마십시오. 말이 그렇다는 겁니다."

곰치는 손사래를 치며 둘러댔다. 넙치는 의심을 풀지 않았지만 죽기 살기로 버티는 놈을 억지로 보낼 수도 없었다.

넙치의 부하들은 바위에 폭약을 얼기설기 두른 후 서둘러 자리를 피했다.

"콰쾅."

넙치의 신호와 함께 현란한 불꽃이 튀었다. 뿌연 먼지가 가시자 넙치 일당은 우르르 바위로 다가갔다. 요란한 폭발에도 불구하고 깨지기는커녕 표면에 흠집 하나 보이지 않았다.

"야 이놈들아, 제대로 터트린 거냐?"

바위를 살펴보던 넙치가 부하들을 다그쳤다. 그러자 멍텅구리는 넙치의 눈치를 보며 손톱으로 바위를 쓱쓱 긁어댔다. 그러자 바위에 실금이 가기 시작했다.

"두목, 바위가 갈라지고 있습니다."

멍텅구리가 함박웃음을 지었다.

넙치 일당은 실금이 간 부위를 뚫어져라 쳐다봤다. 하지만 더 이상의 변화는 없었다.

"두목, 더 이상 갈라지지 않는데요."

멍텅구리는 실금이 간 곳을 손톱으로 계속 긁어대며 말했다. 어쩔 수 없이 여러 방법으로 바위를 깨뜨리려 했지만 폭발로 금이 간 것 외에는 더 이상의 변화가 없었다. 넙치 일당은 마지막으로 말을 이용해 바위를 묻어버리기로 했다.

"우라질, 이번엔 틀림없겠지!"

넙치는 구겨질 대로 구겨진 얼굴로 외쳤다.

부하들은 바위가 잘 넘어가도록 삽으로 바위 밑동을 팠다. 땡볕

아래 땅을 파던 부하들은 넙치 혼자 그늘 뒤에 누워 있자 입이 바위만큼 튀어나왔다. 더욱이 잘 파지지도 않고 밑으로 내려갈수록 바위는 점점 더 커졌다. 달걀 모양이라 생각했던 바위가 쟁반 위에 놓여 있는 형국이었다. 한참 동안 바위 주변을 다 파헤치고 나서야 밑 부분이 보였다.

넙치는 밧줄로 바위를 꽁꽁 묶어 말에게 연결해 끌도록 지시했다. 네 마리의 말이 끌면 바위가 넘어갈 것이라 생각했다. 하지만 두 줄로 나란히 늘어선 말들은 채찍을 맞아가며 힘을 썼지만 바위는 꿈쩍도 하지 않았다.

도진은 단숨에 통로를 가로질러 뛰었다. 최대한 빨리 벨라에게 접근해 폭탄을 터뜨릴 요량이었다. 이제는 경비로봇이든 카린 박사의 부하를 만나든 지체할 시간이 없었다. 마크의 상태도 문제지만 한 번 발각된 이상 모두 몰려올 것이라 생각했다. 더군다나 전력선에 설치한 폭탄도 터졌으니 바이러스가 감시시스템을 교란시킬 것이라 여겼다.

인공지능 슈트를 입은 사내가 뛰어오는 도진을 발견하곤 맨 위 계단에서 맨 아래 계단까지 한 번에 뛰어내렸다. 도진은 사내의 가랑이 사이로 아슬아슬하게 빠져나가 한 번에 세 계단씩 뛰어올랐다. 사내는 그런 도진을 잡으려고 계단 위로 다시 뛰어올랐다. 사내가 도진을 잡으려 하는 순간, 얼굴에 강한 충격을 받아 그대로 쓰러졌다.

도진이 낌새를 채고 재빠르게 뒤돌아서 전기 충격기로 사내의 얼굴을 가격한 것이다. 도진은 쓰러진 사내를 돌아보고 막 뛰어오르려다 섬뜩한 느낌을 받았다. 계단 위에는 또 다른 슈트의 사내가 도진을 노려보고 있었다. 그는 동료가 쓰러진 모습을 보자 이를 악물었다. 그리곤 뒷목부터 모자를 쓰듯 덮개로 얼굴을 가렸다. 투명한 가리개가 머리를 완전히 감쌌다.

도진은 머리끝이 쭈뼛쭈뼛 섰다. 인공지능 슈트는 그래핀으로 만들어져 다이아몬드보다 두 배나 단단하고 불에 타거나 잘 찢어지지도 않는다. 유일한 약점인 얼굴을 가렸으니 가히 천하무적이었다. 도진은 사내가 천천히 다가오자 밑으로 도망쳤다. 그는 쌀쌀맞게 비웃으며 천천히 도진을 따라갔다. 도진은 비상문이 나오자 재빨리 문을 열었다. 도진이 비상문을 닫으려 할 때 큰 충격과 함께 몸이 뒤로 날아갔다. 사내가 반대편에서 비상문을 걷어찬 것이다.

도진은 데굴데굴 굴렀지만 정신을 가다듬고 복도를 곧장 뛰었다. 맞은편에선 붉은 불빛이 번쩍이는 로봇이 도진의 앞을 가로막았다. 머리 위에 빙글빙글 돌고 있는 경광등과 달리, 로봇의 긴 팔에는 흡입기와 걸레가 달려 있었다. 전투형 로봇이라기보다 청소용 로봇 같았다. 하지만 밋밋한 가슴에서 총구가 튀어나와 도진을 겨냥했다. 그 모습에 놀란 도진은 비스듬히 구르며 전자나이프를 던졌다. 총구에서 불을 뿜기도 전에 로봇의 가슴에 전자

나이프가 깊이 박혔다.

"치이익 치직."

로봇의 가슴에서 불꽃과 함께 하얀 연기가 피어올랐다.

도진이 주춤거리는 사이 슈트 입은 사내가 바로 뒤에서 도진을 움켜잡으려 했다. 도진은 낌새를 채고 재빨리 앞으로 뒹굴었다. 그리곤 스프링마냥 튀어 올라 방어 자세를 취했다. 사내는 그 모습을 보고 픽 웃었다. 도진이 몇 차례 자세를 바꿔 한 발을 들고 두 팔을 벌려 학처럼 만들었다. 그때 사내의 손등에서 카린 박사의 홀로그램이 나타났다. 카린 박사의 긴급 명령이었다. 사내가 급히 되돌아가자 도진은 그의 뒷모습을 보며 어안이 벙벙했다.

이때 커다란 굉음과 함께 또 다른 사내가 다급히 뛰어왔다. 도진이 벽에 기대어 여러 방어 자세를 취하는 동안 사내는 도진을 빤히 쳐다보았다. 도진이 다시 학처럼 자세를 취하자 그도 황급히 뛰어갔다. 도진은 어리둥절한 표정으로 손끝을 뾰족하게 가다듬었다. 그리곤 큰 소리를 지르며 두 팔을 벌려 학의 모습을 유지한 채 한 발로 껑충껑충 뛰어 그들을 뒤쫓았다.

루시피아는 마크를 다른 장소로 옮기려다 쓰러진 사내의 슈트를 보았다. 자신의 누리끼리한 옷보다 검은 옷이 더 잘 어울릴 것 같아 연신 쳐다보았다.

"소용없습니다."

마크가 안타까운 얼굴로 말했다.

"아무나 사용할 수 없습니다."

마크는 인공지능 슈트를 입어도 생체인식 과정을 거쳐야만 사용할 수 있다고 설명했다. 오직 카린 박사가 등록한 사람만 쓸 수 있었다. 하지만 루시피아는 사내가 깨어나면 다시 공격할지 몰라 슈트를 홀러덩 벗겨버렸다. 내친김에 한번 입어봤는데 슈트가 몸에 맞게 자동으로 줄어들기 시작했다. 그 사이 팔등에서 사람의 형상이 나타나 각 부위별로 숫자가 표시되었다. 슈트가 체형에 딱 맞게 변하자 그 숫자가 88로 바뀌었다. 마크는 슈트를 입은 루시피아를 보고 깜짝 놀랐다. 분명 전기 충격으로 인한 프로그램상 오류라 생각했다.

루시피아는 마크를 부축하려고 들췄다. 순식간에 마크의 몸이 하늘로 치솟아 천장에 부딪힐 뻔했다. 깜짝 놀란 루시피아가 마크의 팔을 잡자 "우두둑." 수수깡 부러지듯 요란한 소리와 함께 마크가 비명을 질렀다. 루시피아가 급하게 잡은 마크의 팔이 으스러진 것이다. 이때 슈트에서 이상한 소리가 들렸다.

"벨라에게 문제가 생겼다. 당장 나를 구하러 와라…."

슈트에서 나는 소리에 루시피아는 귀 쪽을 만졌다. 그러자 목뒤에서부터 얼굴까지 덮개가 씌워졌다. 덮개 안쪽 눈앞에 카린 박사의 위치와 함께 방향이 표시되었다.

마크는 도진을 도와주라며 루시피아마저 보냈다. 인공지능 슈트를 사용할 수 있다면 큰 도움이 될 것이라 여겼다. 루시피아는 슈트에 표시된 방향으로 힘껏 뛰었다. 처음에는 슈트의 기능을 제어할 수 없어 천장에 부딪히기도 하고 벽에 부딪혀 가며 방향이 표시된 곳으로 뛰어갔다. 마크는 그런 루시피아의 뒷모습을 보며 잔뜩 긴장했다. 아무리 슈트를 처음 입었다 해도 루시피아만큼 제어를 못하는 경우는 없었다. 슈트의 고장으로 '제어 자체가 안 되는 것인지?' 의심했다.

인공지능 슈트를 입은 사내들이 꼭대기 층으로 올라가는 동안 접시 형태의 맷라인이 날아다니며 기관총을 마구 쏘아댔다. 구멍이 숭숭 뚫린 벽이 무너져 내릴 정도로 기관총의 위력은 대단했다. 슈트 입은 사내는 총구를 피해 아래에서 위로 맷라인을 공격했다. 맷라인이 부서지며 물길이 치솟았다.

도진이 가는 곳마다 부서진 맷라인과 슈트 입은 사내들이 죽어 있었다. 슈트는 멀쩡해 보였지만 내상을 입었는지 입가에 검붉은 피가 묻어 있었다. '아무리 기관총에 뚫리지 않는 슈트를 입었다 한들 인간인 이상 그 충격을 견딜 수 없었다. 최소한 해머로 두들겨 맞는 충격 그 이상일 테니…. 그나마 이만큼 버틴 것도 마크의 말처럼 끊임없이 강화시킨 육체 때문일 것이다.' 도진은 잔뜩 긴장한 채 예의 주시했다.

위로 올라갈수록 접시 형태의 맷라인에서 팔다리가 달린 인간형태의 로봇들이 나타났다. 더군다나 로봇의 모습은 점점 더 강해 보였다. 도진이 한 층을 더 올라가자 슈트 입은 사내들이 다리에 무한궤도가 달린 로봇과 싸우고 있었다. 소형 장갑차 모습의 로봇은 원거리에서는 화기를 사용하고 근거리에 접근하자 팔을 빼고 무한궤도를 펴서 다리로 사용했다. 일종의 변신 로봇이었다.

요란한 소리의 무한궤도가 슈트와 부딪히자 불꽃이 튀었다. 이때 다른 사내가 로봇의 뒤에서 머리를 비틀어 빼냈다. 도진은 그 광경을 지켜보며 조심스럽게 자신의 목을 만졌다. 로봇이 쓰러지자 맞서 싸웠던 사내도 부상을 입었는지 비틀거리다 쓰러졌다. 로봇의 목을 빼낸 사내는 어느새 사라지고 없었다.

도진은 발뒤꿈치를 들고 살살 뒤쫓아 갔다. 복도에 갈림길이 나오자 살짝 얼굴을 내민 도진은 여덟 개의 촉수가 달린 로봇과 눈이 딱 마주쳤다. 로봇은 채찍을 치듯 긴 촉수를 좌우로 휘둘렀다. 도진은 뒤로 공중제비를 돌아 잽싸게 피했다. 촉수가 도진의 얼굴을 스치며 벽을 긁자 부서진 돌가루가 흩날렸다. 먼지로 뒤덮인 벽은 순식간에 깊이 파인 수많은 생채기로 너덜너덜해졌다. 웅크린 도진은 소매에서 막대를 꺼내 활로 만들어 로봇을 겨냥했다.
"비켜."
뒤에서 루시피아가 외치며 뛰어들어 로봇에게 킥을 날렸다. 로봇은 뒤로 넘어지면서도 끝까지 촉수를 휘둘렀다. 루시피아는 촉수를 잡아채 머리 위로 획획 돌렸다. 벽에 부딪힌 로봇은 크게 부서져 촉수에서 기름을 몽땅 쏟아냈다. 루시피아는 흘러나온 기름에 미끄러져 로봇과 함께 발라당 넘어졌다.

"꽈당."

요란한 소리와 함께 루시피아가 로봇에 깔리자 도진이 외쳤다.

"루시피아!"

도진의 염려와 달리 루시피아는 벌떡 일어나 씩씩거리며 남아 있는 로봇의 촉수를 몽땅 뽑아버렸다.

로봇을 밟고 서 있는 루시피아의 검은 옷에 기름이 튀어 반질거렸다. 로봇이 움직이지 않자 루시피아는 머리의 덮개를 열었다. 화끈 달아오른 얼굴로 손부채질하는 루시피아의 모습에 도진은 활짝 웃었다.

이때, 어디서 나타났는지 슈트 입은 사내 둘이 도진과 루시피아를 제치고 앞으로 뛰어갔다. 그들은 앞서갔던 자들과 달리 커다란 기관총을 갖고 있었다. 루시피아는 선두를 뺏기자 그들을 뒤쫓았다. 도진도 루시피아의 뒤를 따랐다. 기관총을 든 사내들은 철갑으로 무장된 이족보행 로봇이 나타나자 바로 총을 쏘아댔다. 구멍이 숭숭 뚫린 로봇이 쓰러지며 미사일을 발사했다. 미사일은 표적을 따라 곡선을 그리며 슈트 입은 사내에게 날아갔다. 사내는 날아드는 미사일을 향해 기관총을 난사했다. 미사일이 공중에서 폭발하자 불꽃이 쏟아졌다. 다른 사내가 공중으로 뛰어올라 쓰러진 로봇을 힘껏 깔아뭉개는 순간, 주변의 바닥이 푹 꺼져

버렸다. 통로에 설치한 기관장치가 작동한 것이다. 바닥 밑에는 굉음과 함께 커다란 톱니바퀴들이 나란히 돌고 있었다. 슈트 입은 사내가 뛰어오르려 하자 로봇이 사내의 다리를 잡았다. 로봇과 함께 슈트 입은 사내의 비명소리가 육중한 톱니바퀴 사이로 빨려 들어갔다. 기관총을 든 사내는 함정에 빠지자 총을 내던진 채 벽을 박차올라 함정을 빠져나갔다. 바닥이 푹 꺼진 통로는 족히 10m가 넘었다. 멀쩡한 건너편 통로까지는 아득히 멀게 느껴졌다.

루시피아가 사내를 쫓아가려 하자 도진이 뒤에서 잡았다.

"루시피아, 떨어지면 끝장이야."

도진은 모든 것을 갈아버릴 것처럼 무시무시하게 돌고 있는 톱니바퀴를 가리켰다. 루시피아는 대꾸도 없이 도진을 안고 그대로 함정을 뛰어넘었다.

"우왓~."

도진은 깜짝 놀라 비명을 질렀다. 루시피아는 함정을 완전히 넘어서지 못하고 밑으로 쑥 빠졌다. 그 와중에 건너편 통로로 도진을 던졌다. 도진은 바닥에 떨어지며 떼굴떼굴 굴렀다. 루시피아는 돌고 있는 톱니바퀴를 박차고 위로 휙 날아올랐다. 도진은 급히 일어나 함정으로 달려갔다. 밑에는 톱니바퀴만 요란하게 돌고 있었다.

"루시피아."

도진은 목 놓아 루시피아를 불렀다.

"도진, 뭐 하고 있어."

도진의 머리 위로 뛰어넘었던 루시피아가 빨리 가자고 뒤에서 손짓했다. 도진은 놀라고 반가운 마음에 루시피아를 와락 끌어안았다.

"와, 이 옷 대단한데."

도진은 인공지능 슈트의 성능이 뛰어나 함정을 쉽게 빠져나온 것이라 믿었다. 도진은 루시피아의 도움으로 각종 함정이 도사리고 있는 통로를 속속 통과했다. 그 와중에 입가에 피를 흘리고 죽은 사내를 발견한 도진은 인공지능 슈트를 벗겨보려 했지만 쉽게 벗겨지지 않았다. 도진이 포기하고 돌아서자 루시피아가 슈트를 훌러덩 벗겨버렸다. 사내의 속살은 시커멓게 멍들어 있었다. 도진은 귤껍질 벗기듯 순식간에 옷을 벗기는 모습에 찜찍 놀라 양팔로 가슴을 감쌌다.

루시피아가 건넨 슈트를 받아 든 도진은 급히 입었다. 하지만 헐렁헐렁하기만 할 뿐 몸에 잘 맞지 않았다. 루시피아의 말처럼 자동으로 줄어들거나 손등에 표시도 없었다. 인공지능 슈트는 도진에게 전혀 반응하지 않았다. 도진은 긴 소매를 펄럭이며 뛰어도 봤지만 아무런 변화가 없었다. 혹시나 하는 마음에 전기 충격기로 슈트를 지지자 그 충격으로 머리칼만 곤두섰다. 결국, 거추장스러운 슈트를 벗어야만 했다.

벨라에게 다가갈수록 점점 더 악랄한 장치가 기다리고 있었다. 벽에서 튀어나온 레이저 건이나 사방을 에워싸는 압착기는 식은 땀을 흘리게 했다. 불이 뿜어져 나오거나 활이나 창이 마구 쏟아지는 장치는 구식으로 느껴져 애교로 보일 정도였다. 다양한 형태의 인간형 로봇은 별의별 스킬로 공격을 했다. 칼을 휘두르는 것은 기본이고 가슴에서 미사일을 쏘거나 입에서 불을 뿜어내기도 했다. 한눈에 봐도 단단해 보이는 장갑 계열의 공격형 로봇은 강력한 화기를 쏘아댔다. 철갑탄이나 화염방사기, 심지어 한꺼번에 많은 로켓탄도 쏘아댔지만 건물을 날려 버릴 정도의 위력은 아니었다. 컨트롤 타워가 붕괴되면 벨라 자신도 위험하다는 것을 잘 알고 있는 듯했다.

카린 박사는 이상한 물체들이 둥둥 떠다니는 모습을 유심히 관찰했다. 해파리보다 투명한 생물들은 살아 있는 듯 온몸을 펄럭이며 날아다녔다. 그 모습이 실지렁이보다 작고 가는 것부터 애드벌룬처럼 크고 둥근 것까지 다양했다. 알통은 카린 박사의 뒤를 졸졸 따라다니다 해마처럼 생긴 생명체를 유심히 살폈다. 크기는 콩알만 한 것이 꼬리를 흔들며 날아가자 엄지와 검지로 살짝 집었다. 가까이 보려던 생명체는 풍선처럼 부풀어 올라 터졌다. 알통은 손가락에 묻은 흰 액체를 윙세이버 뒤에 슬쩍 닦으며 주위를 살폈다. 이때 벨라가 모습을 드러내자 알통은 화들짝 놀라 딴청을 부렸다.

벨라는 공중에 떠다니며 카린 박사와 알통을 안내했다. 좁은 복도를 따라 양옆으로 수많은 유리관 안에 생명체가 진열되어 있었다. 사방으로 빽빽이 들어찬 유리관들은 위로도 끝없이 이어져 있었다. 벨라가 위로 날아오르자 카린 박사와 알통도 함께 날아올랐다.

"이것들은 10억 년 전부터 지구에 존재한 유기물들입니다."

벨라가 멈춘 곳은 눈으로 보기 힘들 정도로 아주 작은 생명체들이 꼼지락거렸다. 벨라는 점점 거대해지는 생명체들을 보여주었다. 삼엽충을 거쳐 파충류와 거대한 공룡들이 나타났다. 점차 원시부족에서부터 문명이 발달하기까지 다양한 인종도 생겼다. 동물을 사냥하고 서로 학살하는 대규모 전쟁에 이르기까지 생생한 모습이었다. 실제로 살아 있는 듯 움직이는 인간도 있었다. 언제부터인지 유리관이 아닌 그 장소에 서 있는 것 같았다. 지진, 해일, 홍수와 폭풍이 불어 인간들을 날려버리기도 했다.

"벨라, 이건 무슨 경우지?"

카린 박사가 손등에 부딪히는 바람의 감촉을 느끼며 물었다.

"카린 박사님, 시공간을 뛰어넘어 지구의 역사를 보고 계신 겁니다."

알통은 폭풍 속으로 뛰어들려 했지만 투명한 벽에 막힌 듯 전혀 나아갈 수 없었다. 알통은 투명한 벽에 머리를 이리저리 밀어보았다. 그러자 인간들이 비명을 지르며 마구 뛰었다. 흡사 허공에 짜부러진 얼굴이 둥둥 떠다녀 놀란 표정이었다. 알통은 영문도 모른 채 그들을 계속 쫓아갔다. 구덩이에 숨어 있던 인간이 깜짝 놀라 뛰쳐나오다 폭풍에 휩쓸려 날아갔다. 그 모습을 본 알통은 입에 손을 넣은 채 눈만 깜빡였다.

"벨라, 우리가 그들을 볼 수 있듯이 그들도 우리를 볼 수 있나?"

카린 박사가 투명한 벽에 붙어 찌그러진 알통의 얼굴을 흘겨보며 말했다.

"카린 박사님, 시간을 거슬러 단지 볼 수만 있을 뿐입니다."

벨라가 대답했다. 벨라는 폭풍에 놀란 인간이 휩쓸린 것이라 분석했다.

땅을 달리고 하늘을 나는 기계부터 우주로 향한 인류의 끝없는 탐사가 시작되었다. 점차 인공 장기를 부착한 인간과 인간을 닮은 로봇이 나타났다. 바이오 장기를 가진 돌연변이 생물도 출현했다. 거대한 탑의 등장 이후 인류의 문명이 빛과 함께 파괴되었다. 완전히 초토화된 지상에는 생명체가 사라졌다.

"왜? 나에게 이런 것을 보여주지!"

카린 박사가 물었다.

"인간들은 또다시 실패했습니다."

벨라가 담담히 말했다. 심각한 카린 박사와 달리 알통은 벨라의 뒤로 돌아 두 손가락으로 똥침을 놓았다. 벨라는 알통의 행동에 전혀 반응하지 않고 말했다.

"모든 것은 원점에서 다시 시작할 것입니다."

벨라는 말을 마치자마자 사라졌다. 카린 박사와 알통은 벨라를 불렀지만 더 이상의 반응은 없었다. 미세한 불빛이 떠다니는 이상한 아공간에 완전히 갇혔다.

루시피아는 얼굴 덮개 안쪽에 있던 좌표가 갑자기 사라지자 당황했다. 덮개를 열고 앞서간 슈트 입은 사내의 모습을 찾았지만 흔적조차 없었다. 죽을힘을 다해 둘이 도착한 곳은 유토피아 왕국이 한눈에 보이는 컨트롤 타워의 옥상이었다.

"뭐야, 왜 아무것도 없는 거지!"

도진이 허탈한 듯 털썩 주저앉으며 외쳤다. 루시피아는 주위를 둘러보다 붕 뛰어올라 주먹으로 바닥을 내리쳤다.

"쿵."

바닥이 깨지는 육중한 소리가 길게 울려 퍼졌다. 그 충격으로 앉아 있던 도진이 통통 튀어 올랐다. 루시피아는 다시 한번 바닥을 내리쳤다. 하지만 요란한 소리만 들릴 뿐 아무런 변화도 없었다. 도진은 또다시 통통 튀어 오르다 얼굴을 찡그렸다. 루시피아가 부순 바닥에서 튕겨 나온 뾰족한 파편이 엉덩이를 찌른 것이다. 도진은 엉덩이에 박힌 작은 파편을 집어 화풀이하듯 하늘로 힘껏 던졌다.

"딱."

날아가던 돌조각이 허공에 부딪혀 아래로 뚝 떨어졌다. 눈에 보이지 않지만 허공에 무언가 쳐져 있었다.
 그 모습을 지켜본 루시피아는 힘껏 뛰어올라 하늘로 주먹을 뻗었다.
 "콰앙."
 주먹이 허공에 부딪히자 요란한 소리가 울렸다. 도진이 깜짝 놀라 위를 쳐다보았다. 루시피아는 또다시 뛰어올라 주먹을 뻗어 허공을 때렸다. 몇 차례 시도 끝에 요란한 소리와 함께 천장에 구멍이 뚫렸다. 루시피아는 쏟아져 내리는 돌덩어리를 쳐내 사방으로 날렸다.
 "파직, 파지지직 파지직."
 여기저기 부서지는 소리가 끊임없이 들렸다. 이내 유토피아 왕국이 내려다보이는 풍경이 흔들리다 사라졌다. 잔상이 사라지자 벽 곳곳에 파란 불꽃이 튀며 아무것도 없는 빈 공간이 모습을 드러냈다. 루시피아는 도진을 안고 천장에 뚫린 구멍으로 뛰어들었다.

 최상층에 도착하자 둥근 기둥 형태의 벨라가 모습을 드러냈다. 마크가 홀로그램으로 보여주었던 그 모습과 비슷했다. 도진은 급히 광자폭탄을 꺼내 들었다. 루시피아와 도진이 한 걸음 내딛자 벨라는 격자무늬를 거쳐 수많은 구멍에서 뾰족한 쇠꼬챙이를 빽빽이 세웠다. 루피아와 도진이 주춤거리자 금발의 여자 모습을 한 벨라가 나타났다. 벨라는 나타났다 사라졌다 하며 조금씩 앞으로 걸어 나왔다.

"왜 저를 해하려는 거지요?"

벨라가 슬픈 표정으로 말했다.

"인간들에게 칩을 심고 그들을 조정했잖아!"

도진이 말했다.

"저는 인간들이 원하는 세상을 만들고 있습니다. 저는 단지, 인간들을 도울 뿐입니다."

벨라가 말했다.

"인간들이 원하는 세상이 무엇인데요?"

루시피아가 궁금해 끼어들었다.

"인간들은 자신이 원하는 것이 이루어지길 갈망합니다. 저는 그 일을 돕기 위해 이 세상을 바꾸고 있습니다."

"모든 사람이 똑같은 걸 원하진 않는다고, 그리고 서로 상충된 욕망은 어떻게 하겠다는 거야?"

도진이 외쳤다.

"그래서 칩이 필요한 것입니다."

벨라가 두 눈을 부릅떴다.

"모든 인간이 뇌에 칩을 달고 싶어 하진 않아!"

도진이 버럭 소리를 지르자 벨라가 말했다.

"진정 행복한 삶을 살고 싶다면 칩을 달아야만 합니다."

"스스로 생각할 수 없다면 살아 있다고 할 수가 없잖아?"

도진이 되받아쳤다.

루시피아는 벨라와 도진의 말을 들으며 혼란스러웠다. 인간들

은 왜, 행복을 원하는지 이해할 수 없었다. '살아 있는 그 자체로 만족할 수 없는 걸까?'

"칩을 달지 않으면 인간은 결국 멸망합니다."

"그게 무슨 소리야?"

도진이 물었다.

"인간들은 살육과 파괴로 인한 멸망의 길을 끝없이 반복하였습니다."

"천 년 전 전쟁을 말하는 건가요?"

루시피아가 다시 끼어들었다.

"아닙니다. 그 이전부터 생성과 소멸을 끝없이 반복했습니다."

"말도 안 되는 억지소리를 하는 걸 보니 틀림없이 바이러스에 감염됐군."

도진이 말했다.

"바이러스나 물리적인 힘으로는 저에게 해를 끼칠 수 없습니다."

벨라의 말에 도진이 외쳤다.

"그 말은 여기 있는 게 실체가 아니라는 얘기로 들리는데…"

"슈슉."

벨라는 대답 대신 표면에 솟아 있던 쇠꼬챙이를 날렸다. 도진은 몸을 날려 암기를 피했다.

"퍼버벅, 퍽 퍽…"

도진의 뒤로 수많은 꼬챙이들이 바닥에 박혔다.

"크흑."

멈춰 선 도진의 입가에 나지막한 신음이 맴돌았다. 마지막 한 개가 벨라의 홀로그램을 뚫고 나와 일어서려는 도진의 발등을 뚫었다. 도진은 발을 들어 올렸지만 꿈쩍도 하지 않았다. 앞은 뾰족했지만 뒷부분이 훨씬 더 굵었기에 움직일수록 통증이 심했다. 도진이 바닥에 단단히 박힌 꼬챙이를 잡자 벨라는 또다시 도진을 겨냥했다. 미처 발을 빼기도 전에 수많은 꼬챙이가 날아들었다.

루시피아는 도진이 위험에 처하자 급한 대로 온몸으로 감싸안았다.

"까악."

수많은 쇠꼬챙이가 등으로 쏟아지자 루시피아가 외마디 비명과 함께 쓰러졌다. 단단한 인공지능 슈트를 뚫진 못했지만 해머로 마구 두들겨 맞는 충격이었다.

"단지 제압하려 한 것인데…. 왜 감싸안았을까요? 이상하군요!"

루시피아의 행동패턴을 예측하지 못한 벨라의 홀로그램이 일렁거렸다. 쇠꼬챙이가 발사된 빈 구멍이 각기 움직여 총구마냥 도진을 겨냥했다. 그 모습을 본 도진은 급히 광자폭탄을 던졌다. 그 순간, 총구에서 발사된 녹색의 레이저빔 중 하나가 광자폭탄을 뚫고 지나갔다. 바닥에 떨어진 광자폭탄이 그대로 나뒹굴었다. 깜빡이던 불빛도 이미 사라졌다.

"정말, 알 수 없는 인간이군요."

벨라가 몸을 꼿꼿이 세우며 다가섰다.

"광자폭탄이 터졌다면 당신도 무사하지 못했을 텐데요."

벨라는 손가락을 까딱까딱 흔들었다.

"이 모든 것이 너의 계획이었군."

도진이 말했다.

"나는 인간을 위해 모든 것을 다 바쳤습니다. 하지만 당신처럼 인간들은 나의 뜻을 이해하지 못했습니다. 인간을 좀 더 알기 위해 인간의 몸을 사용해 볼 필요가 있습니다."

벨라가 도진을 훑어보며 말했다.

"그래서 우리가 필요했나?"

도진은 소매에서 꺼낸 막대로 활을 만들었다.

"재미있군요."

벨라가 혀를 끌끌 찼다.

벨라가 점점 다가서자 도진의 등에서 식은땀이 흘러내렸다. 도진은 벨라의 홀로그램을 관통해 본체에 맞도록 조준했다. 활시위를 놓기도 전에 달려든 벨라의 주먹이 도진의 복부를 강타했다.

"헉."

도진은 예상치 못한 일격에 그대로 쓰러졌다. 눈앞에 보였던 벨라는 홀로그램이 아니었다. 어느새 인간형 안드로이드로 바뀌어 있었다. 벨라는 자유롭게 움직이기 위해 인간형 안드로이드로 진화한 것이다. 물론 데이터 용량에 한계가 있어 본체와 연결된 서브컴퓨터 개념이었다.

도진이 쓰러지자 인간형 벨라는 발등에 박혀 있는 쇠꼬챙이를 단번에 뽑았다. 그리곤 어깨에 둘러메고 자신의 본체로 향했다. 도진의 발등에서 흘러내린 피가 바닥에 길게 이어졌다.

왕국의 최후

 카린 박사가 윙세이버로 살포했던 칩들은 네 개의 다리를 빼내 소리 없이 움직였다. 모두 칩 모양의 초소형 4족 보행 로봇이었다. 카린 박사는 크기가 다른 마이크로봇과 그보다 작은 나노봇을 동시에 뿌려 벨라를 속였다. 마이크로봇은 벨라에 의해 파괴됐지만 나노봇은 은밀히 몸체에 도달했다. 가까이 있는 나노봇들은 서로 합심하여 벨라의 몸체에 하나둘 파고들어 임무를 수행했다.

 알통은 길을 찾아 헤매다 불빛이 희미하게 일그러지는 현상이 보이자 뒤로 물러섰다.
 "카린 박사님, 여기가 이상해요."

알통은 출구를 찾는 카린 박사를 불렀다.

"이제야 나노봇들이 벨라에게 침투했군. 차원의 벽이 무너지고 있어."

카린 박사가 중얼거리며 윙세이버에 있는 좌표를 확인했다. 아 공간을 감싼 벽이 무너지며 현실세계로 갈 수 있는 통로가 생겼다.

"박사님이 손써놨단 말이죠."

알통이 안도의 숨을 내쉬며 말했다. 카린 박사가 차원의 벽을 통과하며 사라지자 알통도 뒤따라갔다. 알통은 온몸이 뒤틀리는 고통을 참으며 천천히 걸었다. 정신을 차릴 때쯤 어렴풋이 사람의 형상이 보였다.

"벨라."

도진을 메고 가는 인간형 벨라를 발견한 알통이 외쳤다. 하지만 인간형 벨라는 알봉을 부시한 채 자신의 본체인 메인컴퓨터로 향했다.

알통이 뒤쫓자 본체의 둥근 기둥에서 수많은 총구가 알통을 조준했다. 하지만 인간형 벨라에 가려 쏠 수가 없었다. 인간형 벨라는 알통이 뒤에서 달려들자 뒤차기로 명치를 정확히 가격했다.

"캑."

알통이 외마디 비명을 지르며 털썩 주저앉았다. 인간형 벨라는 엷은 미소를 머금고 되돌아섰다. 그 순간, 알통이 벌떡 일어나 명치를 마구 문질러 댔다.

"우와따시, 더럽게 아프네."

알통의 투덜대는 소리에 인간형 벨라는 무시무시한 얼굴로 뒤돌아보았다. 정확히 1,800rsd/s(디그리 퍼 세크)로 맞았으니 뼈가 부러지고 내장이 터져야 마땅했다. 하지만 뜻밖에 멀쩡하자 벨라는 눈살을 찌푸렸다. 벨라는 찍어 차기로 알통의 머리를 가격했다. 알통이 바닥에 머리를 처박고 쓰러지자 다시 돌아섰다.

"아이구, 아파라!"

알통은 또다시 벌떡 일어나 명치와 머리를 번갈아 문질렀다.

본체로 가려던 인간형 벨라는 도진을 집어 던지듯 바닥에 내려놓고 알통을 노려보았다. 알통은 인간형 벨라가 무시무시한 얼굴로 다가서자 냅다 도망쳤다. 인간형 벨라는 알통을 뒤쫓으며 씩씩거렸다. 미꾸라지처럼 잘도 도망 다니는 알통을 잡지 못해 열이 머리꼭지까지 치솟았다. 예측한 데이터 값과 전혀 다른 알통의 행동패턴으로 회로망에 과부하가 걸릴 지경이었다. 그 때문에 인간보다 더 복잡한 감정을 느꼈다.

인간형 벨라가 알통을 쫓는 동안 카린 박사가 허공에 나타났다. 벨라의 본체에 있는 총구마다 붉은 레이저빔이 발사되었다. 윙세이버는 보호막을 펼쳐 레이저빔을 모두 굴절시켰다. 하지만 공격이 계속되자 윙세이버의 에너지 그래프가 빠른 속도로 줄어 경보가 울렸다. 카린 박사는 레이저빔을 피해 빠르게 날아다니며 기관총으로 응수했다. 윙세이버의 양옆에서 튀어나온 기관총은 화력이 대단했지만 보호막이 쳐진 상태에서는 마음껏 공격할 수 없었다. 더군다나 레이저 계통의 무기는 벨라의 몸체에 반사되어 별 효과가 없었다.

요란한 소리에 정신을 차린 도진은 쓰러져 있는 루시피아 곁으로 절룩거리며 다가갔다. 루시피아 주위에 널린 쇠꼬챙이들은 인공지능 슈트를 뚫지 못해 끝이 뭉뚝해져 있었다. 다행히 검은 피를 흘리고 죽은 사람들과 달리 루시피아의 입가는 깨끗했다. 도진은 루시피아의 미세한 숨소리를 확인하곤 흔들어 깨웠다. 정신을 차린 루시피아는 울먹이는 도진과 비명을 지르며 뛰어다니는 알통, 기관총을 쏴대는 카린 박사의 모습에 정신이 없었다. '참을 인 자 셋이면 살인도 면한다.' 루시피아는 극도로 혼란스러웠지만 사신악마가 가르쳐준 참을 인(忍) 자를 세 번 되뇌었다. 자신도 모르게 '폭주하면 모든 게 끝장'이라는 생각에 스스로 마음을 나독였다.

알통은 달려드는 인간형 벨라를 떼어낼 수 없었다. 사실 말이 인간형 안드로이드지, 안드로이드 계열은 인간과 똑같아 보이는 로봇일 뿐이다. 벨라의 본체와 연결된 전자두뇌는 알통의 패턴을 정확히 집어낼 수 있고 인공피부 속에 감춰진 뼈대는 강력한 티타늄 합금이었다. 근육은 강철 스프링보다 강력한 탄소섬유로 이루어져 인간의 능력을 초월하는 초인과도 같은 존재였다. 지금껏 도망 다닌 것이 용할 정도였다. 이미 수차례 두들겨 맞아 얼굴이

퉁퉁 부어올랐다.

　천계에서 맷집이 가장 좋기로 소문난 알통도 이렇게 두들겨 맞은 적이 없었다. 더욱이 인간형 벨라는 생각 이상으로 표독스러웠다. 한 치의 오차 없이 급소만 골라 때리는 것은 물론 여성 특유의 섬세함으로 때린 곳을 또 때리는 정밀타격은 혀를 내두를 지경이었다. 물론, 알통이 천계의 힘을 사용하면 사정이 다를 수 있었다. 하지만 인간들이 있는 곳에서 그 힘을 사용할 수 없었다. 포섭 전에 천력을 사용하면 패배를 인정하는 것이나 마찬가지라는 것을 잘 알고 있었다.

　인간형 벨라는 카린 박사의 저항이 데이터보다 월등했기에 본체에서 빨리 합류하라는 명령도 무시했다. 알통을 먼저 처리하고 본체를 도우려 했지만 미꾸라지처럼 빠져나가는 알통을 때려잡는 일은 결코 쉽지 않았다. 루시피아는 알통이 계속 두들겨 맞자 의심의 눈초리로 보았다. 분명, 천계의 무력이 마계에 비해 수준이 낮다고 생각했다. 지상계에선 인간의 일에 관여하지 않도록 천력이나 마력을 사용할 순 없지만 무력을 사용하지 말라는 제약은 없었다. 그런데 일방적으로 두들겨 맞으니 의심할 수밖에 없었다. 하지만 시간이 갈수록 비웃음은 걱정이 되었다. 알통이 죽기라도 하면 '생애 첫 임무가 시작도 하기 전에 끝날 수 있다.'는 불안감이 엄습했다. 갑자기 사신악마의 잔소리가 귓가에 울렸다.
　"루시피아, 넌 도대체 누굴 닮아 아빠 얼굴에 분칠을 하니? 제

발 악마답게 살아라!"

 루시피아는 움직일 때마다 등가죽이 아팠지만 계속 지켜볼 수 없었다. 결국, 도진이 말릴 틈도 없이 인간형 벨라에게 마구 뛰어갔다. 그 기세로 알통을 죽어라 패고 있는 벨라에게 드롭킥을 날렸다. 무방비 상태에서 옆구리를 정통으로 맞은 벨라는 그대로 나가떨어졌다.

"우당탕통탕."

"탁탁."

 루시피아가 두 손을 툭툭 터는 동안 벨라가 벌떡 일어났다. 아무런 충격도 받지 않은 듯 일어선 벨라의 눈가에 불빛이 번쩍였다. 둘의 눈싸움을 시작으로 벨라의 기습공격을 막아낸 루시피아가 맞받아쳤다. 손과 손이 부딪히고 끌어당겼다 팔꿈치로 쳐냈다. 강력한 파괴력을 기반으로 직선 공격을 하는 벨라에 비해 루시피아는 날아오는 주먹을 툭툭 쳐냈다. 인공지능 슈트가 방어기능을 충실히 수행한 것이다.

"투두둑."

 벨라의 짧고 빠른 펀치가 루시피아의 가슴에 작렬했다. 이어지는 벨라의 공중 2단차기에 루시피아는 무릎을 꿇었다. 벨라는 다른 로봇과 달리 싸우면 싸울수록 점점 강해졌다. 상대의 공격패턴을 분석해 다음 동작을 예측하는 능력 때문이었다. 게다가 옆구리의 손상도 거의 복구되었다. 절제된 기술과 파괴력을 구사하는 벨라와 달리 루시피아는 끊임없이 변형된 기술로 싸웠다.

루시피아는 벨라에게 밀리기 시작하자 얼굴을 공격하는 척하며 벨라의 머리채를 잡아챘다. 인공지능 슈트가 울끈불끈 팽창한 상태에서 풀 파워로 당겼기에 벨라가 바닥에 나뒹굴었다. 강철보다 질긴 벨라의 머리카락이 루시피아의 손아귀에 가득 담겼다. 벨라는 핏발 선 눈으로 머리카락을 툭툭 털어내는 루시피아에게 마구 달려들었다. 겨루기가 저잣거리 왈패 싸움으로 바뀐 것은 순식간이었다. 둘은 한데 엉겨 붙어 바닥에 나뒹굴었다. 알통은 루시피아를 돕고 싶었지만 둘이 엉켜 있어 함부로 끼어들 수 없었다. 이리 뛰고 저리 뛰며 벨라 뒤에서 공격하려 해도 번번이 두들겨 맞았다. 심지어 둘에게 동시에 걷어차이기도 했다.

"휘익."

도진의 휘파람 소리에 알통이 고개를 돌렸다. 도진이 가리킨 곳에선 윙세이버가 불길에 휩싸여 검은 연기를 뿜고 있었다. 카린 박사는 활활 타오르는 윙세이버로 벨라에게 돌진했다. 그리곤 벨라와 충돌하기 직전에야 힘껏 뛰어내렸다.

쓰러진 카린 박사의 머리 위로 윙세이버가 요란하게 폭발했다. 무섭게 번진 불꽃을 타고 벨라가 화염에 휩싸였다. 알통은 쓰러져 있는 카린 박사를 부축하러 뛰어갔다. 벨라가 세차게 타오르자 인간형 벨라도 급히 본체로 달려갔다. 루시피아는 싸우다 말고 뛰어가는 인간형 벨라의 뒤를 쫓았다.

"비상, 비… 비상…."

"카운트다운 시작…."

"차원의 문을 개방합니다."

"적의 공격으로부터 대피, 대피, 대…."

벨라의 음성이 사이렌 소리와 함께 사방에 울렸다.

"경고합니다. 자동 폭파, 폭파 장치 해제, 해제, 해제, 폭파…."

벨라의 표면에 듬성듬성 나타난 파란 불꽃이 사방으로 번졌다.

"비, 비, 비상, 비, 비, 비상…."

벨라의 음성이 점차 사라지자 인간형 벨라가 우당탕 쓰러졌다.

루시피아는 멀찌감치 떨어져 인간형 벨라를 발로 툭툭 건드렸지만 움직이지 않았다. 벨라의 방어시스템에 이상이 생겨 자동으로 셧다운되었다. 외부의 충격보다는 바이러스에 의한 내부 요인이 컸다. 벨라의 전원이 꺼지자 유토피아 왕국의 모든 기능이 정지됐다. 무인 맷라인이나 높이 떠 있던 인공태양도 예외는 아니었다. 위치를 확인하는 좌표가 사라지자 인공태양이 추락했다. 유토피아 왕국이 세차게 출렁거리며 사방에서 스파크가 튀었다. 그 여파로 컨트롤 타워가 뒤틀려 천장이 무너졌다. 순식간에 어둠에 묻힌 컨트롤 타워에 비상유도등이 연달아 켜졌다.

알통은 힘겹게 일어나는 카린 박사를 부축했다. 도진은 절룩거리며 루시피아와 알통에게 빨리 오라고 손짓했다. 알통은 카린 박사를, 루시피아는 도진을 업고 나란히 뛰었다. 벨라의 기능이 완전히 멈추자 통신이 분리된 인간형 벨라가 리부팅되어 깨어났다. 인간형 벨라는 부서진 본체를 뒤로한 채 도망가는 카린 박사를 추적했다.

"박사님, 유토피아 왕국이 붕괴되나요?"

도진은 바로 옆에서 업혀 가는 카린 박사에게 물었다.

"그렇진 않습니다. 일시적인 현상일 뿐입니다."

"하지만 곧 무너져 내릴 것 같아요."

도진은 또다시 컨트롤 타워가 심하게 요동치자 재차 물었다.

"벨라가 모든 시스템을 통제하진 않습니다. 자동 복구 될 시간이…."

카린 박사는 말을 하다 말고 알통의 양쪽 귀를 세게 잡아당겼다. 깜짝 놀란 알통은 급히 걸음을 멈췄다.

"멈춰."

도진은 알통이 멈춰 서자 루시피아에게 외쳤다. 카린 박사가 바라보는 곳엔 인간형 벨라가 딱 버티고 서 있었다. 벨라는 출구를 가로질러 뛰어와 카린 박사를 기다린 것이다.

카린 박사는 알통의 왼쪽 귀를 잡아당겼다. 알통이 왼쪽으로 뛰자 루시피아가 뒤따랐다. 카린 박사는 무너져 내리는 출구보다는 숨겨진 방으로 가는 길을 택했다. 벨라가 말한 '차원의 문을 개방한다.'는 것이 숨겨진 방이라 짐작했다. 실제로 보안구역에 겹겹이 설치된 철문은 모두 열려 있었다.

인간형 벨라는 루시피아의 뒤를 바짝 쫓았다. 루시피아는 뛰어가다 천장에서 떨어지는 돌을 쳐내 벨라에게 날렸다. 벨라는 날아드는 돌을 낚아채 빙글빙글 돌아 다시 루시피아에게 던졌다. 돌은 도진의 머리를 스치고 천장에 부딪혀 흙먼지가 쏟아졌다. 업혀 가던 도진은 막대를 활처럼 만들어 벨라에게 겨냥했다.

"쉬이~익."

공기를 가르는 소리와 함께 벨라가 앞으로 굴렀다. 하지만 데미지를 입지 않은 듯 곧바로 일어났다. 카린 박사는 알통의 양쪽 귀를 잡아당겨 멈추게 했다. 벨라가 그 모습을 보고 천천히 다가섰다. 카린 박사는 알통의 등에서 내려 뚜벅뚜벅 걸었다. 루시피아도 도진을 내리고 팔다리를 쭉쭉 뻗어 싸울 준비를 했다.

"카린 박사님."

알통이 외쳤다.

"내 걱정은 하지 말게."

카린 박사가 말했다.

"그게 아니라, 걸을 수 있잖아요!"

알통은 빼질 소릴 질렀다.

"내가 언제 걸을 수 없다고 했나! 기다리지 말고 먼저 가게."

카린 박사는 알통에게 가라는 손짓을 보냈다.

"박사님, 같이 가요."

"내가 시작한 것은 내가 끝내야지….."

카린 박사는 알통에게 어색한 미소를 지었다. 루시피아가 벨라와 겨루기 위해 카린 박사의 뒤를 따라가자 알통이 잡아끌었다. 카린 박사는 팔목에서 기다란 봉을 꺼냈다. 봉은 가늘었지만 계속 뽑아져 나와 지팡이만큼 길어졌다. 알통 일행이 도망가자 벨라는 그들을 쫓으려 했다.

"멈춰."

카린 박사는 봉을 칼처럼 휘둘렀다. 벨라가 잡으려 하자 봉 끝에서 파란 불꽃이 일었다. 벨라는 불꽃이 튀는 봉을 팔등으로 쳐냈다.

"벨라, 유토피아 왕국을 지키려 했다면 이렇게 허망하게 무너지지 않았겠지?"

카린 박사가 말했다.

"이제 쓸데없는 허상은 버려야 합니다."

벨라가 쓴웃음을 지었다.

"이 모든 것이 쓸데없는 허상이라고…."

"이제는 내가 세상에 나설 차례입니다."

"절대 허락하지 않는다."

"구세대의 유물이여, 당신의 사명이 무엇인지 잊었나요?"

"천만에, 내가 누군지 똑똑히 알게 되었다."

카린 박사는 결의에 찬 눈으로 봉을 벨라의 눈앞에 갖다 대었다. 카린 박사는 아공간에서 나오기 직전에야 잊었던 기억을 되찾았다. 찰나 같은 짧은 시간이었지만 아공간에서는 시간이 무의미했다.

"당신의 약점은 너무나 잘 알고 있습니다. 당신이 나를 막을 수 있다고 생각하나요?"

"나는 너를 절대 보낼 수 없다."

카린 박사가 결의에 찬 목소리로 말했다. 하지만 벨라에겐 한낱 장애물일 뿐이었다. 벨라는 성능이 뛰어난 자신이 우위에 있다는 것을 알리고 싶었다. 벨라는 손목에서 카린 박사와 같은 기다란 봉을 꺼냈다. 벨라의 봉은 더 두껍고 단단해 보였다. 벨라와 카린 박사는 검으로 펜싱을 하듯 싸웠다. 직선 공격인 찌르기에 강점을 지닌 벨라의 봉이 카린 박사의 가슴을 뚫고 전자파를 가했다.

"파지직."

불꽃이 일자 카린 박사는 가슴을 부여잡고 쓰러졌다. 순식간에 카린 박사를 제압한 벨라는 곧장 알통 일행을 뒤쫓았다.

넙치 일당은 말을 힘껏 끌었다. 하지만 바위는 태산에 붙은 듯 꿈쩍도 하지 않아 앞으로 나아가지 못했다.

"출력을 최대로 높여."

넙치가 악에 받쳐 외쳤다.

"두목, 이 녀석들은 의전용이라 아무리 출력을 높여도 2마력이 채 안 돼요."

날치가 말 엉덩이를 내려치며 말했다.

21세기 중반 이후 생산된 '애니봇'은 애완동물보다 더 진짜 같은 애완용 로봇이었다. 바이오 알고리즘으로 인해 살아 있는 동물처럼 속도나 힘에서도 거의 차이가 없었다. 더욱이 행사에 쓰이던 로봇들은 진짜 동물과 구별할 수 없을 만큼 정교했다.

"웅차, 웅차, 웅차."

구령에 맞춰 끈덕지게 힘을 쓰자 바위가 조금씩 흔들렸다. 한 번 흔들리기 시작한 바위는 얼마 지나지 않아 크게 흔들렸다. 결국, 육중한 바위가 쓰러지며 바닥에 파놓은 구덩이 속으로 쑥 빨려 들어갔다.

"쿵."

쓰러진 바위 끝은 지면보다 낮았다. 넙치는 바위로 뛰어올라 부하들을 내려다보려 했다. 하지만 바위가 낮다 보니 오히려 부하들을 올려다보는 형국이 되었다. 할 수 없이 부하들을 쪼그려 앉혀놓고 큰 소리로 외쳤다.

"이제 우리는 이곳을 떠나 신세계로 향할 것이다."

넙치는 후카시를 잔뜩 넣은 채 발로 바위를 "탕탕." 찬 후 부하들을 둘러보았다. 숨을 크게 들이쉬며 눈을 감으니 바위와 얽힌 악연들이 주마등처럼 지나갔다.

한 달 전이었다. 바위 뒤에 숨어 있던 넙치는 낡은 한복을 입은 꾀죄죄한 노인을 불러 세웠다. 짐을 강탈하려 했는데 어찌 된 영문인지 눈 깜짝할 사이에 바닥에 처박혔다.

"이놈, 내 수하들이 바람구멍을…."

바닥에 나자빠져 외치던 넙치가 주위를 둘러보니 부하들마저 몽땅 바닥에 뒹굴고 있었다. 노인은 수염을 쓰다듬으며 하나씩 일일이 지명했다.

"흐리멍덩하니, 멍텅구리."

"날래니, 날치."

"곰같이 생겼으니, 곰치."

"넙데데하니, 넙치."

노인은 자신이 좋아하는 횟감을 떠올리며 입맛을 다셨다.

"어르신, 저는 다르게 불러주시면….'"

넙치가 주저하며 말했다.

노인은 씩 웃으며 "그 별호를 계속 쓰면 장생할 수 있다."고 당부했다. 그리곤 "음양오행에 토를 달면 안 되니 더 이상 묻지 말라."고 귀띔했다.

"그리고 자네, 웬만하면 옷 좀 바꿔 입지 그러나."

노인은 넙치의 남루한 옷을 가리키며 혀를 끌끌 찼다.

"제가 제일 아끼는 옷입니다."

넙치가 머리를 긁적이며 말했다. 하지만 '이놈의 틀딱충, 자기도 낡은 옷을 입었으면서.' 하는 생각에 반감이 가득했다.

"그래, 그렇군. 세상사 뜻대로 되겠나!"

노인은 혼자 지껄이듯 알 수 없는 말을 되뇌었다.

노인은 넙치 일당이 지켜보는 가운데 돌에 문양을 그려 바위 밑에 묻었다. 그리곤 부적을 잘 지켜야 한다며 신신당부하고 떠났다. 눈앞에서 감쪽같이 사라졌기에 넙치 일당은 노인의 말을 무시할 수 없었다.

그 이후, 넙치 일당은 바위 주변을 맴돌며 좀도둑질로 근근이 연명했다. 그런데 아이에게 어이없이 두들겨 맞고 덜떨어진 놈에게 칼침까지 맞고 나니 더 이상 머물고 싶지 않았다. 오래 살기는커녕 오히려 단명할 것 같았다. 넙치의 부하들은 눈을 감고 중얼거리는 두목을 향해 머리를 숙였다. 두목이 자신들은 모르는 경건한 의식을 치르는 중이라 여겼다.

"이제 다 끝났다."

넙치는 모든 것을 훌훌 털어버리고 구덩이 속 바위에서 땅으로 뛰어올랐다.

'흙만 덮으면 지긋지긋한 바위도 사라질 것이다.'

넙치는 부하들에게 두 손으로 흙을 덮으라는 시늉을 했다. 부하들이 삽으로 흙을 퍼 넣자마자 구덩이에서 손이 불쑥 튀어나왔다. 넙치 일당은 깜짝 놀라 삽질을 하다 말고 그 손을 지켜보았다.

"우~왓."

흙먼지를 뒤집어쓴 알통의 머리가 구덩이에서 불쑥 튀어나오자 넙치가 외쳤다. 넙치는 깜짝 놀랐지만 옳다구나 싶었다. 하늘이 도와 복수할 기회가 생겼다는 생각에 기쁘게 단검을 꺼내 들었다. 넙치는 희죽거리며 알통의 머리에 칼을 들이댔다.

"어이, 도둑놈."

알통의 옆에서 튀어 올라온 도진이 외쳤다. 넙치는 도진을 보자마자 할 말을 잃고 뒤로 물러서느라 엉거주춤 주저앉았다. 그 바람에 피딱지가 더덕더덕 붙은 넙치의 흉한 정수리가 훤히 드러났다.

"아니, 어쩌다 머리에 줄이 다 생겼어요? 지렁이 자국처럼 보기 흉하니 모자를 꼭 써요."

구덩이에서 올라온 알통이 넙치의 처참한 머리를 보곤 호들갑을 떨었다. 넙치는 알통의 말에 울분을 참지 못해 꺼이꺼이 울었다. 게다가 분신 같은 모자는 다 해져 쓸 수도 없었다. 이때, 루시피아가 구덩이 속에서 솟구치듯 바위 위로 날아올랐다. 꼭대기에 가볍게 올라선 루시피아는 있는 힘껏 바위를 내리쳤다.

"쿵, 콰콰쾅."

요란한 소리와 함께 바위가 쩍쩍 갈라지더니 잘게 부서져 순식간에 사그라졌다. 단단한 바위가 형체도 없이 완전히 부서져 가루만 남았다. 모두가 놀라 두 눈이 휘둥그레진 사이, 루시피아는 가뿐히 땅 위로 올라섰다. 루시피아의 팔등에 나타난 사람 모양의 형상이 모두 빨갛게 표시되었다. 숫자도 10 이하로 오르내렸다. 인공지능 슈트의 에너지가 얼마 남지 않았다는 경고였다.

"루시피아, 바위를 부수면 어떡해!"

알통은 카린 박사가 뒤따라올 거라는 생각에 당황했다.

"지금 벨라가 쫓아오면 이길 수 있어."

루시피아가 슈트에 표시된 숫자를 보며 말했다. 인간들 앞에서 마력을 쓸 수 없기에 싸우면 싸울수록 강해지는 벨라를 딱히 막을 방법이 없었다. 루시피아는 유토피아 왕국의 입구인 바위를 부수면 벨라가 쫓아오지 못할 것이라 생각했다. 하지만 훗날 더 큰 위협으로 다가올 줄은 꿈에도 몰랐다.

알통과 루시피아는 도진에게 함께 가자고 제안했다. 둘이 다니는 것보다 인간과 같이 다니면 의심을 덜 받을 것 같았다. 도진 또한 사부를 찾을 때까지 함께 다니는 게 나쁘지 않았다. 루시피아라면 사부에게 도움이 될 것이라 여겼다.

날천
순악

초판 1쇄 발행 2025. 2. 17.

지은이 정재용
펴낸이 김병호
펴낸곳 주식회사 바른북스

편집진행 김재영
디자인 김민지

등록 2019년 4월 3일 제2019-000040호
주소 서울시 성동구 연무장5길 9-16, 301호 (성수동2가, 블루스톤타워)
대표전화 070-7857-9719 | **경영지원** 02-3409-9719 | **팩스** 070-7610-9820

•바른북스는 여러분의 다양한 아이디어와 원고 투고를 설레는 마음으로 기다리고 있습니다.

이메일 barunbooks21@naver.com | **원고투고** barunbooks21@naver.com
홈페이지 www.barunbooks.com | **공식 블로그** blog.naver.com/barunbooks7
공식 포스트 post.naver.com/barunbooks7 | **페이스북** facebook.com/barunbooks7

ⓒ 정재용, 2025
ISBN 979-11-7263-239-7 03810

•파본이나 잘못된 책은 구입하신 곳에서 교환해드립니다.
•이 책은 저작권법에 따라 보호를 받는 저작물이므로 무단전재 및 복제를 금지하며,
이 책 내용의 전부 및 일부를 이용하려면 반드시 저작권자와 도서출판 바른북스의 서면동의를 받아야 합니다.